KB268355

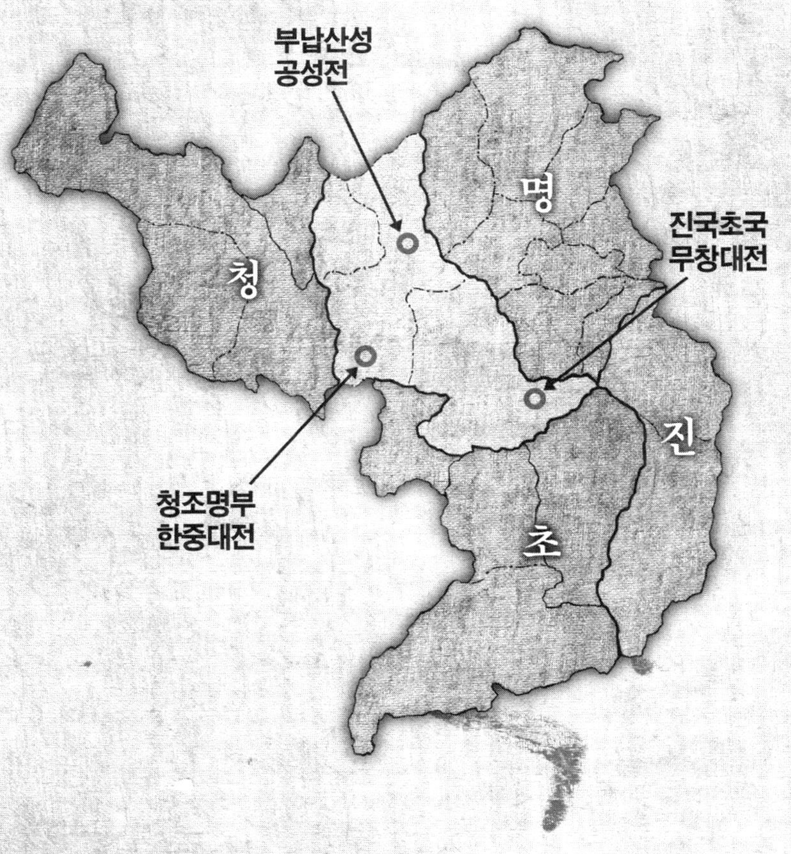

사국쟁패 전기 지도
부납산성
공성전
진국초국
무창대전
명
청
청조명부
한중대전
진
초

청조만리성

清朝
萬里城

청조만리성 8

수담 · 옥 新무협 판타지 소설

초판 1쇄 찍은 날 § 2008년 7월 31일
초판 1쇄 펴낸 날 § 2008년 8월 11일

지은이 § 수담 · 옥
펴낸이 § 서경석

편집장 § 문혜영
편집책임 § 이재권
편집 § 정서진 · 유경화 · 최하나

펴낸곳 § 도서출판 청어람
등록번호 § 제1081-1-89호
등록일자 § 1999. 5. 31
어람번호 § 제2-1548호

주소 § 경기도 부천시 원미구 심곡1동 350-1 남성B/D 3F (우) 420-011
전화 § 032-656-4452 팩스 § 032-656-4453
http://www.chungeoram.com
E-mail § eoram99@chollian.net

ⓒ 수담 · 옥, 2007

ISBN 978-89-251-1423-1 04810
ISBN 978-89-251-0698-4 (세트)

※ 파본은 구입하신 서점에서 교환하여 드립니다.
※ 저자와 협의하여 인지를 붙이지 않습니다.
※ 이 책은 도서출판 청어람과 저작자의 계약에 의해 출판된 것이므로,
  무단 전재 및 유포 · 공유를 금합니다.

수담·옥 新무협 판타지 소설

청조만리성

清朝萬里城

⑧ [완결]

FANTASTIC ORIENTAL HEROES

청어람

清朝萬里城

目次

第七十七章 북명출진(北明出陣)

저 아인 북명화장이야.
북명화장은 불의 사신.
재 속에서 부활의 불꽃을 피울 거야.

—소명부 태상 독노 당천갈

북명출진(北明出陣)

　　그는 어둠 안에 머무르고 있다. 서 있는지 누워 있는지 앉아 있는지 알 수 없으니 머무른다는 건 그다지 잘못된 표현이 아니다. 정확히 표현하면 그는 어둠 자체가 되어 있다. 어둠과 그는 분리되지 않는다. 그의 호흡은 어둠의 파장이며 그의 움직임은 곧 어둠의 파동이다.
　　어둠 속에서 소리가 들려온다.

　　초뢰기는 북명의 새벽을 밝히는 빛!
　　너는 이 빛으로 중화의 세상을 열게 되리라!

그는 어둠의 음성에 항거하지 않는다. 항거할 이유가 없다. 전엔 몰랐지만 이 음성의 출처가 어디인지 이제는 알고 있다. 어둠의 음성, 악마의 권유, 악마의 유혹. 이것의 진원지는 바로 그의 뇌리 속이다.

"초뢰기는 북명의 새벽을 밝히는 빛! 나는 이 빛으로 중화의 세상을 열리라!"

그는 중얼대며 눈을 뜬다. 눈을 뜬 그는 어둠의 세계에서 단박에 분리된다. 눈에서 분출된 뇌전이 암흑의 공간을 갈기갈기 찢어놓고 있다.

어둠의 공간은 암동. 그는 암동의 끝을 손가락으로 가리킨다. 암동을 휘돌던 뇌전이 손가락 끝에 모여 한줄기 빛으로 발출된다.

암동의 벽면이 뇌전에 맞아 박살난다. 박살난 곳엔 사람 하나가 걸어나갈 긴 통로가 있다. 북명뢰동의 유일한 출구다.

통로 중앙엔 성인 크기의 목각 인형이 세워져 있다. 목각 인형은 그의 눈에 아주 익숙한 붉은 갑옷을 입고 있다. 만마사의 혈조갑이다.

그는 그곳으로 걸어가 혈조갑을 벗겨 자신의 몸에 걸친다. 독수리 형상의 혈조구도 머리에 착용한다. 방어용이 아니다. 혈조갑을 입지 않으면 제어되지 않는 뇌전으로 말미암아 그에게 접근하는 모든 이들이 감전되고 만다. 타인의 생을 귀중히 여긴다는 차원 또한 아니다. 그나마 일상의 삶을 인간답게 보내기 위해서다.

혈조갑과 혈조구 다음으로 그의 눈길을 끄는 것이 있다. 목각 인형의 목에 걸려 있는 쇠사슬, 해골이 달려 있는 쇠사슬 목걸이다. 그는 이 해골의 정체에 대해 잘 알고 있다.

"오랜만입니다, 아버지. 썩은 살을 벗어버리니 이전보다 훨씬 보기가 좋군요."

그는 해골 목걸이를 자신의 목에 걸며 미소 짓는다. 미소는 밝음과 거리가 멀다. 이 미소는 처절하게 슬프고, 소름 돋도록 무섭다. 그는 해골 목걸이를 출렁이며 통로를 걸어간다. 해골 목걸이는 그가 삶을 마치는 그 순간까지 벗겨지지 않을 것이다.

*　　　*　　　*

곤명궁 대광장.

북명뢰동을 나온 엄사문은 곤명궁 대광장으로 곧장 행보했다. 북명군단의 출범식이 있을 예정이라고 독노가 알려온 것이다. 북명뢰장의 자리는 아직은 그에게 낯선 지위였다. 만인을 압도하는 북명뢰장으로 우뚝 서기 전까진 독노의 명을 받아야 한다고 그는 생각하고 있었다.

곤명궁 대광장은 집결된 군사들로 가득 찼다. 일견하기에 십만은 충분히 넘어 보였다. 대열의 전위엔 하남제천단장 희요백을 비롯한 소명부의 거물급 무장들이 줄지어 위치해 있었다.

“하! 주인공이 따로 있다는 건가?”

엄사문은 좌우 양편으로 갈린 대열의 중앙로를 걸어가며 아랫입술을 비틀었다. 오해가 있었다. 이 출범식은 그의 출정을 반기는 자리가 아니었다. 오늘의 주인공은 곤명궁 대전 앞에 축조된 삼층 연단 위에 있었다.

연단 위엔 중년의 사내가 가부좌를 틀고 있었다. 시체 같은 몰골인데 엄사문은 사내의 정체를 첫눈에 알아봤다. 곤명궁의 태자라 불리던 소명부 무상 당염이었다. 당염이 저런 몰골로 변한 이유는 알고 싶지 않았다. 이유가 무엇이든 당염의 삶이었고, 당염이 풀어내야 할 일이었다.

사실 남의 사정을 알아보고 말고 할 감정 상태도 아니었다. 그는 지금 이 자리에서, 소명부의 특급 무장들과 비교되어 온 패자의 인생, 무엇을 하든 징그럽게 따라붙는 이인자의 고리, 그래서 가슴에 인처럼 박혀 있는 그 열등감에 다시금 빠져들고 있었다.

“그래, 달라진 건 없어. 난 여전히 잡놈인 거야, 잡놈.”

감정 탓에 초뢰기 발출을 억제하지 않았다. 나무줄기 같은 뇌전이 혈조갑을 뚫고 사방으로 쭉쭉 뻗어나갔다.

뇌전의 집체가 되어버린 인간!

곤명궁의 군사들이 그의 그런 모습을 접하곤 아연한 음성

을 질러댔다. 개중에는 공포에 질려 대열을 이탈하는 이들도
있었다.

"제길, 더럽군. 정말 더러워!"

그는 군사들의 그런 행동들을 좁힌 눈매로 돌아봤다. 군사
들에게 비친 자신은 존엄한 상관도 아니고 경이로운 무인도
아니다. 어디까지나 뇌전의 괴물, 인성이 말살된 살인 기계로
보일 뿐이다.

"북명의 하늘이 열렸도다! 무장들은 북명뢰장에게 예를 갖
추어라!"

독노의 호위장수가 연단 앞으로 걸어나와 말했다. 호위장
의 말은 독노의 명과 진배없다. 십만의 군사 대열이 물결처럼
무릎을 꿇어 군례를 바쳤다.

엄사문은 여전히 심기가 불편했다. 강제된 행동이며 또한
일반 군병들만 그에게 군례를 바치고 있었다.

"마음에 들지 않는단 말이지. 십삼비에 오르지도 못한 졸
장 주제에 말이지."

그는 아직까지 부복하지 않은 무장들을 싸늘히 노려봤다.

북창 총독, 북창 최고위층 영반들인 삼영반 상위의 위인들,
희요백을 비롯한 제천궁의 고위급 무장들…….

그들은 북명뢰장의 권위를 받들지 않겠다는 표정이었다.

산서전위군장 시절에도 그랬다. 그 부류들은 그때도 그의
권위를 인정하지 않았다. 그들은 그를 애비를 잘 둔 덕분으로

그 자리를 꿰찼다고 생각했다. 그리고 그건 지금 이 상황에서도 다를 바 없었다. 억세게 운이 좋은 인간! 저들은 독노가 전폭 밀어주었기에 오늘의 엄사문이 되었다고 여기고 있었다.

"좋아, 니들의 알량한 무인 자존심을 짓밟아주지. 조만간 철저하게……."

그는 눈에서 뇌전을 번뜩이며 앞으로 걸어갔다. 조만간이라고 말한 건 그 역시 아직은 권위를 앞세울 때가 아니라고 생각했기 때문이다. 그런데 그의 그런 생각을 깨뜨리는 이가 있었다. 소명부 서열 일위 독노였다.

"북명의 뜻을 거부하는 이들이 내 눈에 보이는구나? 어떻게 된 일이냐?"

독노는 고위층 무장들을 준엄히 내려다보며 말했다. 무장들은 쉽사리 답하지 못했다. 독노가 삼층 연단에서 걸어 내려와 한 번 더 물었다.

"내가 물었다. 영광스런 날이거늘 너희는 왜 불경스런 모습을 보이는 것이냐? 누가 답하라!"

무장들이 난감한 얼굴로 서로를 돌아봤다. 총대를 멜 대상을 찾는 미적거림 속에서 희요백이 대표로 나와 말문을 열었다.

"출중한 장수를 등용해 소명부의 전력을 굳건히 하시려는 태상의 뜻을 저희가 어찌 모르겠습니까. 능력이 있는 장수라면 설령 태상께서 형평에 어긋나는 등용을 할지언정 저희는 기꺼이 받들 각오가 되어 있습니다. 허나, 그럼에도 이번의 등용은 지나침이 있습니다. 엄사문은 십삼비에 오르지 못한 장수로서 아비의 후광으로 오늘의 지위에 올랐습니다. 또한 엄사문은 책임 장수로서 부납산성에서 크게 패한 전적이 있습니다. 전공도 없는 패장을 이렇게 등용하신다면 일선 전장에선 부당한 처사였다고 군말이 돌 것이고 그땐 또 아군의 전체 사기가 크게 저하될 것입니다. 하니 태상께선 엄사문의 북명뢰장 등용을 부디 재고하여 주십시오."

희요백은 강직한 음성으로 말을 마쳤다. 언변에서 희요백의 성정이 그대로 나타난다고 할 수 있었다.

"저희들의 뜻도 하남단주와 같습니다. 부디 재고하여 주십시오."

희요백의 발언에 자극을 받았는지 고위급 무장들이 뜻을 하나로 모아 독노에게 전했다.

"능력 부족이다? 패장이다? 그래서 나에게 재고를 청한다? 하! 너희는 큰 착각을 하고 있도다!"

독노가 가볍게 코웃음을 치며 대열 앞으로 내려왔다. 엄사문의 삼보 앞에서 독노는 걸음을 멈추고 무장들을 돌아봤다.

"내게 그런 권한은 없다. 또한 그런 권한은 자금성의 황제에게도 없다."

말과 행동은 같이 이어진다. 독노는 엄사문을 올려다보며 무릎을 천천히 꿇었다.

"소명부의 당천갈이 중화혼의 북명뢰장을 뵙습니다. 오늘은 늙은 인생 최대의 영광스런 날이옵니다. 북명뢰장께선 연단에 올라 중화혼의 전사들에게 북명의 하늘이 열렸음을 알리시옵소서."

독노의 무릎 꿇은 모습에 주변의 무장들이 비명 같은 신음을 흘려냈다. 엄사문 자신도 이해할 수 없는 독노의 행동이었다.

"왜 이러십니까? 태상께선 지금 소장을 놀리시는 겁니까?"

엄사문의 물음에 독노는 고개를 저었다.

"북명삼장은 중화혼의 실체적 주군. 나 역시 당연히 군례를 바쳐야 옳다. 중화혼의 전사라면 여기에서 예외는 없다."

독노는 무장들을 돌아보며 준엄히 말을 이었다.

"내가 무릎을 꿇었다. 너희는 언제까지 그렇게 서 있을 것이냐?"

독노가 몸소 실천하면서 내린 군령이다.

무장들은 참담한 표정이 되어 바닥에 무릎을 꿇었다.

대광장엔 이제 엄사문 홀로 우뚝 서 있었다. 엄사문은 독노를 내려다보던 시선을 무릎 꿇은 군사들에게 돌렸다. 그는 뭐가 문제인지 깨달았다. 조만간 무장들을 손보겠다는 자신의 생각은 잘못된 것이었다. 북명삼장에게 미래는 의미가 없었다. 북명삼장은 오늘의 시대를 살아가는 절대자였다.

"태상께서 원하시는 대로 하지요."

엄사문은 연단으로 올라갔다. 독노가 조용히 일어나 뒤따랐다. 연단에 오른 엄사문은 군사들을 내려다보며 말했다.

"너희가 나를 받들지 않아도 된다. 나를 경쟁자로 삼아도 된다. 단, 이후로 나와 맞설 때는 목숨을 걸어라. 나는 북명뢰장이다. 너희가 알던 엄사문은 이미 죽었다. 다시 한 번 내게 불경한 짓을 한다면 그땐 신분을 막론하고 몸을 조각내어 저자에 뿌릴 것이다."

말을 마친 엄사문은 연단 아래의 무장들을 강압적으로 노려봤다. 무장들은 쓰린 신음만 흘릴 뿐 감히 반발하지 못했다.

"북명군단의 출범을 선포하노라!"

호위장이 출범의 의식을 진행했다. 소명부의 무장들이 연단 앞으로 걸어와 순차적으로 군례를 바쳤다. 군사들은 무장들이 군례를 바칠 때마다 큰 목소리로 충성을 주창했다.

엄사문은 출범식 중간에 군사들에게서 등을 돌렸다. 강압으로 인한 충성 다짐이었다. 진정성이 없는 충성 맹세는 받고 싶지가 않았다.

독노가 말했다.

"내가 해줄 수 있는 건 여기까지다. 이후로는 네 스스로 길을 열어야 할 것이다."

엄사문은 그 말에 동의했다. 이건 이제 자신의 일. 무장들의 진심을 얻으려면 거기에 걸맞은 전공을 올려야 했다. 조급

할 필요는 없었다. 조만간 전장으로 나갈 것이며 그곳에서 그
는 자신의 능력을 무장들에게 확실히 인식시켜 줄 터였다.

"저 사람도 같은 운명입니까?"

엄사문은 당염을 쳐다보며 화제를 돌렸다. 가까이서 본 당
염은 시체 같은 모습이 아닌 시체 그대로였다. 숨조차 쉬지
않고 있는 듯했다.

"저 아이 스스로 선택한 운명이지. 죽기 위해 그곳에 갔으
니까."

독노가 쓸쓸히 답했다. 독노의 차디찬 삶에서도 핏줄의 정
만큼은 남모른 구석이 있는 모양이었다.

"저 아인 북명화장이야. 북명화장은 불의 사신. 재 속에서
부활의 불꽃을 피울 거야."

재. 불꽃. 부활.

무슨 뜻인지 모른다. 딱히 알고 싶지도 않다. 북명삼장의
경쟁 관계에 대해 알아야 할 일이 있으면 나중에 자연적으로
알게 될 것이다. 엄사문은 당염을 보던 시선을 독노에게 돌려
물었다.

"나머지 하나는 누구입니까?"

북명삼장은 말 그대로 셋이다. 하나가 더 있다는 뜻이다.

"뢰장도 알고 있는 사람이야. 북명삼장 중에서 북명화장과
북명빙장은 원래부터 정해져 있었지. 둘 사이에 차이가 있다
면 당염은 자신의 결단으로 언제든지 북명화장이 될 수 있었

지만 그 아인 천부적 자질을 소유했음에도 승부사로서의 집념이 한참 부족해 그 점을 절실히 깨우치지 않고는 북명빙장이 될 수가 없었다는 거지. 그래서 내가 전장 일선으로 내보내 여러 번 좌절을 맛보게 해주었지. 지금은 북명빙장으로 다시 태어나기 위해 집념 덩어리가 되어 있지.”

“주강……”

엄사문은 독노의 말을 들으며 소명부 문상을 중얼댔다.

천부적 자질. 집념 부족. 독기 부족.

소명부에서 주강 외에 다른 이가 안 떠오르는 경우였다.

“후후, 기대해도 좋아. 조만간 독기만 남아 있는 북명빙장을 보게 될 거야.”

주강이란 중얼댐에 독노는 긍정도 부정도 하지 않았다.

엄사문은 독노를 똑바로 바라봤다.

“그 머저리가 초인이 되든 말든 내가 상관할 바가 아닙니다. 내가 알고 싶은 건… 독노께선 좀 전 둘은 원래부터 점지되어 있었다고 했습니다. 하면 나는 어떤 경우입니까?”

독노가 짧게 답했다.

“북명뢰장은 필요에 의해 선택되었지.”

필요. 선택. 나쁘게 듣자면 일종의 소모품이란 말이 된다.

“큭큭, 과연 그렇군요. 참으로 감사한 은혜입니다.”

“감정은 상하지 마. 그게 그렇다는 거야. 중요한 건 현실이야. 북명뢰장은 다른 누구도 아닌 바로 너야.”

"물론입니다. 희로애락 같은 감정 따위는 내게 없습니다. 그것을 버렸기에 난 초뢰기를 얻을 수 있었습니다."

엄사문은 건조한 음성으로 답변을 마쳤다. 말과 생각은 달랐다. 그는 이 순간 과연 자신에게 인간의 감정이 없는가, 자문해 보고 있었다. 아비의 죽음을 목도했을 때, 슬픔과 분노로 들끓던 감정은 여전히 그의 가슴에 남아 있었다.

"과연 북명뢰장이야. 당연히 그래야지."

독노가 흡족하게 웃었다. 엄사문은 그런 독노를 지그시 노려봤다.

'천만에, 난 무감정한 살인 기계가 아냐. 내겐 슬픔과 분노의 감정이 남아 있어. 당신의 생각대로 날 조종하려 들지 마.'

"……!"

독노가 문득 눈을 좁혀 그를 바라봤다. 그에게서 무언가 이상한 느낌을 받은 모양이었다.

엄사문은 화제를 다시 돌렸다.

"하면 이제부터 제가 무엇을 해드릴까요? 전장으로 나가서 역적의 무리를 처단할까요?"

독노가 잠깐 침묵하고 말했다. 의심의 표정을 지운 모습이었다.

"아니, 그보단 먼저 자금성으로 가."

"자금성? 그곳은 왜?"

"장거정이 세상을 떠난 후로 조정은 간신배와 도적들이 우글대는 오물통으로 변했다. 역적들이 민심을 훔쳐 천하를 어지럽히거늘, 이놈들은 정사를 바르게 돌보기는커녕 일신의 영달만을 앞세워 적국과 서슴없이 내통하고 있다. 하니, 이놈들을 먼저 때려잡아야 한다. 이놈들이 조정을 어지럽히고 있는 한 오늘의 천하를 평정한들 또 다른 사국쟁패가 벌어지게 될 것이다."

이전부터 작심하고 있었던 모양인 듯 독노는 완강한 얼굴로 말을 마쳤다.

엄사문은 어려움없이 응했다.

"좋습니다. 제가 자금성으로 가지요. 한데 그렇게 때려잡기만 하면 됩니까? 다른 일은 없습니까?"

"황제를 만나서 옥새를 곤명궁으로 가져와. 옥새가 있어야만 북명군단을 출격시킬 수가 있어. 뢰장의 일을 방해하는 자가 있으면 중화혼의 뜻으로 누구든 처단해도 좋아."

말은 쉽다. 하지만 황제가 순순히 옥새를 내어줄 리도 없고 황궁이 살육판이 되도록 방관하고 있을 리도 없다.

"황제가 막으면 어찌합니까?"

황궁엔 황제 직속의 자금성 경호부대 금의위가 있다. 그의 물음은 황제가 황명으로 군사를 동원하면 어찌해야 하느냐란 뜻이다.

"태자를 죽여. 그래도 말을 듣지 않으면 그땐 황후를 죽여.

황제는 중화혼의 뜻을 거역할 수 없을 것이야. 북명의 하늘이 열린 이상, 황제 하나 갈아치우는 건 일도 아니라는 것을 잘 알고 있을 테니."

독노의 의중이 확인됐다.

"후후, 자금성이라……. 나쁘지 않군."

엄사문은 독노에게 씩 웃어주곤 연단을 내려갔다.

황궁 공격. 옥새 강탈.

계획하고 말고 할 사안이 아니다. 이것저것 따지면 문제점은 끝도 없이 많다. 그냥 바로 시작해야 한다.

등 뒤에서 독노의 음성이 들려왔다.

"일천도 좋고 일만도 좋으니 군사는 알아서 데려가."

"일만은 너무 많고 일천만 데리고 가지요. 뭐, 걔들이 마땅히 할 일도 없겠지만."

대광장에 내려섰다. 엄사문은 출범식을 막 끝낸 무장들을 빙 둘러봤다. 일천 명의 군사를 일일이 직접 지목하는 건 피곤한 일이다. 그냥 만만한 인간 하나만 지목하고 나머지는 그 인간에게 다 일임해 버리면 끝나는 경우이다.

희요백과 하남제천단의 무장들.

원래부터 그의 직속 수하였던 산서제천단의 무장들.

엄사문은 그들을 전부 외면하고 북창 대원들의 대열로 걸어갔다.

그가 가까이 접근하자 북창총독 위가소, 북창좌태감, 북창

우태감, 일영반, 이영반, 삼영반 등이 차례로 움찔했다. 지목되기가 싫은 모습이 역력했다.

"니들은 아냐. 내가 싫어."

그는 그들을 지나 북창 대열 이선으로 나아갔다. 그리고 그곳에서 가장 볼품없는 체격, 가장 나이 들어 보이는 중년 대원, 그 대원의 정강이를 찼다.

중년 대원이 부동자세로 관등성명을 외쳤다.

"북창 십영반 악소산입니다!"

엄사문은 관등성명을 끝까지 듣지 않고 뒤돌아 걸었다. 걸어갈 때 그는 북명뢰장으로서 첫 명을 내렸다.

"이제부터 너는 북뢰일군의 책임 장수 북뢰일군장이다. 일군장은 북명뢰장의 명만 받든다. 북창 총독이라고 한들 앞으로는 너에게 이래라저래라 명할 수 없다."

*　　　*　　　*

지목 대상자 악소산.

대충 골랐다. 기대는 애초에 하지 않았다. 못난 놈을 골라 잘난 놈들을 엿 먹이겠다는 취지였다. 그런데 그런 취지가 시작부터 보기 좋게 빗나갔다. 아무렇지 않게 지목한 중년 사내가 그만 엄사문을 거듭 놀라게 하고 있었다.

일천 군사를 이끌고 자금성으로 들어간다.

다른 시각으로 보면 이건 곧 반역의 군사 행동. 하나부터 열까지 어렵지 않은 일이 없다. 물론 엄사문 자신은 황궁이든 지옥이든 그냥 뚫고 들어갈 수 있다. 그러나 그 경우 황궁이 피로 뒤덮일 것은 자명하다. 중년 사내, 악소산은 일을 수행함에 이 점부터 지적하고 있었다.

"뢰장께서 황궁 안에 들어가 직접 손에 피를 묻히는 건 옳지 않습니다. 망조니 뭐니 해도 자금성에는 대륙 유일의 황제가 있습니다. 황실을 피로 물들인다면 일의 성공 유무를 떠나 대명부의 역적으로 세인들에게 큰 지탄을 받을 것입니다. 손에 피 묻히고 원성을 들을 만한 일은 전부 제가 하겠습니다. 뢰장께선 당당히 황제를 만나 옥새를 받아오시기만 하면 됩니다."

독노가 명했고, 북명뢰장이 직접 나선 일이다. 논리의 옳고 나쁨을 떠나 이런 주장을 할 수 있다는 자체가 대단한 기백이 아니라 할 수 없었다. 그도 아니면 간을 배 밖에 내놓고 살아가는 인간이든가.

악소산은 단지 듣기 좋은 주장에만 그치지 않았다. 소명부 대열을 돌며 직접 군사들을 차출했는데 일천 명을 전부 모아 놓고 보니 하나같이 용맹하고 날랜 무인이었다. 평소에 무공이 남다른 무인들에 대해 많은 조사를 했음이 틀림없었다.

엄사문이 악소산을 다르게 본 결정적 시점은 일천 대원들을 이끌고 자금성으로 들어가면서였다. 예상대로 금의위가 태화전을 삼중사중으로 막아섰는데 이때 악소산은 엄사문이 생각하지 못한 방식으로 황제를 만나게 하고 있었다.

"금의위는 제가 처리하겠습니다. 뢰장께선 아랫것들을 상대하지 말고 동창으로 들어가 태감 유적을 잡으십시오. 황궁 경호의 실권은 그자가 틀어쥐고 있습니다. 유적을 잡아서 태화전까지 앞세우면 감히 어느 놈도 뢰장의 앞을 막지 못할 것입니다."

황궁의 내부 사정을 손바닥 보듯 잘 알고 있는 악소산이었다. 게다가 악소산은 북경의 군부 사정에 대해서도 해박하기 그지없었다.

"금의위와 동창은 문제가 안 됩니다. 문제는 북경을 방어하고 있는 하북제천단입니다. 하북제천단장 남철은 마도십대문파, 사혈탑을 사문으로 두고 있으나 소명부보다는 대명부에 충성을 맹세하는 위인입니다. 남철은 황궁이 공략당하면 대군을 자금성으로 보낼 것입니다. 저는 하북제천단이 자금성에 당도하는 시간을 두 시진 정도로 잡고 있습니다. 하니, 뢰장께서는 그 이전에 황제를 만나 옥새를 받아야 할 것입니다."

엄사문은 남철이 문제된다고는 생각하지 않았다. 길을 막으면 상대가 누구이든 죽여 버리면 그만이었다. 다만 남철이 보낼 군사들은 어느 정도 신경 쓰이고 있었다. 최소한 십만은 넘을 군사였다. 길을 막는다고 하여 그들까지 전부 죽일 수는 없는 노릇이었다.

"두 시진이라……. 하긴 뭐, 번거로운 건 나도 싫으니 자네의 뜻에 따르도록 하지. 참, 자네 이름이 뭐라고 했지?"

"악소산입니다!"

"좋아, 내 이제부턴 자네의 이름을 안 잊어먹도록 하지. 마음에 들어. 아주……."

"영광입니다. 충성을 다해 모시겠습니다."

엄사문은 악소산을 신임하고 황궁의 일을 그에게 전폭 맡겼다. 악소산은 때론 과감하고 때론 능란하게 황궁의 일을 처리해 나갔다. 일천 무인들의 난입으로 황궁 안이 난장판이 되긴 했지만 독노가 은근히 원했던 아비규환의 사태는 일어나지 않았다. 악소산은 한두 놈을 본보기로 확실하게 조졌고, 그런 다음 공포 분위기를 한껏 조성해 황궁을 일거에 장악해버렸다.

동창 태감 유적을 잡는 일도 말과는 다르게 악소산이 날랜 무인들을 이끌고 동창으로 뛰어들어 가 직접 나포해 왔다. 이 과정에서 엄사문이 한 일이라고는 뇌전을 번쩍이는 모습으로 태화전까지 걸어간 것뿐이었다. 하기야 그 정도로도 그의 역할은 충분했다. 대신들과 환관들은 그의 모습을 접하기만 해도 바닥에 무릎을 꿇고 살려달라며 빌었다.

이날, 엄사문은 태화전에서 황제와 대면해 옥새를 요구했다. 그는 황제에게 무릎을 꿇지 않았으며 경어도 사용하지 않왔다. 황제는 이런 그에게 감히 불경을 말하지 못하고 옥새를 건넸다.

대명부 사관은 이날의 일을 이렇게 적었다.

북명뢰장이 옥새를 요구하니 황상께선 감격의 눈물을 흘리시며 "이제야 천하가 평탄하게 되었도다! 짐은 북명군단의 충성심을 믿는바, 북명뢰장은 삼국의 역적들을 소탕하여 이 땅이 대명의 천하임을 만방에 고해달라!" 말하였다.

사관은 북명뢰장 앞에서 벌벌 떨었던 황제의 모습은 차마 적지 못했다.

第七十八章 태원압송(太原押送)

검제는 이제 황금 무림 시절의 빛바랜 명호일 뿐이네. 제아무리 검제라고 한들 오늘날 같은 전술집단전에는 당해낼 재간이 없네. 일천전열로 안 되면 일만전열로 공격하고, 화살로 안 되면 총을 쏘고 총으로도 안 되면 화포로 집중 포격해 버리네. 국가의 이런 집단무력은 앞으로 세월을 더할수록 더 강해질 것이네. 화약과 총포로 대변되는 전술화기도 더욱 발전할 것임은 물론이고. 이러한 국가가 전날처럼 검제 같은 위인들의 위상을 용인해 줄 리가 없네. 일검쟁위는 아마 이번이 마지막이 될 걸세. 황금시절을 정리하는 예우 차원이지.

—신뇌 협정

청천강 십부장 임시 주둔지.

임주원이 칠 일 만에 돌아왔다. 예고없이 떠날 때와 비교되는 갑작스런 귀환인데 십부장들의 감회가 남다를 수밖에 없었다.

"어라, 이분이 누구시오? 자기 혼자 죽겠다며 수하들을 내버리고 간 인정스런 주군이 아니요?"

"잘 보라고. 귀신일지 몰라, 아니면 누가 변장했거나."

비꼬았지만 그들의 말 속엔 주군의 무사귀환을 간절히 바란 심정이 담겨 있었다. 섭섭하다면 임주원의 반응이었다.

"가자, 태원성으로."

천하를 발칵 뒤집은 백두암 종군 사건은 둘째 치고 백연곡에서 남무제와 이틀의 긴 시간을 보내고 온 임주원이다. 그간 무슨 일이 있었을 것이고 중요한 어떤 말을 전해 들었을 터이건만 그는 십부장들의 기대에 어긋나게 귀환하자마자 곧장 태원성으로 출발을 명하고 있었다.

"뭐, 뭐야? 허파에 구멍날 것 같은 이 허탈함은?"

"쳇, 하여간, 인정머리라곤 손톱만큼도 없는 분이야. 믿고 기다려 주어서 고맙다, 이런 말을 해주면 어디가 덧나?"

십부장들은 낮게 투덜대며 임주원을 뒤따랐다. 섭섭한 심정이야 차고 넘치지만 그들은 그 이상의 감정 표출은 자제했다. 무언가를 물어보고 말고 할 분위기가 아닌 것이다. 귀환한 임주원은 남무제와 재회하기 이전보다 한층 더 굳은 안색, 침울한 얼굴을 하고 있었다. 남무제와 같이 움직일 당시 잠시나마 보였던 모습, 역동적이며 해맑았던 그의 모습은 흔적조차 남아 있지 않았다.

한편으로 십부장들은 남무제와 관련된 일련의 일과 거기에 따른 임주원의 감정 상태에 무조건 목맬 처지도 아니었다. 지금 그들의 발등에 불이 떨어져 있었다.

계획대로라면 현재 십부장들은 태원의 병력을 동원해 백연곡 방면으로 남진해 있어야 한다. 하지만 그들은 그간 청천강에서 한걸음도 움직이지 못했다. 태원에서 군사들이 지원 오지 않은 것이다.

임주원의 안전은 청랑대의 최우선 과제다. 그 점을 누구보다 잘 알고 있는 척호충이 군사를 보내지 않았다는 건 다시 말해, 태원성에 심각한 문제가 발생했다는 것을 의미한다. 게다가 문제는 거기에서 끝나지 않았다.

임주원이 백연곡으로 들어간 날, 향노가 십부장들이 있는 곳으로 돌아왔다. 이때 마욱은 향노에게 직접 태원성으로 가 줄 것을 요청했다. 태원성에 심각한 일이 발생했다고 한들 향노를 어렵게 할 사안은 없다고 판단해서였다. 그런데 태원성으로 달려간 향노 역시도 그 후로 감감무소식이 되어버렸다.

중단된 출병. 절정고수 향노의 묘연한 종적.

상황이 이러니 임주원의 귀환에도 불구하고 십부장들은 마냥 희희낙락할 수가 없었다.

"상황이 여의치 않습니다. 대주님이 그렇게 떠나시고 난 후 태원에 병력을 요청한 일이 있었는데……."

태원으로 향하며 마욱이 이제까지의 제반 상황을 임주원에게 보고했다. 마욱은 보고 끝에 후속 조치에 관해서도 물었다.

"대주님, 어찌할까요? 우리 중의 하나를 일단 척후로 보내 볼까요?"

"아니다, 그럴 여유가 없다. 우리가 직접 간다. 빨리 가면 이틀이면 태원에 당도할 수 있을 것이다."

임주원은 주저없이 결정을 내렸다. 향노 이상 가는 척후란 있을 수 없다. 문제가 무엇이든 이젠 태원성으로 가서 직접 눈으로 확인하는 수순을 밟아야 함이었다.

십부장들의 빠른 기동이 시작됐다. 밤을 꼬박 새워 기동한 터라 그들은 이틀 후 오후 무렵에 태원성 이십 리 지점까지 도달할 수 있었다.

"여기서부턴 서행 기동한다. 십부장들은 태원성에 당도하기까지 한시도 긴장의 끈을 늦추지 말라."

임주원의 말. 말의 의미는 십부장들에게 충분히 파악된다. 태원성의 상황이 예상보다 훨씬 더 심각하다는 것이다.

태원성을 중심으로 동서남북 오십 리는 마욱의 전략적 방어 구상에 따라 군사들이 십 리마다 거점 지역에 배치된다. 그런데 여기까지 오는 동안 어떤 전투병도 초소에 보이지 않았다. 전시에 준하는 상황, 특급 비상 상황이 아니고서는 설명되지 않는 경우였다.

초막이 말했다.

"대체 무슨 일이 벌어진 거지? 하북제천단이 공격이라도 해온 건가?"

정약이 태원성 방면을 쳐다보며 고개를 저었다.

"그건 아냐. 전투가 벌어진 흔적이 전혀 없어. 주변을 돌아봐. 전투병은커녕 관도를 오가는 일반인조차 보이지 않고 있어."

"그럼 뭐야? 사람들이 하루아침에 모조리 실종된 거야?"

이 물음엔 서운이 답했다.

"실종이 아니고 사전 정리야. 태원성 인근에 천포령이 발동된 것 같아. 그래서 관도에 사람들이 보이지 않는 거야."

천포령(天包聆).

청조의 특급 경호조치를 말함이다. 천포령이 걸린 해당 지역으론 승인받지 않은 무장 병력들은 일절 나올 수 없다. 일반인도 마찬가지다. 청조소왕 같은 청조의 핵심 인사들이 지역 도시를 방문할 때 이런 천포령이 걸린다고 알려져 있다.

"천포령? 하! 웃기는군. 집주인 허락도 받지 않고 개지랄을 떨고 있어."

초막이 불쾌한 얼굴로 말했다. 십부장들의 심정도 초막과 대동소이했다.

"대체 누가 왔기에 상황이 이렇게 되도록 척 대주가 방치했을까?"

"방치가 아냐. 어쩌면 척 대주도 위험에 처했을지 몰라."

동연발이 물었고 마욱이 답했다.

마욱의 이 대답에 십부장들은 동조의 기색을 비쳤다. 척호충의 곧은 성정을 잘 알고 있다. 정도에 어긋났다고 판단되면 척호충은 청조 사령부의 군령과도 기꺼이 맞서 싸울 위인이다. 상황이 이렇게 속수무책으로 진행되었다면 신변에 제약을 받았을 가능성이 아주 높다.

임주원이 불길한 예상을 최종 정리했다.

“가보면 알겠지. 무슨 일이 있었는지, 누가 태원성에 찾아
왔는지…….”

어느덧 태원의 중심부 관도로 들어섰다. 이곳 역시 평상시
라면 수많은 행인들이 오갔을 것이건만 지금은 황량하기 그
지없었다. 저자에 활기를 불어넣던 노점상과 상점들도 전부
철시한 상태였다.

텅 빈 저자를 지나자 태원성의 육중한 성곽이 십부장들의
눈에 보이기 시작했다. 언제 어디서 상황이 발생할지 모른다.
십부장들은 전투 태세에 들어간 심정으로 일보일보 전진했
다.

성문을 일백 보 정도 앞두었을 때다.

투투투투투툭!

성문이 열리며 일천은 족히 되는 군사들이 십부장들 앞으
로 몰려나왔다. 그와 더불어 태원성 성첩 위로는 무장 전투병
들이 새까맣게 올라섰다.

“어? 우리 애들이 아닌데?”

서운이 성첩의 군사들을 쭉 돌아보고 말했다.

마욱은 좀 더 분명하게 전방 군사들을 파악했다.

“청기군단의 군사들도 아닙니다. 저들은 적기군단의 군사
입니다.”

성첩에 올라선 군사와 성문 아래에 포진한 군사들은 청색
이 아닌 적색의 전투복을 입고 있었다. 홍의 전투복. 그렇다

면 청조의 병력 중에서 적기군단이라는 말이었다.

"젠장, 저놈들이 왜 태원에 나타나? 적기군단은 청조의 최후방 병력이잖아?"

초막의 말. 답을 요하는 물음이 아니었다. 적기군단이 왜 출현했는지, 무슨 이유로 십부장들을 막는지 답을 알 수 없는 경우였다.

"암튼, 이건 용서가 안 돼. 난 저놈들에게 우리 집에 들어와도 좋다고 허락한 적이 없어."

초막을 선두로 십부장들이 앞을 향해 당차게 걸어갔다.

전방의 적기군단 포진 선두에서 한 장수가 소리쳤다.

"모두 멈추고 무장을 해제하시오! 명을 어긴다면 무력 도발로 간주하겠소!"

십부장들은 적기군단 장수의 경고를 무시하고 계속 전진했다. 초막 같은 경우엔 맞고함으로 장수를 도발시키며 걸었다.

"무장 해제? 까고 있네! 야 이 새끼야, 그건 우리가 하고픈 말이야!"

적기군단의 장수가 한 번 더 소리쳤다.

"나는 적기군단 적무대 부대주 맹도발이오! 당신들이 청랑대의 지휘부 무장들임을 알고 있소. 청랑대주를 청조 사령부로 압송하라는 군령이 떨어졌으니 당신들은 괜한 사단을 일으키지 말기 바라오!"

"압송? 웃기고 있네! 누구 맘대로!"

압송이라는 말에 바타르가 사납게 일갈하며 뛰쳐나갔다.

"미, 미친 새끼!"

바타르의 일인 돌격! 그의 돌격에 적기군단 일선 병력들이 가당찮은 조소를 보내며 방패를 세워 들었다. 사실 이때까지만 해도 적기군단 군사들은 바타르가 호승심을 부려본 것이라 여겼다. 아닌 말로 혼자 달려와서 뭘 어찌하겠다는 것인가.

하지만 군사들의 그런 생각은 떠오르기 무섭게 사라졌다.

"어어? 어어어?"

쾅!

바타르는 정말로 적기군단 일선 전열과 충돌해 버렸다.

뜨악한 상황은 계속된다.

충돌의 여파로 일선 방패조가 바닥에 쓰러지자 바타르가 넘어진 방패를 밟고 올라서서 살벌하게 소리쳤다.

"태원은 청랑대가 관리한다! 청랑대주의 승인 없이는 어떤 무력단체도 진주하지 못한다! 모두 무기를 버리고 투항하라!"

투항? 이게 말이 되나? 고작 열 명이 아닌가?

적기군단의 군사들이 그만 멀뚱한 눈을 끔쩍였다.

"이놈들이 좋게 대우하려고 했더니……."

맹도발이 성난 얼굴로 휘하 군사들을 돌아봤다. 공격을 명할 모양인데 아쉽게도 맹도발의 말은 마무리를 맺지 못했다.

"흥! 좋게 대우 안 하면 니가 뭘 어쩔 거야?"

이번엔 막무출이 전방으로 뛰쳐나가 다짜고짜 오른 주먹을 맹도발의 턱에 처박았다. 맹도발은 한 방에 땅바닥에 나동그라졌다. 막무출이 그런 맹도발의 얼굴 앞에 발로 번쩍 들어 올려서 말했다.

"기분도 더러운데 모가지를 콱 밟아 죽여 버릴까 보다!"

"무출아, 물러서라. 아군이다. 생을 함부로 끊어서는 안 된다."

임주원이 전위로 걸어나와 막무출의 행동을 제지했다. 말리지 않았다면 막무출의 성향으로 보아 언행이 일치되는 사고가 터졌을 가능성이 크다.

"씨, 운 좋은 줄 알아!"

살벌한 음성을 남기고 막무출이 임주원의 뒤로 물러났다.

상황의 전면엔 이제 임주원이 위치했다.

임주원은 적기군단의 전열로 천천히 걸어 들어갔다.

"우우우!"

그의 다가섬에 적기군단의 일선 전열이 술렁댔다. 제압하라는 명이 떨어진 상태이지만 일선 병사들은 감히 선공을 펼치지 못하였다. 흑마호의 명성은 사국 전장에서 무림육기와 칠룡에 버금가는 신화가 되어 있었다. 소속이 다르다고 하여 적기군단의 병사들이 흑마호를 함부로 상대할 수는 없었다.

어느덧 임주원은 적기군단의 포진 중심으로 들어갔다. 십부장들도 임주원의 행보를 뒤따랐는데 전열 밖에서 보면 이들은 적기군단의 군사들에게 새카맣게 둘러싸여 있는 모습이었다.

태원성 성문까지 오십 보 정도 남았을 때다.

일선 병사들이 임주원의 전진을 막지 못하자 후방에서 일단의 중무장 무인들이 전위로 나왔다.

철갑방패. 적색 갑주. 호형(虎形) 투구.

적기군단 선봉 부대로 유명한 적호대였다.

적호대가 철갑방패로 차단막을 형성했다. 방패전열 앞에는 책임 장수로 보이는 다섯 명의 무장이 자리해 있었다.

적호대 오장 중의 한 장수가 앞으로 나와 말했다.

"나는 적호대 오대주 오주목이다. 청랑대주는 즉시 무장을 해제하라! 명을 어긴다면 항명죄로 전원 척살하겠다!"

임주원은 걸음을 중단하지 않았다. 그는 방금 말을 한 청년 무장을 향해 다가서며 말했다.

"그렇게 못하겠다면?"

오주목이 두어 걸음 뒤로 물러나서는 독하게 소리쳤다.

"피를 봐주마! 흑마호의 명성이 적호대에도 통한다고 생각하면 그건 큰 오산이다. 이곳을 너희의 무덤으로 만들어주마! 적호대 투창!"

오주목의 말이 끝나기 무섭게 철갑방패 뒤편에 위치한 창기병들이 쇠창을 전방으로 날릴 자세를 잡았다. 투창의 명이 떨어지면 수백 개의 창이 동시에 임주원을 향해 날아갈 것이다.

"그 정도로 나를 막을 수 있을 것 같아?"

임주원은 오주목을 싸늘히 노려봤다.

"흥! 벌집이 되어야 정신을 차릴 놈이로군."

오주목이 손을 하늘로 들어 올렸다. 창기병들이 그 손을 집중 주목했다. 창기병 아닌 다른 군사들도 다음에 벌어질 상황에 촉각을 곤두세웠다.

그때였다.

끼릭. 끼리릭.

쇠붙이 마찰음이 어디선가 들려왔다. 오주목이 본능적으로 소리가 난 방향을 향해 눈을 돌리다가 그만 멈칫했다. 그곳 방면에 조준된 총구가 하나 있었다. 서서쏴 자세로 장총을 들고 있는 동연발이었다.

동연발이 말했다.

"손가락 하나라도 까닥하면 제일 먼저 네 골통이 날아갈 거야."

"으으으."

오주목의 얼굴이 구겨졌다. 견제할 대상이 흑마호 하나가 아님을 뒤늦게 깨달은 것이다. 십부장 전부가 위험한 존재들이었다. 이들에겐 머리 숫자를 앞세운 위협도 안 통하고 지위를 앞세운 군령도 안 먹힌다고 할 수 있었다.

동연발의 저격에 걸려 오주목이 이러지도 저러지도 못하고 있던 사이에 십부장들이 임주원의 좌우로 바짝 붙어 섰다. 뜻은 명확하다. 피를 보더라도 뚫고 나가겠다는 것이다.

임주원이 말했다.

"우리는 성으로 들어가겠다. 계속 길을 막는다면 그땐 너희를 적으로 간주할 것이고, 그 결과에 대해선 전적으로 너희가 책임져야 할 것이다."

말은 행동으로 이어진다. 임주원은 십부장들과 보조를 맞추어 성문으로 전진했다. 적호대는 창을 던지진 않았지만 전열을 물리지도 않았다. 적호대의 오장들이 휘하 군사들에게 현 위치 사수를 외치고 있었다.

차차차차창!

십부장들과 적호대 오장들의 상대거리가 오 보로 좁혀지자 양측은 거의 동시에 병기를 빼내 들었다. 일전불사의 팽팽한 긴장감이 장내에 휘돌았다. 누구 하나라도 칼질을 한다면 그 순간 전투가 벌어질 것이다.

상황 대치 반 각. 적호대의 오장들이 일전불사의 기세를 먼저 꺾었다. 그런데 분위기가 조금 묘하게 흘러갔다. 오주목이 뒤로 빠지고 새로운 인물, 오장 중의 책임자로 보이는 이십대 중반의 무장이 전위로 나왔는데, 임주원을 마주한 이 무장이 적의를 표출하기에 앞서 희미한 미소를 비추고 있었다.

'누구지?'

그 미소는 임주원에게 묘하게 다가왔다. 눈앞의 무장이 왜 인지 익숙하게 느껴지는 것이다.

공손지가 임주원의 옆으로 다가와 낮은 음성으로 말했다.

"적호대주 금모창이야. 청조일협이기도 하고."

"금모창? 모창? 아!"

임주원은 낮게 탄성했다. 좋고 나쁨을 떠나서 금모창이란 이름엔 추억이 있다. 그의 뇌리로 악동의 기질이 다분했던 지난 시절의 금모창이 밀려들고 있었다.

"금모창만 이 자리에 있는 게 아냐. 적호대의 오장들을 잘 봐. 전부 용무학관 동기야. 등외, 허관우, 엽당, 오주목."

공손지의 이어지는 말에 그는 전방의 오장들을 다시금 살펴보았다. 과연 그랬다. 소싯적 그를 무던히도 괴롭혔던 다섯 악동들의 흔적이 장성한 그들의 외모에 그대로 남아 있었다.

"그래, 그랬어. 니들이었어. 니들……."

감정 표현은 이르다. 임주원은 원래의 흑마호 표정으로 돌아갔다. 사적인 자리가 아닌 공적인 자리이며 양자 간에 날카로운 대립을 하고 있던 중이었다. 좋고 나쁨을 떠나서 재회의 감정은 나중에 풀어야 할 일이었다.

이 점은 오장들도 표정으로 잘 말해주고 있었다. 다소 어색하긴 해도 그들은 외관상으로 날 선 표정을 하고 있었다. 주변에 그들보다 더 신분이 높은 눈들이 있다는 말이었다.

금모창이 말했다.

"청랑대주는 청조의 장수로서 어찌 군령을 따르지 않는 것이냐? 지휘 장수가 군령을 엄수하지 않는 모습을 보인다면 휘하 군사들에게 군령의 지엄함을 주장할 수 없을 것이다."

임주원이 답했다.

"태원성은 청랑대의 형제들이 피로써 지켜낸 곳이다. 군령을 말하기에 앞서 오늘의 일을 먼저 설명해야 한다. 나는 적기군단의 태원성 입성에 동의해 준 적이 없다."

"지역 장수가 감히 청조 사령부의 일에 왈가왈부하느냐! 계속 군령을 거부한다면 상명하복의 죄로 참수될 것이다!"

"아무리 그래도 안 되는 것은 안 돼. 난 책임있는 해명을 먼저 들어야겠다."

"진정 피를 볼 셈이냐? 너희가 살 수 있다고 보느냐?"

임주원과 금모창은 한발도 물러나지 않고 대치했다. 임주원이야 자타가 공인하는 용장이지만, 이에 맞서는 금모창도 보통의 무장 수준은 넘고 있었다. 임주원을 마주하고도 전혀 주눅 들지 않고 있었다.

대치가 길어지자 공손지가 둘 사이에 개입했다.

"청랑대주가 옳아. 아무리 군령이라지만 이건 경우에 어긋났어. 여긴 태원성이야. 청랑대주의 입장을 고려치 않는다는 건 곧 태원의 형제들을 욕되게 하는 일이야. 그러니 너희가 먼저 설명해야 해."

"청조오협은 나서지 마."

금모창의 눈이 공손지에게 화살처럼 꽂혔다.

"청조신협의 명예를 추락시킨 너에게도 별도의 군령이 하
달됐어. 넌 청조 사령부로 돌아가 당분간 자숙해야 할 것이
야."

"으으음."

금모창의 말에 공손지는 말문을 닫고 물러섰다. 올 것이 왔
다는 표정이었다.

금모창이 다시 임주원에게 시선을 돌려 말했다.

"마지막 경고다! 청랑대주와 휘하 무장들은 전원 무장을
해제하고 군령을 따르라. 이를 어긴다면 모두 반역으로 처단
하겠다."

반역이란 말까지 나왔다.

임주원보다 십부장들이 먼저 발끈했다.

"닥쳐! 반역이라니! 태원성을 지켜낸 것이 누구인데 그딴
개소리를 해!"

"개자식들! 버릴 때는 언제고 이제 와서 우리 밥상에 숟가
락 얹어놓으려고 해. 어디 멋대로 해봐! 니들 뜻대로는 안 될
거야!"

반발 다음으로 십부장들은 병기를 움켜잡았다.

일촉즉발의 재대치.

양측의 대치 속에서 임주원과 금모창이 날카롭게 눈빛을 부딪쳤다. 눈싸움은 임주원의 완승. 임주원의 사나운 눈길에 금모창이 먼저 눈을 내리깔았다. 소싯적 같으면 절대로 불가능한 일이다.

금모창이 말했다.

"임주원, 정말로 많이 컸다. 흑마호가 후기지수 최강이란 말을 믿지 않았는데 오늘의 너를 보니 이젠 나도 믿지 않을 도리가 없다. 안 본 사이에 닭대가리가 용으로 변신한 거야."

말끝에 금모창이 소싯적의 별명을 거론하며 임주원을 자극했다.

"동기들을 상대로 피를 보고 싶지 않다. 오늘의 일을 설명하고 병력을 물려라. 그래야만 일의 실마리가 풀린다."

임주원은 단호한 언행으로 일관했다. 금모창의 놀림에 감정이 흐트러질 정도로 그의 수양이 낮지 않았다.

"원한다면 할 수 없지. 우리도 순순히 물러설 수는 없는 입장이니 말이야."

금모창이 중얼대며 뒤로 물러났다. 퇴각이 아니었다. 금모창을 제외한 주변의 무장들은 공격 포진을 갖추어 십부장들에게 한발 한발 전진하고 있었다.

변수가 없다면 일천 대 십의 일전은 이제 불가피하다. 승패를 논하기 이전에 아군 상대의 이 전투는 양자 간에 최강의 전투력을 발휘할 수 없게 되어 있다. 전투는 서로에게 난감하고 착잡한 칼질이 될 뿐이다.

"적호대는 청랑대주에게 길을 열어주어라."

중후한 음성이 포진 후방에서 들려왔다. 그다지 큰 음성이 아니었음에도 불구하고 적호대는 즉각적으로 전진을 멈추었고, 이어서는 양쪽으로 갈라져 성문으로 통하는 길을 열었다.

"누구?"

음성에 영향을 받기는 임주원도 마찬가지. 임주원은 음성 방향으로 시선을 맞추었다. 홍의인이 성문 안에서 걸어나오고 있었다. 육십을 훨씬 넘긴 외모인데 신체가 강철처럼 단단해 보여 노인이라는 느낌이 전혀 들지 않았다.

"적기충전, 적기천명!"

적호대가 노인을 향해 일제히 한 무릎을 꿇으며 군례를 바쳤다.

십부장 중에선 공손지가 가장 먼저 군례를 바쳤다.

"청조오협이 적기군단장님을 알현합니다!"

"아!"

공손지의 말에 십부장들이 탄성을 토했다.

홍의인이 누구인지 안 것이다.

적기군단장 무림오기 공동일검 우학.

공동파의 천선검강을 극성으로 성취한 무인이다. 동서전란에서 무수한 거마들을 척살하며 공동파의 부활을 알린 위인이다. 무림육기 중에서 위지건을 제외하고는 적수가 없다고 자부하는 초인이다.

"청랑대의 무장들이 적기군단장님을 뵙습니다!"

우학이 삼 보 앞에 이르자 십부장들이 무릎을 꿇고 군례를 바쳤다. 태원성의 상황은 다음 문제다. 우학이란 일대 초인과 태원성의 상황을 직접 연관시킬 이는 십부장 중에서 아무도 없다.

"나 역시 청랑대의 젊은 영웅들을 보게 되어 감개가 무량하다. 언제인가 내 직접 너희를 찾아 산북대전의 승전을 치하해 주리라 생각하고 있었다."

우학이 십부장들을 돌아보며 말했다. 누구의 죄를 묻는 언행과는 거리가 멀었다. 어디까지나 무림 선배로서, 청조의 상관으로서, 십부장들을 편히 대해주고 있는 모습이었다.

"흐음! 그래, 자네가 흑마호인가?"

우학의 시선이 임주원을 향했다.

임주원은 아직 군례를 바치지 않았다. 그는 우학을 마주 보며 입장을 표명했다.

"설명을 먼저 듣겠습니다. 군례는 그 후에 바치도록 하겠습니다."

우학의 표정이 잠깐 굳었고, 뒤이어 금모창이 사납게 일갈했다.

"청랑대주는 망발하지 말라! 그분은 청조 삼대봉공이신 적기군단장님이시다! 설명이니 뭐니 불경한 망발을 일삼는다면 그땐 청랑대주의 목을 정말로 벨 것이다!"

임주원은 금모창을 상대하지 않고 우학을 향해 재차 자신의 주장을 밝혔다.

"저는 반드시 먼저 들어야겠습니다. 이 자리에서 제 목을 베신다고 해도 그건 변하지 않습니다."

우학의 압박감이 별로라서 임주원이 이렇게 당당할 수 있는 건 아니다. 우학은 그의 가슴이 떨릴 정도로 압박감을 주고 있는 것이 맞다. 다만 그 압박감보다 설명을 듣고자 하는 그의 의지가 훨씬 더 강한 탓에 이렇게 그가 맞설 수 있는 것이다.

"호오!"

임주원의 완강한 표현에 우학이 낮게 탄성하더니 가볍게 손을 저었다. 금모창의 행동을 저지하는 손짓이다.

"적호대주는 물러서라. 청랑대주는 오늘 날짜로 남무제의 직전제자, 청조 구대봉공으로 신분이 격상되었다. 하니, 군례를 바치지 않는다고 하여 크게 문제되지 않는다."

청조 구대봉공.

임주원은 거기에 대해 사전 연락을 받은 적도 없고 관심도 없다. 그에겐 현 사태의 설명을 듣는 것이 우선이며 중요하다.

"허나, 그렇다고 하여 청랑대주가 내게 설명을 요할 자격 또한 없다. 내 말 무슨 뜻인지 알겠는가?"

임주원은 우학의 말뜻을 생각해 보고 진의를 물었다.

"하면, 적기군단장님께선 저를 어찌 처리할 생각이십니까? 다시 말하지만 저는 설명을 먼저 들은 다음 청조의 군령을 받들 것입니다."

우학이 희미하게 웃으며 답했다.

"염려 말게. 자넬 무력으로 어찌해 볼 생각은 없으니까. 자넨 내가 가장 존경하는 분의 제자이네. 그분에게 누가 되는 일은 나는 감히 하지 못하네."

우학은 전날의 무림사에서 남무제를 신처럼 추앙했다. 그의 말은 거의 진심이라고 봐야 한다.

"아! 물론 문제가 다소 있지. 과연 자네가 남무제의 직전이냐는 문제이지. 하니, 자네가 그것을 증명하기 전까진 내가 이전에 했던 말은 전부 보류야. 알겠는가?"

말은 원점으로 돌아갔다. 우학은 군령이 우선이라는 점을 돌려서 주장하며 무형의 내력 압박을 임주원에게 가했다. 심장이 터져 버릴 것 같은 압박이 몰려온다. 임주원은 이마에 땀을 뻘뻘 흘리며 이 압박에 맞섰다.

"여의박을 사용한다고 해서 네 신분이 증명되지는 않는다. 남무제의 직전이라면 사명심공과 분쇄도를 알고 있어야 한다. 내 말이 틀린 건 아니지?"

"무, 물론입니다. 이, 이걸 원하십니까?"

임주원은 이를 악물며 우학을 노려봤다. 노려보는 그의 동공 안에서 작은 불꽃이 맹렬히 피어오르기 시작했다. 사명의 불꽃. 사명의 기력. 불같이 피어오른 사명심력이 우학의 내력 압박을 한순간에 무산시키기에 이르렀다.

"핫핫핫! 과연, 과연!"

우학이 내력 발휘를 중단했다. 시험도 마쳤고 확인도 끝난 것이다. 그러나 우학의 말처럼 임주원의 생명 보장을 확신해서는 안 된다. 우학에게 남무제는 오직 한 사람뿐인 경우다.

"자, 가보게."

우학이 한 발 옆으로 물러서서 말했다. 임주원은 무슨 뜻이냐는 눈빛을 우학에게 던졌다.

"나는 무부이지, 일을 꾸미는 사람이 아닐세. 오늘의 일을 설명 듣고 싶으면 저리로 가게. 그 사람이 잘 설명해 줄 것이네."

우학이 가리킨 곳은 성루. 성루엔 관모 착용의 백포노인이 조용히 서 있었다.

"저분은?"

물음은 불필요했다. 임주원은 성루의 백포노인을 올려다보는 순간 한 사람의 명호가 뇌리에 박히고 있었다.

'신기제갈 협정!'

그의 생각이 틀리지 않았음을 우학이 말해주고 있었다.

"자네의 의문을 풀어줄 사람. 청조 군사 신뢰 협정이네. 자, 올라가 보게. 할 이야기가 많을 걸세. 자네의 생사는 저 사람의 의중에 따라 결정될 것이네. 후후."

＊　　＊　　＊

청조 군사 신뇌. 청조 대장군 위지건. 적기군단장 우학.

청조의 국사는 이 세 사람이 실질적으로 관장한다. 비중이 큰 위인들인 만큼 지역에 문제가 발생한들 이들이 직접 행차하는 경우는 거의 없다. 하물며 지역 사안을 처리함에는 둘 이상 같이 움직인 경우는 청조가 궐기한 이래 단 한 차례도 없었다.

그런데 이번엔 신뇌와 우학이 태원성으로 동반 행차했다. 청조 사령부가 태원성의 일 처리를 얼마나 중요하게 생각하고 있는지 잘 증명하는 일이다.

한편 이들의 동반 행차가 놀랍고 의외이긴 해도 임주원이 청조의 실세 출현을 아주 짐작 못한 건 또 아니다. 이런 조짐은 무당산에서 이미 예견됐다. 신뇌와 우학의 행선지가 그때 갑작스레 바뀐 것이다. 태원성이 장악된 상황만 봐도 그렇다. 척호충이 육만의 정규병, 사만의 지역 예비 병력, 이만의 북방 동맹 병력, 도합 십이만의 병력으로 태원성을 사수하고 있었다. 적기군단 본진이 몰려온다고 한들 척호충이 태원성의 성문을 순순히 열어줄 리가 없었다.

결과적으로 태원성은 장악됐다. 그렇다면 이는 척호충이

감히 대항할 수 없는 청조의 거물들이 적기군단의 일선에 위치했다고 봐야 함이다. 이 경우 척호충에게 항전불가의 위압감을 주려면 적어도 청조 팔대봉공 안에 들어가는 거물은 되어야 한다. 청조일협 정도의 무장은 이 점에서 애초에 논외 대상이다.

"두 사람이 함께 오리라고는 정말 예상 못했어요."

마욱의 말이다. 마욱 또한 태원성에 적기군단이 출현했을 당시부터 청조의 실세 출현을 예상하고 있었다. 실세가 하나가 아닌 둘이란 점만 예상 못했을 뿐이다.

"하나이든 둘이든 위험도는 차이가 없어. 하나라고 해서 우리가 삶을 보장할 수 있는 건 아니니."

현실을 인정하는 임주원의 말이었다. 신뇌는 둘째 치고 우학이란 일대 초인이 일선에 개입한 이상 대적은 거의 불가능하다. 대책없이 무작정 대적한다면 그건 곧 죽음. 임주원 자신이라고 해서 크게 다르지 않다.

"하지만 뭐 그렇더라도 큰 걱정은 안 해요. 우린 대주님을 믿으니까요."

긴장을 풀어주려는 듯 마욱이 미소 지으며 말했다.

임주원은 마욱을 비롯한 십부장을 조용히 둘러보고는 성문 안으로 들어갔다. 십부장들이 그의 뒤를 따라갔고, 다음으로 적기군단의 오장들이 전열을 유지하며 차례차례 성안으로 들어갔다.

　　성문 안에 들어서자 또 다른 대치 상황이 임주원의 시선에 들어왔다. 규모로 따지면 성 밖에서 십부장들을 막았던 상황보다 배는 더 많은 적기군단의 군사가 이 대치 상황에 투입되어 있었다.

　　적어도 삼천 명의 원형 포진.

　　임주원은 적기군단 포진의 중심부로 시선을 맞추었다. 중심부에 두 사람이 있었는데 한 사람은 앉아 있고 다른 한 사람은 그 앞에 망부석처럼 조용히 서 있었다.

　　'백발여제… 향노.'

　　그들이 누구인지는 보는 순간 알았다. 서 있는 여인은 백발여제이며 앉아 있는 노인은 향노였다.

　　그의 시선을 접하자 향노가 기지개를 켜며 일어섰다.

　　"자, 이제 해산할 때가 온 것 같구나. 장시간 이 늙은이를 돌봐준다고 니들이 참 고생이 많았다."

　　군사들에게 건넨 향노의 말이다. 군사들은 향노의 이 말에 안도의 한숨을 내쉬며 경직된 자세를 풀었다. 보고 있자니 이런 대치가 적어도 이삼 일은 된 것 같았다.

　　향노가 이번엔 십부장들을 쳐다보며 말했다.

　　"이놈들아, 거기에 멍청히 서 있지 말고 냉큼 이리로 오너라. 간만에 집에 왔는데 이 늙은이하고 태원루로 가서 봉래춘이나 한잔하자."

　　십부장들은 즉각 움직이지 못하고 우학의 눈치를 살폈다.

우학이 따로 명을 내린 건 아니지만 알게 모르게 행동 제약을 받아온 것이다.

"어허! 당장 이리 오래두! 이 자리에서 이 늙은이의 고약한 심보만큼 무서운 게 또 어디 있느냐?"

향노의 입이 다시 열렸다. 우학의 눈치를 볼 필요가 없다는 뜻. 십부장들이 한두 번 멈칫거리다가 와르르 향노에게 뛰어갔다. 향노는 구원의 밧줄, 지옥사자를 벗어난 기분일 것이다.

십부장들이 모여들자 향노는 태원루로 향하기 전에 우학이 서 있는 방면으로 먼저 걸어갔다. 향노를 오 보 거리에서 대면한 우학이 고개를 살짝 숙였다. 향노는 무겁고 엄중한 음성으로 말했다.

"내가 이번에 참았던 건 백발여제와 차마 싸울 수 없었기 때문이다. 경고하는데 저 가련한 여인을 앞세워 내 앞을 막는 짓거릴 다신 하지 마라. 그땐 내 직접 검을 들어 공동의 역사를 끊어버릴 것이다."

"명심하지요, 그 말. 공동의 역사를 끊는다는 말도."

우학이 답변 다음으로 향노를 싸늘히 주시했다. 칼질보다 열 배는 더 살벌한 분위기가 오간다고 해야 하리라.

"그리고 하나 더, 신뇌에게 이 말도 전해라. 군법 위에 국법 있고 국법 위에 민의 있다. 소아적인 사고로 청랑대주를 처리하려 든다면 청조의 백성들로부터 큰 저항을 맞게 될 것이다."

말을 끝으로 향노는 우학의 대답을 듣지 않고 태원루로 휘적휘적 걸어갔다. 우학은 향노의 뒷모습을 말없이 노려보고 있었다.

한편 십부장들은 향노의 행보를 바로 뒤따르지 않았다. 임주원을 홀로 두고 간다는 것에 부담을 느끼고 있는 것이다.

"임 대주에게 맡겨라. 니들이 나설 일이 아니다."

멀리서 들려온 향노의 음성이 그들을 일깨웠다. 바른 말이었다. 아군 상잔을 하든 청조 사령부로 몽땅 끌려가 형장을 당하든 임주원의 결정에 따를 일이었다. 십부장들은 임주원에게 눈인사를 건네고는 향노를 뒤따라갔다.

이제 임주원만 남았다. 그는 우학을 쳐다봤다. 우학은 다른 말 없이 향노를 노려보던 시선을 성루로 돌렸다. 성루로 올라가란 말. 임주원은 가볍게 목례하고 성루로 향하는 계단에 올라섰다.

신뇌와의 대면을 앞두고 성루는 빠르게 정리됐다. 무장군사들은 성루 이십 장 외곽으로 철수했고, 신뇌의 최측근 경호 무장들은 대면 장소에서 삼십여 보 떨어진 곳까지 물러났다. 신뇌 옆엔 여인, 청명각주 장소란이 경호 겸 시중 목적으로 유일하게 남아 있었다.

임주원이 성루에 거의 다다를 즈음해서 신뇌는 장소란마저 대면 장소에서 십여 보 뒤로 물렀다. 장소란이 물러선 자리는 계단 앞. 계단을 올라오는 임주원을 그녀가 진한 시선으로 응시했다.

"……."

임주원은 그녀의 응시에 눈살을 지그시 찌푸렸다.

재회의 심정이 좋을 까닭이 없다.

무황성에서 그녀는 그를 지옥에 비정하게 내버려 두고 떠났다. 자의라면 독녀이고 고의라면 악녀의 기질이 다분하다.

"다시 볼 수 있기를 바라겠어. 그땐 너와의 관계에 대해 진지하게 고민해 보지."

그는 그때 그녀가 남긴 말을 떠올리며 말했다.

"다시 보게 되어 반갑군요. 그래, 나와의 관계에 대해 뭘 고민해 보겠다는 거지요?"

그녀는 그의 물음에 답하지 않았다. 대신 이전보다 더 진한 시선을 건넸다.

"뭐, 어지간하면 고민하지 마십시오. 이젠 내가 피합니다. 각주와의 동반 지옥 여행은 한 번으로 족하니까요."

그는 조소 어린 말을 전하며 그녀를 비켜 성루로 올라섰다. 그녀의 시선이 따라붙는다는 것을 알고 있었지만 그는 그녀에게서 관심을 차갑게 끊었다. 일종의 복수이기도 했으며 한편으로 그녀에게 더는 관심을 둘 형편이 아니기도 했다. 성루

중앙에 마련된 탁자. 신뇌가 그곳에 앉아 그를 바라보고 있었
다.

"청조 일대봉공이신 신뇌 군사님께 청랑대주가 인사를 올
립니다."

임주원은 한 무릎을 꿇으며 군례를 바쳤다.

"격식은 됐네. 이리 와서 앉아 차를 들게."

신뇌가 희미하게 미소 지으며 그를 탁자 자리로 불렀다.

임주원은 신뇌의 맞은편 좌석에 앉았다. 탁자에는 김이 모
락모락 나는 용정차 두 잔이 놓여 있었다. 신뇌가 먼저 찻잔
을 들어 한 모금 마셨다. 임주원은 차를 마시는 도중 신뇌를
은근히 주시했다. 아무 행동도 하지 않고 아무 말도 하지 않
았지만 신뇌는 단지 마주하고 있다는 자체로 위압감을 심어
주고 있었다. 이 위압감은 무부의 강제된 압력과는 거리가 멀
었다. 기품이 너무도 깊고 고고하여 범인이 쉽게 근접하기 힘
든 그런 위압이었다.

'상대하기가 어려운 사람이야. 문인주라고 한들 이 사람을
속일 수 없어.'

임주원은 위압감에 이어 막막한 심정에 빠져들고 있었다.
이제까지의 복잡다단했던 그의 행보가 마치 신뇌의 손안에서
놀아난 일처럼 느껴질 정도였다.

"그래, 무제께선 편안히 연공에 들어가셨는가?"

신뇌가 담담히 물었다.

“네, 내기를 상하셨지만 연공에는 크게 문제가 없다고 하셨습니다.”

그는 꾸밈없이 답했다.

“다행이군. 혹여 심기를 다쳤을까, 걱정을 많이 했는데…….”

심기를 다쳤다는 건, 조연을 투입한 일을 말함이다. 임주원은 이 점에 대해선 가타부타 답하지 않았다. 백연곡에서 그는 남무제와 비밀스런 일정을 보냈다. 가볍게 흘린 한마디에도 신뢰에게 그 일들이 전부 드러날 것 같았다.

그가 답이 없자 신뢰가 묘한 미소를 지으며 말을 이었다.

“과정이 좀 안 좋긴 해도 무제께서 자네와 겪은 일련의 사건이 아주 나쁜 일만은 아니었네. 무제께선 연공의 시간이 필요하셨거든. 자넨 그 이유를 아는가?”

“…….”

“천하제일인이라고 해서 수련을 등한시하면 안 된다네. 심신수련을 중단한 무인의 무공은 답보되고 답보의 세월이 길면 무력은 퇴보하네. 청무사조 선언 이후로 무제께선 남은 생애를 여제를 위해 모두 바쳤지. 일검수련은 당연히 못하셨고 그 때문에 일검지기들보다 상대적으로 초인 무력이 저하되어 있었네. 그 상태론 일검쟁위에 오르지 못하시네. 천일연공은 그래서 필요했던 거지.”

“으음.”

임주원은 신뇌의 말에 낮은 숨결을 흘렸다. 진단이 정확했다. 남무제도 백연곡에서 그런 말을 그에게 전했었다.

"일검쟁위는 거룩한 승부다. 검사는 최상의 정신과 최고의 몸으로 일검쟁위에 임해야 한다. 태만과 요령으로 일검쟁위에 임하면 그건 곧 상대 검사에게 수치를 남겨주는 일이 된다. 그런 점에는 나는 지난 세월……."

"물론, 워낙에 공력이 높으신 분이라 이번에 천일연공을 하시면, 무력이 답보되었던 그간의 세월을 능히 따라잡을 것이라고 보네."
"저도 그렇게 믿고 있습니다."
"호오, 믿는다? 무엇을 믿는다는 건가?"
말꼬리가 잡혔다. 신뇌가 대화를 중단하고는 그를 가만히 응시했다.
그 눈길. 그 의미.
임주원은 등줄기로 식은땀이 흘러내렸다. 믿는다? 누구를? 무엇을? 말꼬리가 잡힌 문제가 무엇인지 안다. 청조 사령부의 주 표적은 현재 그 자신이다. 그가 청조의 국본에 위험을 줄 요소란 말이다. 백연곡에서 남무제는 이 점을 예견하며 그에게 주의 또 주의하라고 일렀다. 특히 신뇌와 만날 때는 대화에 각별히 조심하라고 하였다.

"신뢰는 청조의 군사이기 이전에 소화파의 일대거두다. 국본을 흔들거나, 소화파의 사상에 문제가 있다고 판단되면 주저없이 너를 숙청하려 들 것이다. 하니, 너 홀로 깃발을 세울 수 있기 전까진 본신의 능력을 감추고 사상을 드러내지 말라."

"사부님께선 일검쟁위의 역사에 부끄럽지 않는 전적을 남기실 것입니다."

임주원은 다소 모호하게 답변했다. 현재로선 최상의 답변이기도 하다.

"후후, 전적이라."

그의 대답에 신뢰가 씩 웃고는 물음을 이었다.

"그뿐인가, 실망인데? 제자로서 당연히 무제께서 검제에 오르길 바라야 옳지 않겠나? 그래야 자네의 앞날도 탄탄해지지 않겠나?"

임주원은 잠깐 생각하고 힘주어 말했다.

"청랑대주는 사부님께서 주신 자리가 아닙니다. 앞으로도 사부님께선 저의 행로에 개입하지 않으실 겁니다."

"후후, 그분의 성정이시면 충분히 그러고도 남지. 허나, 그건 어디까지나 자네와 그분의 입장이네. 청조의 용사들은 그렇게 단순히 생각하지 않는다네. 자네를 보면 청조의 용사들은 자연적 그분을 떠올릴 걸세. 내 말이 틀렸는가?'

“…….”

반박 못했다. 신뇌의 주장이 일견 옳았다. 임주원은 침묵 속에서 신뇌를 똑바로 응시했다. 정면 돌파를 할 각오인데 이 시점에서 신뇌가 슬며시 물러나고 있었다.

“아! 부담을 덜게, 그냥 해본 말이네. 사실 자네의 말이 옳다네. 무제께선 앞으로도 자네의 행로에 그다지 영향을 주지 못할 것이네. 설혹 일검쟁위에서 검제에 오른다고 한들 그건 마찬가지이네.”

무슨 뜻인가? 임주원은 신뇌가 무슨 논리를 펼치려 하는지 알 수가 없었다.

“전날의 무림사에서 검제란 존재는 강호무림에 지대한 영향을 끼쳤네. 검제의 일언이 자금성 황제의 말보다도 더 중하게 강호 민중에 와 닿을 정도였지. 허나 앞으론 그럴 일이 없네. 그 이유를 아는가?”

물음의 의도를 모르는데 이유를 어찌 알까. 임주원은 고개를 저었다. 신뇌는 그럴 줄 알았다는 듯 엷은 미소를 비치곤 스스로 답했다.

“이유는 무력과 연관되어 있네. 전날의 무림사에서 검제는 곧 천하제일인이었네. 강호의 무장단체를 단신으로 제압할 정도로 강한 무력의 소유자였지. 여기엔 황실이라고 해서 예외가 아니네. 검제는 마음먹기에 따라 얼마든지 황궁으로 쳐들어갈 수 있었네. 황실에 군부가 있다지만 검제를 상대로 무턱대고 단체 무력을 동원할 수는 없네. 그랬다간 검제를 추앙하는 강호무림인에게 역공을 맞을 수가 있네. 그래서 역대의 황실에선 검제와 되도록, 정확히는 검제의 무력에 근접하는 무림인들과 무력 공생의 관계를 유지하려고 힘썼지. 일종의 악어와 악어새의 관계였던 거지.”

“저도 그렇게 생각합니다. 한데 그것과 제 사부님과 무슨 연관이 있습니까?”

“그러니까 오늘날의 시기엔 그 공생의 관계가 깨져 버렸다는 것이네. 무불시대와 청무조 시절의 전란을 거치며 전술, 전략, 전술화기를 총합한 집단무력이 비약적으로 발전을 이룬 때문이지. 즉, 국가가 더는 무림의 무력을 두려워하지도 필요로 하지도 않는다는 거네. 검제는 이제 황금 무림 시절의 빛바랜 명호일 뿐이네. 제아무리 검제라고 한들 오늘날 같은 전술 집단전에는 당해낼 재간이 없네. 일천전열로 안 되면 일만전열로 공격하고, 화살로 안 되면 총을 쏘고 총으로도 안 되면 화포로 집중 포격해 버리네. 국가의 이런 집단무력은 앞으로 세월을 더할수록 더 강해질 것이네. 화약과 총포로 대변되는 전술화기도 더욱 발전할 것임은 물론이고. 이러한 국가가 전날처럼 검제 같은 위인들의 위상을 용인해 줄 리가 없네. 일검쟁위는 아마 이번이 마지막이 될 걸세. 황금시절을 정리하는 예우 차원이지.”

“휴우.”

임주원은 한숨을 흘려냈다. 의도를 떠나 신뇌의 말을 듣고 있자니 무림인의 일원으로서 마치 그 자신의 일처럼 느껴지고 있었다.

신뇌가 논리를 정리했다.

"이건 시대의 필연이네. 누구도 돌릴 수가 없네. 어쩌면 차후의 신제국에선 검제뿐만이 아닌 무림 자체가 강호에서 지워질 수가 있네. 무림의 힘을 빌리지 않더라도 대중을 다스릴 대체 무력을 소유한 국가이네. 그런 국가가 통제되지 않는 무림인들을 그대로 둘 일이 없지 않겠는가."

임주원은 신뇌의 끝말에서 뇌리에 확 다가서는 물음이 있었다.

"하면, 청조 역시도 대륙을 통일하면 그런 정책을 펼친다는 말씀이십니까?"

"지금은 통일정책이 최우선이지. 무림의 일은 그때 가서 생각해 볼 일이네."

즉답을 피했지만 신뇌의 의중은 이제까지의 논리로 능히 파악됐다. 신뇌는 국본을 위협할 무력을 인정하지 않겠다고 주장하고 있었다.

'어쩌면 무림의 씨를 직접 말려 버릴지도. 칼날의 사정 대상엔 사부님도 나도 예외가 아냐.'

신뇌의 의도를 깨닫자 위험지수는 한층 상승했다.

"서론이 길었군. 하면 이제 우리 이야기를 해볼까?"

신뇌가 화제를 돌렸다. 완전히 돌린 것은 아니다. 이전 논리의 연장선상이자 논리의 실행이 되는 경우이다.

"자넨 지금 아주 위험한 상태에 처해 있네. 인정하는가?"

"……."

임주원은 대답없이 신뇌를 주시했다. 결과가 무엇이든 일단은 신뇌의 말을 들어보아야 할 때였다.

"상황 파악이 잘 안 된다면 자네가 현재 어떤 상태인지 내가 직접 알려주겠네. 내가 묻는 말에 간단히 답해주게."

"말씀하십시오."

"해체된 청랑대를 사사로운 감정으로 재건한 일이 있는가? 청조 사령부에 어떤 동의도 구하지 않은 채 말이야?"

재고의 여지가 없다. 엄연한 사실이다.

"네, 있습니다."

"산북대전에서 청조의 승인 없이 북방인들과 동맹을 맺어 전투에 나선 일이 있는가?"

이 역시 마찬가지다. 변명의 여지가 없다.

"네, 그런 일이 있습니다."

"그 후에 청조 사령부로 와서 청랑대 재건과 북방 결맹에 대해 해명하라는 청조 사령부의 군령을 거부한 일이 있는가?"

"거부라기보다는 그땐 시기가 아니라고 판단했습니다."

"차후에 해명을 할 생각이었다? 좋네. 그 점은 일단 믿어주겠네. 허나, 독단 거병, 무단 결맹, 전자의 두 가지 사안에 대해선 자넨 변명의 여지가 없네. 자넨 그 사안이 무엇을 의미하는지 아는가?"

"……."

"그건 바로 반역죄에 해당되네. 자넨 역모를 꾸민 거야."

임주원은 강하게 반박했다.

"지나치십니다! 저는 청조의 장수로 사국쟁패에 참전한 이래 한 번도 다른 생각을 품은 적이 없습니다! 역심은 가당치 않습니다!"

격한 임주원과 다르게 신뇌는 평정심을 유지했다.

"물론 나는 자네를 믿네. 설령 자네가 그런 실수를 했다고 하더라도 내 개인적으로는 자네를 반역으로 처단하고픈 생각이 전혀 없네. 인재가 아쉬운 시기이거늘 자네 같은 신진 용장을 사국 어디에서 구하겠는가. 문제는 청조 군부 내의 형평에 있네. 반역의 죄가 있는 자네를 두고 형평에 어긋난 조치를 한다면 앞으로 청조의 군부에선 군기가 엄히 서지 않을 것이네."

빠져나갈 길이 없다. 신뇌의 그물에 완전히 잡혔다.

"그래서 뭡니까? 반역 수괴의 목을 직접 자르시기라도 하실 생각이십니까?"

임주원은 도전적인 어투로 물었다. 어차피 막힌 길이다. 되든 안 되든 이제부턴 당차게 뚫고 나가야 할 때였다.

"천만에, 좀 전에도 말했지만 인재가 아까운 시기이네. 소명부 군사들이 그 이름만 들어도 벌벌 떤다는 산북의 영웅을 청조가 왜 직접 나서서 버리겠는가. 게다가 자넨 청조의 근원과도 같은 그분의 제자이네. 자네를 함부로 처단한다면 청조 군부에 분란이 생길 것이며, 나아가서는 청조의 민들이 청조 사령부를 원성할 것이네."

신뇌의 주장엔 중요한 한 가지가 빠졌다. 바로 임주원의 의지이다. 그는 청조 사령부에 순순히 목을 갖다 바칠 정도로 어리석지 않았다. 그가 마음먹기에 따라 태원성이 당장 아군 상잔으로 불바다가 될 수 있었다. 어쩌면 너무나 극단적인 가정이라 신뇌가 고의로 빼놓았을 수도.

"자, 그럼 서로가 만족할 수 있는 대안을 내가 제시하겠네. 어떤가, 받아들이겠는가?"

"일단 듣겠습니다."

"나와 함께 청조 사령부로 가세. 그곳에 간 다음 소왕 전하와 일백대신들이 참석한 어전 회의에서 청랑대의 일을 자네가 직접 해명하게. 그리하면 소왕 전하께서 자네의 해명을 들어보고 타당하다고 판단되면 그 죄를 친히 사면해 주실 거네. 사면에 대해선 염려를 들게. 소왕 전하께서도 나와 같은 생각을 하고 계신다네."

말은 좋다. 하지만 맹신해서는 안 된다. 자칫하면 그 자리는 반역죄를 공식으로 확정짓는 처형장이 될 수 있다.

"믿어도… 믿어도 되겠습니까?"

임주원은 신뇌의 눈동자를 강하게 주시하며 물었다. 씨앗 같은 감정 표출도 놓치지 않는다는 생각이었다.

"누구 말인가? 나? 아니면 소왕 전하?"

"두 분 모두입니다."

"후후, 물론 믿어도 되지. 단, 자네가 먼저 믿음을 준다는 가정하에."

신뇌가 희미하게 웃으며 답변을 마쳤다. 감정 표출의 흔적은 전혀 없었다. 신뇌의 심중을 파악해 보겠다는 생각이 잘못된 것이리라.

"생각할 시간을 주십시오. 길지 않을 겁니다."

"마음대로 하게."

임주원은 의자에서 일어나 성안이 한눈에 내려다보이는 성첩으로 걸어갔다. 시선 아래로 청랑대의 형제들이 무수히 보이고 있었다. 그들은 그가 내려다보고 있듯 성첩의 그를 올려다보고 있었다. 그의 결정을 기다리고 있는 모습들이었다. 그는 알고 있었다. 산북대전에서 피를 흘리며 맺은 전우의 의리는 청조 사령부의 군령보다 더 숭고하고 공고한 것이었다. 전우들은 아마도 그가 칼을 들면 기꺼이 동참해 줄 터였다.

위험이 있더라도 청조로 가서 직접 해결한다.

아니, 복잡하게 머릴 굴릴 필요 없이 지금 이곳에서 모든 사안을 해결한다.

　두 가지 길. 그는 쉽사리 결정을 못했다. 전자의 선택엔 청조 사령부가 그에게 신뢰를 주지 못한다는 문제점이 있었다. 그의 목숨을 끊으려고 했던 이전의 기억들이 뇌리에 생생히 남아 있었다. 그렇다고 또, 후자를 선택하기엔 부담이 너무나 컸다. 후자를 선택하면 거기엔 산북대전에서 흘린 피 이상의 희생을 전우들에게 요구해야 한다. 승리할 가능성도 얼마 되지 않는다는 문제점도 있고.

　'분명한 건 선택하지 않을 자유가 내게 없다는 거야.'

　결정을 할 시점이 점점 다가온다. 그는 사부의 모습을 문득 떠올렸다. 사부는 연공에 들어가기 직전 그에게 이런 말을 남겼다.

　"사국쟁패가 벌어진 가장 큰 원인은 통일 강호를 결정짓지 못한 이 사부에게 있다. 때문에 한땐 너에게 나의 힘을 직접 실어주어 천하를 새로이 평정케 할 생각을 했었다. 하지만 백두암에서의 일 이후로 내 생각은 또 바뀌었다. 흘러간 물로 새 시대를 열 수는 없다. 이 전로는 이제 너의 삶이 되었다. 여기에 나의 개입은 오히려 너의 전로에 악영향을 끼치는 일이 될 수 있다. 오늘의 너는 나의 조력 없이도 사국의 치열한 경쟁을 뚫고 훌륭히 일어섰다. 내가 조력한들 그보다 더 잘할 수는 없었을 것이다. 나는 이제 인정한다. 너는 나보다 더 강하다. 너는 네 삶에 자부심을 가져도 된다. 무림의 마지막 주인공은 바로 너다. 무불련이 못다 한 거사!

청무련이 못한 대업! 무제국의 사명을 완수할 수 있는 자격자는 천하에 오직 너 하나이다."

사부의 말에 전적으로 동의하진 않는다. 무력도 그렇고 의지도 그렇고 그는 아직 전대의 절대자에 비해 한참 모자란다. 다만, 사부의 말 중에서 한 가지는 충분히 동의했다.

―이 전로는 이제 너의 삶이 되었다.

전로 인생에서 달아날 길은 없었다. 종착지가 어디이든 끝까지 가보아야 할 삶이 되어버렸다. 그렇게 인정하고 들자 선택은 이제 어렵지 않았다. 소로보단 대로지향이 옳은 것이다. 상황이 어렵다고 하여 쉽고 편한 길만 가려 하면 종착지가 어디인지도 모른 채 전로의 미아가 되어버리고 말 것이다.

그는 뒤돌아 신뇌에게 자신의 의사를 밝혔다.

"제가 사령부로 가지요. 안 그래도 소왕 전하를 일간 알현할 생각을 하고 있었습니다. 소왕 전하와 저는 용무학관 동문이거든요."

신뇌가 흡족한 얼굴로 말했다.

"잘 판단했네. 나 역시 자네가 그런 결정을 내릴 줄 알았네. 하면 소왕 전하를 알현할 때까진 자네의 몸을 잠정 구속하겠네. 그래도 되겠지?"

죄인 신분으로 압송을 하겠다는 뜻.

임주원은 거부하지 않았다. 어차피 각오를 한 일이었다.

"마음대로 하십시오. 다만 청랑대에서 압송은 저 하나로 족했으면 합니다."

"물론이네. 청랑대원들은 산북대전을 승리로 이끈 영웅들이네. 상을 주어도 시원찮은 판에 그들에게 무슨 죄를 묻겠는가. 사령부로 가면 소왕 전하께서 아마도 그들에게 큰 상을 내려주실 것이네."

신뇌가 빙그레 웃었다. 임주원도 독대한 이래 처음으로 웃음을 비쳤다. 비슷한 미소지만 서로에겐 의미가 한참 다른 감정 표현이었다.

＊　　　＊　　　＊

천무 십이년 구월 삼일.

태원성 관할 부대가 청랑대에서 적기군단 적호대로 전격 교체됐다. 그리고 청랑대주 임주원은 죄인의 신분으로 호송 수레, 함거(檻車)에 실려 청조 사령부로 압송됐다.

설마했던 일이 발생하자 태원의 군병들은 완전무장으로 뛰쳐나와 함거의 앞길을 몸으로 막았다. 청랑대의 직속 군사만 육만이었다. 육만 군병들이 관도를 온통 막아버린 탓에 압송은 원천적으로 불가능한 상태에 처해 버렸다. 이 과정에서 길을 열라는 청조 사령부의 군령은 전혀 들어 먹히지 않았다.

육만 군병은 오히려 청랑대주를 풀어주지 않으면 압송에 임하는 청조 사령부 무장들을 모조리 죽여 버리겠노라고 공세의 수위를 높였다.

압송의 길을 뚫은 이는 임주원 그 자신이었다. 그는 오늘의 압송에 그 자신도 동의했다며 군령 엄수를 명했다. 그러면서 그는 군령을 받들지 않는다면 소속과 신분을 불문하고 모조리 참수하겠다고 단호히 명하였다. 다른 이도 아닌 그들의 직속상관 청랑대주의 명이었다. 태원의 군병들은 결국 길을 열 수밖에 없었다.

군병들에게도 귀가 있고 생각이 있다. 청랑대주가 청조 사령부로 압송되는 이유를 그들은 나름으로 알고 있었다. 억울하고 한탄스럽다. 그들은 압송되는 함거의 좌우에 무릎을 꿇고 분루를 쏟아냈다.

압송되는 거리에는 비단 태원의 군병만 있지 않았다. 청랑대주의 압송 소식을 들은 산북의 민들도 관도로 뛰쳐나와 함거에 실린 임주원을 안타깝게 바라봤다. 개중에는 청조소왕을 노골적으로 욕하는 사람들도 있었다. 적어도 산북에서만큼은 흑마호가 청조소왕보다 더 존경을 받고 있다는 것을 보여주는 일이었다.

한편 임주원과 한 몸이나 다름없는 청랑대의 진성 대원 일천 명도 장안의 청조 사령부로 향했다. 십부장들도 당연 포함되었는데 태원옥에 구금되어 있던 척호충도 현재는 방면되어 여기에 동참했다. 이들은 장안으로 향하는 내내 임주원을 철통같이 경호했다. 함거에 실려가는 임주원의 외관만 아니라면 흡사 장안으로 청랑대가 당당히 입성하는 것 같은 장면이라고 할 수 있었다.

산서를 벗어날 즈음해서 십부장 중, 바타르가 청조 사령부의 감시망을 뚫고 북방으로 올라갔다. 풍사기단에 출격 대기를 명해달라는 마욱의 요구가 있었던 것이다. 임주원에게 최악의 판정이 떨어지면 그땐 최후 결단을 내린다는 의미인데 십부장 전부가 이 점에 견해를 일치했다.

우리는 하나! 살아도 같이 살고 죽어도 같이 죽는다!

문구로 남기진 않았지만 그들은 이런 맹약을 가슴에 박아놓고 있었다. 맹약의 결연함은 초막의 말에서 그대로 나타났다.

"까짓 죽자! 그곳에서 화끈하게 한번 붙어보고 죽자!"

마욱은 좀 더 이성적으로 맹약의 심정을 대변했다.

"죽긴 왜 죽어요? 이왕이면 우리가 새롭게 판을 짜죠. 신뇌라고 실수하지 말란 법이 있겠어요?"

미래는 알 수 없다. 그곳에서 전멸할 수도 있겠지만 반대로 역전의 승리를 할 수도 있다.

알 수 없는 미래에 승부를 거는 이들은 비단 십부장들뿐만이 아니었다. 이 시각 장안의 청조 사령부에서도 청랑대주의 압송을 맞이하여 비밀리에 움직이는 사람들이 있었다.

　권력은 나누어지지 않는다. 권력의 속성은 전부가 아니면 전무다. 먹느냐 먹히느냐의 문제. 흑마호의 처리와 발맞추어 청조의 권력은 어떤 식으로든 새롭게 재편될 것이다.

第七十九章 북풍지계(北風之計)

이제껏 청조에서는 소왕의 권력에 도전할 사람이 전무했습니다. 청조의 절대 권력이 곧 소왕이었지요. 허나 청랑대주의 등장으로 상황이 달라졌습니다. 소왕 전하께선 생애 처음으로 제왕의 권력에 도전을 받고 있습니다. 청랑대주의 진의는 이 상황에서 그다지 의미가 없습니다. 청조의 내부가 그렇게 흘러가고 있습니다. 제가 이 자리에 온 것. 신뇌의 군부 재편. 따지고 보면 그 모두가 그런 흐름으로 인해 파생된 일들입니다.

―일로심약 문인주

북풍지계(北風之計)

섬서성 안강(安康) 청기군단 야전 본부.

"어디까지 왔느냐?"

"오늘 아침에 산서성을 벗어났습니다. 지금쯤이면 포성(蒲城)을 지나고 있을 겁니다."

"그래, 압송에 불미스런 점은 없고?"

"청랑대원들이 자체적으로 집중 경호하고 있었습니다. 이 상태라면 적어도 장안까지는 문제가 없다고 판단됩니다. 어떻게 할까요? 우리가 나설 상황이 아닌데 이쯤에서 본진 병력을 철수시킬까요?"

"철수는… 네가 알아서 하라."

작전 회의실 안. 청기군단장 상관용과 야차대주 왕필이 청랑대주의 압송 건을 두고 긴밀한 밀담을 나누고 있었다. 청랑대가 청기군단의 직속부대인만큼 이들의 대화엔 흑마호의 안전을 최우선하는 내용이 담겨 있었다.

"참, 청기군단 일선 부대장들의 성향은 파악해 보았느냐?"

"네, 알아보긴 했는데… 그게……."

왕필이 보고를 미적거렸다. 상관용이 그 모습을 보곤 무거운 음성으로 말했다.

"개의치 말고 보고하라. 정보가 사실이더냐?"

"네, 청조 사령부가 청기군단 일선 부대를 비밀리에 관리한 것으로 확인되었습니다. 이 과정에서 사령부의 뜻을 거부하는 부대장들은 변방으로 전출하거나 퇴출시켜 버리는 작태를 부렸습니다."

"대체 얼마나? 정보대로 변절한 부대장들이 오 할에 가깝더냐?"

왕필이 미적거린 이유를 뒤늦게 밝혔다.

"상황이 훨씬 더 심각합니다. 현재로선 삼 할을 겨우 넘기는 것 같습니다."

"겨우 삼 할? 어찌! 어찌! 내 이놈들을 당장!"

상관용이 자리를 박차고 일어섰다. 얼마나 노했는지 수염이 부들부들 떨리고 있었다. 삼 할이라면 본진 병력 외에는 거의 다 변절했다는 뜻. 청기군단의 지휘부는 이제 공황 상태에 빠진 것이나 다름없었다.

왕필이 급히 무릎을 꿇고 상관용의 행보를 말렸다.

"참으셔야 합니다. 청조 사령부는 청기군단장을 교체할 기회를 호시탐탐 노리고 있습니다. 지금 움직이시면 오히려 그들에게 빌미를 주게 됩니다."

왕필의 말이 틀리지 않는다. 상대는 일반 무장이 아닌 청조 사령부. 무력으로 해결되지도 않을뿐더러 자칫 역공을 맞을 수가 있다. 인내 또 인내. 인내의 시간이 길수록 상관용의 노기는 쓰라린 배신감으로 변해간다.

"신뇌가 어찌 내 등에 칼을 꽂을 수가 있느냐. 수십 년 동안 쌓아온 전우의 의리가 이제 보니 시정잡배의 변절보다도 못한 것이었구나."

상관용의 눈에 눈물이 맺혔다. 그의 나이 스무 살 무렵에 신뇌를 처음 만났다. 그 후 수많은 전장을 전전하며 때론 전우로 때론 형 아우로 각별한 연을 다졌다. 지금의 배신은 그에게 신뇌 개인뿐이 아닌 청조의 이상을 불태웠던 그 세월까지 되돌리는 배신이 되고 있었다.

"권력이 대체 무엇이기에, 사상이 대체 얼마나 중요한 것이기에 어제의 전우를 이토록 매몰차게 버리는가. 당신은 진정 내가 어떻게 해주길 바라는가."

상관용은 길게 흐느끼며 눈을 감았다. 왕필이 조용히 일어났다. 상관용은 말 대신 손짓으로 왕필을 막사 밖으로 내보냈다. 왕필이 막사를 나간 한참 후에도 상관용은 눈을 내리깐 자세를 유지했다.

"상대가 먼저 전우의 정을 버렸습니다. 군단장님께서도 이젠 정을 정리하셔야 합니다."

막사엔 상관용 외에 한 사람이 더 있었다. 이십대 후반의 백의문사. 일로심약 문인주인데 갑자기 출현한 것이 아니었다. 문인주는 왕필이 보고를 하기 한참 이전부터 상관용과 독대의 시간을 보내고 있었다.

상관용이 눈을 뜨고 소리 방향으로 시선을 맞추었다.

"꼭 그렇지는 않아. 사람마다 달라. 신뇌를 만나 확인해 봐야겠어. 정을 정리하는 건 그다음의 일이야."

문인주가 막사 구석에서 걸어나와 상관용의 앞에 섰다.

"기대하지 마십시오. 마음을 돌리실 분이 아닙니다."

"나의 일이야. 자네가 상관할 바가 아냐. 우린 우리 이야기만 하면 돼."

상관용이 좌석에 앉았다. 평정심으로 돌아간 모습이었다. 문인주도 맞은편 좌석에 앉았다. 왕필의 보고 탓에 중단되었던 그들의 밀담이 다시 재개됐다.

"이제는 제 말을 믿으시겠습니까? 왕권 강화를 내세워 신뇌 군사께서 청조 군부를 재편하고 있다는 것을요."

재론의 여지가 없다. 신뇌는 상관용이 일선 전장에 나가 있던 사이에 청기군단의 칠 할을 자기 영향권에 두었다.

"믿지. 수작질을 한 것이 사실로 드러났으니까."

"하면, 청랑대주를 역모로 처단한다는 것도 이젠 믿으십니까?"

"그건 좀 더 지켜봐야 해. 청랑대주에겐 해명의 기회가 있어. 타당한 해명을 했음에도 무조건 역모로 몬다면 그건 신뇌의 월권이야. 그런 권한은 소왕만이 가지고 있어. 아니, 남무제의 제자란 점을 감안하면 소왕 역시도 마음대로 할 수 없는 경우야."

상관용의 주장은 겉으로는 맞다. 그러나 깊이 들어가면 그 주장엔 오류가 나타난다. 문인주가 그 점을 바로 지적하고 있었다.

"해명의 자리를 만들어준 당사자가 신뇌입니다. 청랑대주의 목을 끊는 것이 목적이었다면 암살자를 보냈을 겁니다. 신뇌께선 이번 기회에 청랑대주를 공식적으로 처단하여 군왕의 권위를 단단히 세우려고 하십니다."

"해명의 자리는 어전이야. 일백 대신들의 눈이 있어. 나는 물론이요, 위지 형님도 그곳에 참석할 거야. 아무리 신뇌라도 이치에 어긋난 주장을 할 수 없어."

문인주가 눈을 반짝이며 말했다.

"그렇습니다. 바로 그 때문에 그 자리가 위험하다고 말하는 겁니다."

"무슨 뜻인가?"

"그날 청랑대주를 두둔해 줄 대신은 열 명이 채 되지 않을 겁니다. 다수가 한목소리로 반역을 주창하면 소수는 대세를 따르지 않을 도리가 없습니다."

"으음."

상관용이 착잡하니 숨을 내쉬었다. 사실은 그도 그 점을 내심 걱정하고 있었다.

"조정에 기대를 하시면 안 됩니다. 청기군단의 칠 할이 신뇌 군사에게 넘어갈 때 조정 역시도 마찬가지로 정리되었습니다. 조정은 소화파가 아니면 살아남지 못하는 곳이 되어버렸습니다."

"난 소왕의 이성을 믿네. 소왕은 유약한 성품이긴 해도 남들의 논리에 무조건 휘둘리는 분이 아닐세."

문인주의 주장이 사실이라면 소왕은 이 시점에서 청랑대주를 살릴 최후의 보루다. 상관용이 그런 소왕을 거론했다는 건 그만큼 이 일이 심각하게 다가왔다는 것이다.

문인주는 간단히 반박했다.

"소왕 전하도 믿을 수 없습니다."

"으응?"

상관용이 눈살을 찌푸렸다. 문인주의 말은 청조의 신하 된 자로서 몹시 불경스런 경우라고 할 수 있다.

작정을 했는지 문인주는 거침없이 나갔다.

"부자간에도 나누지 않는 것이 제왕의 권력입니다. 이제껏

청조에서는 소왕의 권력에 도전할 사람이 전무했습니다. 청
조의 절대 권력이 곧 소왕이었지요. 허나 청랑대주의 등장으
로 상황이 달라졌습니다. 소왕 전하께선 생애 처음으로 제왕
의 권력에 도전을 받고 있습니다. 청랑대주의 진의는 이 상황
에서 그다지 의미가 없습니다. 청조의 내부가 그렇게 흘러가
고 있습니다. 제가 이 자리에 온 것. 신뇌의 군부 재편. 따지
고 보면 그 모두가 그런 흐름으로 인해 파생된 일들입니다."

상관용은 반박 못했다. 단적으로 청기군단의 문제점 역시
그런 흐름이 원인되었다고 할 수 있었다.

"게다가 소왕 전하께서도 근자엔 청조의 유아(幼兒)란 말
이 듣기 싫으신지 군왕의 행보를 자주 해 보이십니다. 소왕
전하께선 아마도 해명의 자리에서 청랑대주의 그릇이 어느
정도 되는지 판단해 볼 것입니다. 내 사람으로 만들기 버겁다
고 생각되면 그땐 군왕의 위엄을 보인다는 측면에서 가차없
이 칼을 들지도 모릅니다."

"휴우."

상관용은 길게 숨을 내쉬었다. 만에 하나 문인주의 주장대
로 일이 진행된다면 그건 다른 누구도 아닌 그가 반드시 막아
야 할 일이 되는 경우였다. 청랑대주는 그가 경외하는 남무제
의 제자이자 그가 예전부터 관심을 두고 지켜본 미래의 청조
대장군 감이었다. 그런 청랑대주를 권력의 먹잇감으로 만들
수 없었다. 태만히 대처하다 천추의 한을 남긴다면 그땐 살아

서는 남무제를 마주할 수 없을 터였다.

"막을 방법이 있는가? 무제께서도 현재 안 계시는데?"

"인정과 논리로 막을 단계는 지났습니다. 상대가 힘으로 밀어붙이면 우리도 같이 힘으로 막아야 합니다."

"그 말은 내란을 벌이자는 건가?"

너무 앞서 갔다. 문인주는 고개를 저으며 말했다.

"내전을 벌이면 청조는 그날로 사국쟁패에서 퇴출됩니다. 이는 우리의 상대도 충분히 인지하고 있는 일입니다. 따라서 우리가 내전을 벌일 정도의 세력을 과시하면 신뇌 군사께서도 감히 청랑대주를 어쩌지 못할 것입니다."

"청조 내에서 어느 정도 세력이면 신뇌가 물러서겠는가? 삼 할의 청기군단 본진으로는 청조의 무력 일 할에도 미치지 못하네."

"사 할. 적어도 육 대 사의 비율은 맞추어야 된다고 봅니다. 청기군단으로 오기 전에 흑기군단장님을 만나뵙고 왔습니다. 기꺼이 청랑대주를 조력해 준다고 하셨습니다."

"위지 형님이? 하긴 형님의 의리라면 백번도 더 우리를 도울 것이야. 핫핫!"

상관용은 밀담을 한 이래 처음으로 활짝 인상을 폈다. 흑기군단은 청기군단보다 전력이 더 강하다. 한중에 포진한 흑기군단이 청조 사령부로 회군하면 나머지 삼 할을 충분히 채울 수 있다는 생각이었다.

상관용의 기대 심정은 문인주의 말에 곧바로 깨졌다.

"아직 마음 놓으실 상황이 아닙니다. 청조의 전체 전력을 놓고 보면 흑기군단도 겨우 일 할에 그치고 있습니다."

"으응? 아니, 왜? 한중의 흑기군단 일진 병력만 십만이거늘."

"군부 재편은 청기군단의 상황만이 아닙니다. 흑기군단에도 같은 일이 벌어졌습니다."

"으으으!"

상관용의 표정이 딱딱하게 굳었다. 상황의 심각성을 이제 확실히 피부로 느낄 수 있었다. 상관용은 뜸을 두었다가 다시 물었다.

"나머지 협력자는 어디서 구하는가? 봉황기단과 적기군단은 원래부터 신뇌를 지지하는 세력이지 않은가. 혹시 황기군단에서?"

"황기군단은 이미 저쪽으로 넘어갔습니다. 청조 내에서 협력자를 구할 무력단체는 더는 없다고 할 수 있습니다."

"하면? 이제 어떡하는가?"

"제가 오늘 청기군단장님에게 독대를 요청한 두 번째 이유가 바로 그 때문입니다."

"다른 이유가 있었는가?"

희망을 기대하는 물음. 문인주가 눈을 빛내며 답했다.

"대와탑을 통관해 주십시오. 정확히는 대와탑 팔관을 통관

하여 그곳 용옥관에 수감되어 있는 풍검령주를 생포해 주십시오.”

“대와탑 통관? 풍검령주 생포? 그 일은 왜?”

“확실하지 않은 일입니다. 아직은 자세한 내막을 말할 단계가 아닙니다. 다만 성과가 있다면 그땐 세력 비율이 단숨에 칠 대 삼까지 변할 수 있습니다. 이 경우 우리가 칠에 해당됩니다.”

“칠 대 삼이라……”

상관용은 더 이상 묻지 않았다. 이제까지의 대화 과정에서 문인주는 일대 모사다운 책략을 거듭 선보였다. 그런 문인주가 허튼소리를 할 리가 없었다. 그냥 믿고 기다려 주어야 했다.

“좋네, 대와탑으로 야차대장을 보내도록 하겠네.”

“청을 들어주어 감사합니다.”

문인주가 포권하며 일어났다. 밀담이 끝났다는 표현이다.

상관용은 아직 미진한 게 남아 있었다.

“참, 문제가 하나 더 남아 있네.”

“뭐지요?”

“알다시피 흑기군단 본진과 청기군단 본진은 최전선 부대이네. 사국쟁패 상황에서 함부로 병력을 빼낼 처지가 안 되네. 나나 위지 형님이나 최전선에 발이 잡혀 있단 뜻도 되네. 신뇌가 우리 몰래 세력을 심어둘 수 있었던 이유도 그 때문이라고 할 수 있지."

문인주가 질문의 뜻을 바로 파악하고 답했다.

"아! 그러고 보니 제가 거기에 대해 설명을 안 했군요. 그 일은 걱정 마십시오. 흑기군단 본진과 청기군단 본진은 당분 간 일선 전장에 투입되지 않을 겁니다."

"최전선은 하루도 조용할 날이 없거늘, 어떻게 말인가?"

"제가 삼국 군부에 잔수를 좀 부려두었습니다. 청조를 제 외한 삼국은 아마도 이 시각 이후로 미친 듯이 서로 싸워댈 겁니다. 청조 군사들은 그냥 구경만 하면 됩니다. 하하!"

"허!"

상관용은 문인주의 웃는 모습을 보며 뜨악한 숨결을 토해 냈다.

잔수.

대체 무슨 작업을 했기에 삼국이 전쟁을 벌인단 말인가. 그 것도 청조가 방관자가 된 채 말이다.

"이거야 원, 백학의 환생인가?"

상관용은 새삼스런 눈으로 문인주를 바라봤다. 강호의 풍 문은 그다지 신뢰할 것이 못 된다. 일로심약이라며 문인 가문 에서 퇴출되었다고 하던 문인주. 그 문인주가 이 순간 그의 눈에 동서전란 당시의 일대 전략가 곽필처럼 보이고 있었다.

백학 곽필.

의미없는 거론이 아니다.

문인주는 삼국 충돌을 유발하는 과정에서 이른바 북풍의 계(計)라 불렸던 백학의 전술을 그대로 흉내 냈다. 전부 두 가지 잔수인데 그중 하나가 지금 하남과 호북이 맞닿는 신양(信陽)에서 진국과 소명부를 충돌시키고 있었다.

＊　　　＊　　　＊

하남 신양(信陽).

정오 무렵, 소명부 신양지부로 이십대 후반의 흑의장한이 찾아왔다. 흑의장한은 자신의 이름을 마충이라 밝히며 신양지부장 고장걸을 면담했는데, 면담이 채 끝나기도 전에 고장걸이 신양지부에 군사 동원령을 발동시켰다. 시각을 다툴 만큼 사안이 급하고 또 중요했던 것이다.

"정말이냐! 정말로 대별상방이 진국 놈들과 소금 거래를 하고 있단 말이냐?"

"난 명의 백성 된 입장에서 고변을 했으니 믿고 안 믿고는 지부장의 마음이오."

대별상방은 소명부에 각종의 전투 식자재, 그중에서 특히 소금을 주력으로 납품하는 상인 단체다. 사국쟁패가 발발한 후로 소금은 품귀 현상이 일어날 정도로 귀한 물품이 되어 있다. 소명부는 이 때문에 현재 국가적 차원에서 염상들을 집중 관리하고 있다.

"거래 장소가 어디라고 했느냐?"

"복화산이오. 거래 시각이 유시(酉時)이니 일단 그곳으로 병력을 보내 확인해 보시오. 내 말이 거짓이면 그땐 그냥 돌아오면 되지 않겠소이까."

마충이란 장한의 고변 주장은 이러했다.

오늘 유시에 복화산에서 대별상단과 진국의 관리가 비밀스레 접촉해 소금을 거래한다. 적국과의 소금 거래는 국법으로 엄금하는 일, 이에 자신은 이 거래를 고변코자 대별상단을 그만두고 나왔다.

"으으음, 그게 사실이라면 내 이놈들을 이번 기회에 요절을 내버리고 말리라!"

"하면 나는 볼일을 다 마쳤으니 가보겠소이다. 참, 보상 같은 것은 필요없소이다. 그간 대별상방에서 벌 만큼 벌어놓았으니 그냥 이 바닥에서 조용히 사라지겠소."

면담을 마친 장한은 고장걸에게 일을 확실히 매듭지어 줄 것을 요청하고 신양지부를 빠져나갔다. 고장걸은 이때 은밀히 부하를 붙여 장한을 추적하게 했다. 고변 전에 신분 확인을 철저히 하기는 했지만 그래도 완전히 신뢰할 수는 없었다. 온갖 수법이 판치는 사국 전장이었다. 불순한 의도로 접근했을 가능성이 아주 없지는 않았다.

"허나 그렇다고 그냥 넘어갈 수는 없지."

　고장걸은 군사들이 집결해 있는 지부 연무장으로 나왔다. 대별상방이 소금 장난을 치고 있다는 보고가 일전에도 한두 차례 있었다. 뭐가 어찌 됐던 장한의 말대로 일단 그곳에 가서 확인을 해보는 것이 첫째 수순이었다. 수하들을 붙여놓았으니 장한은 어차피 멀리 가지 못할 터였다.

　"신양지부대는 지금 즉시 출동한다! 목적지는 복화산!"

　고장걸은 명과 함께 오백 군사를 이끌고 복화산으로 달려갔다.

＊　　　＊　　　＊

　신양지부를 나온 흑의장한은 관도를 유유히 걸어갔다. 등 뒤에 꼬리가 붙었다는 것을 알고 있는 눈치인데도 오히려 그 점을 즐기듯 전혀 개의치 않고 있었다. 신양지부를 백여 장 정도 벗어나자 흑의장한은 걸음을 멈추었다. 맞은편 관도 중앙에 두 가닥 콧수염을 길게 기른 사내가 서 있었다.

　"하, 칼질만 할 줄 안다고 생각했더니 이제 보니 곰탱이 같은 머리도 쓸 만한 구석이 있네?"

　"씨, 왜 이래. 나도 우리 집에선 문재라고 꽤나 칭찬을 들었다고!"

　"문재? 카핫핫! 니가 문재면 난 맹자님이다."

　"쌍놈! 차라리 욕을 해라, 욕을!"

마주 보고 서서 농지거리를 천연스럽게 해대는 두 사내.

이들은 문인주의 작업 지시를 받은 팽마충과 임호다.

"그래, 넌 어때? 잘해냈어?"

팽마충이 길을 걸으며 물었다. 임호가 그 옆에 바짝 붙어 걸으며 답했다.

"물론이지. 귀한 모가지 하나를 전해주니까, 나를 진국의 정보부에서 나온 고위급 무장인 줄 알고 벌벌 떨더군."

"귀한 모가지? 누구?"

"희요세. 희요백 동생의 모가지."

팽마충이 그만 입을 딱 벌리며 걸음을 멈췄다.

"미, 미친놈! 미끼를 삼을 게 따로 있지!"

"뭐, 나도 몰라. 난 일불효가 시키는 대로 했으니까."

희요세의 목.

배포 빼면 시체라는 팽마충 같은 인간도 깜짝 놀랄 사건이 맞다.

소명부 하남지부장 희요백에겐 아들처럼 끔찍이 아끼는 동생이 하나 있다. 희요백은 혹여 불미스런 사고가 생길까 염려하여 이제껏 동생을 일선 전장에 한 번도 투입하지 않았다. 희요세는 주로 후방의 보급 부대만 관리해 왔다. 이런 희요세의 목을 잘랐다는 건 곧 그날로 희요백과 불구대천의 원수가 된다는 뜻이다.

"야, 빨리 튀자. 이러다가 자칫 주원이를 만나보지도 못하고 골로 가겠다.”

팽마충의 걸음이 빨라지기 시작했다.

“야, 그런데 저것들은 어쩌지? 달고 가자니 꽤 거슬리는데.”

임호가 문득 뒤를 곁눈질하며 말했다.

뒤를 안 돌아봐도 무슨 상황인지 안다. 팽마충은 전방의 소나무 숲으로 걸어가며 말했다.

“뭘 어째! 분수를 모르는 놈들은 모조리 대가리에 나무를 심어주어야지.”

머리에 나무 심기.

정체가 불분명한 처단 방식이지만 아무튼 팽마충은 능히 그러고도 남을 위인이다.

팽마충을 뒤따라 임호가 숲으로 들어갔다.

좀 있어 안타깝게도 추적자들이 숲으로 뛰어들어 갔다.

“아아악!”

숲 안에서 개 잡는 비명이 들려옴은 물론이다.

*　　　*　　　*

임호도 팽마충처럼 모종의 작업을 했다. 그의 작업은 근자에 진국의 보급 부대들을 발칵 뒤집어놓은 사건과 관련되어 있었다.

오 일 전이었다. 강남전선으로 비밀리에 운반 중이던 육씨세가의 전술화기들이 그만 호북 북로에서 정체불명의 괴한들에게 강탈당해 버렸다. 천화통, 천박통 등, 육씨세가의 전술화기들은 그 하나하나가 무가지보나 다름없었다. 진국 사령부에선 대노하여 수삼 일 내로 범인들을 전원 색출 검거하라고 엄명을 내렸다. 범인들은 오리무중이었다. 호북의 보급부대원들이 밤을 낮 삼아 뛰어다녔지만 범인에 대해 조금의 단서도 잡을 수가 없었다. 보급부대의 책임 장수 셋이 이 사건으로 인해 모가지가 날아갈 즈음해서 은밀한 소문이 호북을 떠돌았다.

소명부의 짓이다! 하남성 신양지부 놈들의 짓이다!

진국의 영토 안에서 발생한 강탈 사건이었다. 심증은 가지만 그렇다고 물증도 없이 무조건 소명부를 범인으로 몰 수는 없었다. 게다가 확인을 하자면 군사를 동원해 소명부 영토인 하남성으로 건너가야 하는데 현재의 진명 관계로 보아 그건 거의 불가능한 일이었다.

이차 사국전란이 발발한 후로 진국과 소명부는 전면전을 치른 적이 없었다. 가끔 국지전이 벌어지면 그땐 진국과 소명부의 사령부가 전면전 이전에 막후 교섭하여 원만하게 해결했다. 진국은 초국이 주적이요, 소명부는 또 청조가 주적이다. 주적을 두고 소명부와 진국이 굳이 전면 충돌할 이유가 없다는 이해가 서로 일치한 때문이다.

　진명 관계가 이러하니 진국의 보급부대장들은 이러지도 저러지도 못해 끙끙 앓아댔다. 보급로 관리를 무엇보다 중요시하는 진국의 사령부였다. 최후통첩의 시점을 넘긴다면 그땐 보급 군기 확립 차원에서 호북 이북의 보급부대장들은 전원 모가지가 날아갈 터였다.

　"육씨세가의 전술화기는 현재 복화산에 숨겨져 있소. 오늘 유시에 소명부 신양지부로 옮긴다고 하니 빨리 조치하지 않으면 그땐 영영 회수하지 못할 거요."

　임호는 이런 시점에서 진국의 보급일선 관리부대 백화방을 방문했다. 그는 백화방주 양풍기와의 독대에서 강탈 사건의 전모를 밝히며 증거로 주범 중의 하나, 희요세의 목을 내밀었다. 양풍기로선 믿지 않을 수가 없는 경우였다. 절박한 상황이니 차라리 그렇게 믿고 싶었는지도 모른다.

　"복화산으로 어서 가시오. 놈들이 군사들을 동원해 올 테니 방주께서도 용맹한 군사들을 많이 데려가야 할 거요. 참, 전술무기들은 소금가마니 안에 모두 숨겨져 있으니 참고하시오."

　복화산은 진국과 소명부의 국경이 맞닿은 곳. 대규모 군사 동원에 그다지 문제가 없다. 양풍기는 군사 일천 명을 이끌고 복화산으로 득달같이 달려갔다. 물론 사령부에 이 일을 보고하고자 전령을 보내는 것을 잊지 않았다.

　문제가 있다면 전령이 사령부에 도착하는 시각보다 복화

산 상황이 먼저 터진다는 것이다. 임호의 작업은 그렇게 성공적으로 끝났다.

＊　　　＊　　　＊

복화산.

일몰을 앞두고 백화방과 신양지부의 군사들이 복화산으로 앞 다투어 밀려들었다. 군사들은 산길에 쌓여 있는 소금 가마니를 두고 살벌하게 대치하였고, 양자의 일을 조목조목 따져 보기도 전에 어디선가 시작된 칼질로 인해 대판 전투를 벌였다.

"쓰벌! 도적놈의 새끼들을 모조리 죽여 버렷!"

"육시랄 놈들! 먹는 거로 장난을 쳐! 오냐, 그 아가리에 칼을 처박아주마!"

사위가 어둠에 물들며 집단 충돌은 인성이 말살된 살상전으로 변했다. 군사들은 혈안을 번뜩이며 상대의 가슴에 무자비하게 칼을 꽂았다.

죽고 죽이는 광란의 혈전.

한 시진도 넘었던 전면 살상전은 결국 수적인 우위를 앞세운 백화방의 승리로 끝났다. 하지만 백화방 역시도 아군의 절반이 살육의 희생자가 되었을 정도로 큰 피해를 입었다.

전투가 끝난 후 양풍기는 혈인이 된 모습으로 바닥에 털썩 주저앉았다. 그의 앞에는 고장걸이 가슴이 뻥 뚫린 채 죽어 있었다.

"우리가… 우리가 대체 여기서 뭘 한 거지?"

멍한 얼굴로 중얼대는 양풍기였다.

"뭘 하긴? 니들이 삽질한 거지."

"킥킥! 후회해 봐야 소용없어."

팽마충과 임호는 어둠 속에서 양풍기의 모습을 보며 조소하고 있었다. 광기 어린 집단 살상전엔 그들의 역할이 아주 컸다. 일을 따져 보는 과정도 없이 다짜고짜 선공을 날린 것도 그들이고, 어두워지면서 인간들을 살인귀로 만든 것도 그들이다. 그들이 살상 전투를 거의 조종했다고 봐도 무방하다.

"가자, 더는 있을 필요가 없겠다."

임호와 팽마충은 서둘러 복화산 현장을 빠져나왔다. 적진에 잠입하고 또 빠져나오는 모습이 그야말로 유령의 움직임 같았다.

"다음 수순은 뭐지?"

복화산을 한참 벗어난 후 팽마충이 물었다. 임호는 콧수염을 살살 만지며 답했다.

"한 사람을 미쳐 버리게 하는 일이 남았지. 아마 지금쯤 눈알이 확 뒤집어졌을걸!"

"무슨 소리야?"

"히히히! 목 잘린 희요세의 몸통을 하남제천단에 보내주었
지."

임호의 키득댐에 팽마충이 멀건 웃음으로 동조를 보였다.

"캬! 연이어 불을 지르는구나! 희요백 성깔에 호북은 이제
완전 불바다가 되겠어."

임호가 문득 굳은 얼굴로 팽마충을 보며 말했다.

"참, 희요세의 몸통에 마충이란 이름을 새겨놓았는데 괜찮
을까 모르겠네?"

"뭐뭐뭐뭐뭐!"

팽마충이 잠자다가 폭탄 맞은 것 같은 표정으로 변했다.

"하긴 뭐, 큰 걱정은 마! 성은 새겨놓지 않았으니까, 그게
널 지칭하는지 희요백이 어찌 알겠어?"

"개놈의 새끼야! 그걸 말이라고 해! 이리 와! 넌 오늘 죽었
어!"

"킥킥! 그러기에 평소에 내게 잘해야지!"

임호가 혀를 쏙 내밀곤 어둠 속으로 냅다 달렸다. 경공으로
는 천하제일이다. 팽마충이 눈을 부릅뜨고 추적하지만 달릴
수록 점점 더 거리가 벌어질 뿐이다.

아군을 후방으로 빼기 위한 문인주의 잔수.

적을 적으로서 때리는 전술.

이 장난 같은 전술에 그만 호북이 몽땅 불타게 된다.

이른바 진국과 소명부의 전면전.

문인주 역시 사태가 이렇게 확산되리라고는 짐작 못했을 것이다.

第八十章

진국명부—호북대전(眞國明部—湖北大戰) 一

너희에게 생로는 하나뿐이다. 나를 믿고 앞으로 나아가는 길이다. 적의 칼은 두려워 말라. 너희가 나를 배신하지 않는 한 나는 너희를 지켜준다. 설혹 삶을 지켜주지 못한다 할지라도 너희의 명예만은 반드시 지켜준다. 어떠하냐?
나를 믿고 앞으로 나아가겠느냐?

—북명뢰장 엄사문

　희요세의 사체가 하남제천단에 배달된 날, 희요백은 예상대로 대노했다. 그의 분노는 복수를 다짐하는 군사적 조치로 바로 나타났다.

　"지금 즉시 전군에 출격 명령을 내린다! 내 직접 호북으로 달려갈 것이다. 그곳에 가서 요세를 죽인 진국의 종자들을 모조리 씹어 먹을 것이다!"

　동생의 죽음으로 화가 머리끝까지 치솟았다지만 타국의 국경을 넘어가는 일이다. 전면전이 발발할 소지가 있거늘, 명분을 확보하지 않고서는 쉽사리 출격의 명을 내릴 수 없다. 희요백은 명분을 신양지부 전멸 사건에서 찾았다. 진국의 백화방이 먼저 군사를 동원해 아군을 몰살시켰으니, 그 사건을 조사해 응당한 책임을 묻겠다는 것이다.

천무 십이년 구월 초.

하남제천단 본진 군사 육만이 호북성으로 몰려가 호북 이북 지역을 차례로 점령해 나갔다. 점령 과정에서 진국의 일선 부대들이 극렬히 항전했다. 이왕 벌인 전투, 확실하게 끝낸다. 항복도 안 받아준다. 희요백은 투항자들까지 모조리 죽여버리는 극단적 공세 전략으로 호북 이북의 거점 지역을 닷새 만에 전부 장악하기에 이르렀다.

호북 의성(宜城).

하남제천단은 호북의 곡창지대 의성에 본진을 꾸렸다. 그런 다음 신양지부 몰살 사건에 대해 자체적으로 판결을 내리는 형장의 자리를 열었다. 이 자리엔 지역민들이 강제로 소환됐는데 하남제천단의 호북 출격 명분을 대외에 널리 알린다는 취지였다.

백화방주 양풍기와 그 직속의 무장들이 줄줄이 오랏줄에 묶여 형장으로 나왔다. 사건의 전모를 밝히는 과정이 일사천리로 진행되었고 이어서 희요백은 전원 참수라는 즉결 판결을 내렸다. 양풍기는 변론할 기회조차 가지지 못했다. 참수되기 직전 양풍기는 독 오른 얼굴로 희요백에게 저주를 퍼부었다.

"악마 같은 새끼! 타국의 영토를 무단으로 침범한 놈이 누구인데 이런 말도 안 되는 짓거리를 벌이느냐! 이놈아, 우쭐

대지 마라! 네 더러운 목숨도 얼마 남지 남았다! 진국 사령부
에서 곧 대대적인 군사를 보내올 것이다! 지옥에서 보자, 이
놈!"

죽음을 불사하는 기백은 좋다만 상대를 잘못 골랐다.

양풍기의 독설을 들은 희요백은 참수의 판정을 한 단계 더
높였다.

"고얀 놈! 아직도 자신의 죄를 뉘우치지 못하는구나. 집행
대원들은 저놈의 사지를 자르고, 뼈와 살을 추려 의성 저자에
깔도록 하여라."

양풍기의 죽음으로 신양지부 전멸 사건은 일단락됐다. 하
남제천단이 호북에 주둔하고 있을 명분이 사라졌다는 말과
같다. 하지만 희요백은 군사들을 하남으로 즉각 돌리지 않았
다. 호북에서 벌어진 일련의 사건은 현재 천하의 주요 관심사
가 되어 있었다. 사국쟁패가 시작된 이래 이번처럼 그의 이름
을 확실하게 알린 적이 없었다. 그는 되도록이면 자신의 이름
석 자가 좀 더 강호에 알려지기를 원했다.

양풍기 참수 삼 일째가 되던 날, 암양 증자서가 희요백의
집무실로 은밀히 찾아왔다.

"주군, 이제 철군을 할 시기가 되었다고 생각합니다."

"왜? 우리가 왜 그래야 하지?"

"소명부 내에서 우리를 안 좋게 보는 시각이 있습니다. 주
군의 독단적인 출병이라고 제천궁의 무장들이 곤명궁에 여러

차례 보고를 올린 모양입니다.”

증자서는 희요백의 오른팔과도 같은 최측근이다. 말을 다소 직설적으로 표현한다고 해서 희요백이 문제 삼지 않는다.

“후방에 처박혀 호박씨나 까는 그깟 놈들의 말들은 상관할 필요 없어.”

“내부 사정뿐이라면 철군을 말하지 않을 것입니다. 오늘 아침 진국의 진양기단이 장강을 도강했습니다. 늦어도 여드레 후에는 의성에 당도할 것으로 추정됩니다.”

“잘됐군. 이참에 진양단주 국자강의 목을 베어버리면 우리를 시기하는 놈들의 입을 막아버릴 수 있을 테니 말이야.”

“주군, 총사는 진양단주 국자강이 아닙니다.”

“국자강이 아니라고?”

희요백의 얼굴이 비로소 진지해졌다.

“총사는 진국 대장군 국자량입니다. 일진 군사만 팔만에 육박하며, 거기엔 진국 사령부의 특급 무장들이 전원 포함되어 있습니다.”

국자강은 맞상대를 해도 겁날 게 없지만 국자량은 그렇지 않다. 희요백은 솔직히 국자량과 승부를 벌여 이길 자신이 없다.

희요백은 철군에 관해 뜻을 표명하지 않았다. 이제 와 철군을 말하기엔 체면이 서지 않는 때문인데 증자서가 이를 알고 말을 돌려 철군 주장을 펼쳤다.

"우리는 이번에 호북으로 건너와서 챙길 것은 다 챙겼습니다. 하남제천단의 전력을 과시했으며 더불어 주군께서는 사국 전장에 확실한 이름을 남겼습니다. 하니, 이제 돌아가면 어느 누구도 주군을 북명뢰장의 아래로 보지 않을 것입니다."

중자서는 말끝에 북명뢰장을 강조했다. 희요백이 호북 사건을 이렇게 확대시킨 이유가 사실은 거기에 있는 것이다. 무력이든 명성이든 희요백은 이전에 엄사문의 상위에 있었다. 그런 엄사문이 북명뢰장으로 하루아침에 상관이 되었으니 희요백의 심사가 단단히 꼬일 일이었다. 그래서 이참에 판을 크게 벌여 자신이 엄사문보다 못하지 않음을 곤명궁에 알리고자 한 것이다.

"안 그래도 지겹던 참이었어. 무창까지 남진을 못할 바에야 지금쯤 돌아가는 게 낫겠지. 한데 말이야, 철군에 다른 문제는 없겠어?"

"문제라면, 진국의 북진을 염려하시는 겁니까?"

"우리가 이번에 좀 심하게 다루긴 했지. 국자량 성격에 순순히 넘어간다고 보기 힘들 거야."

골 아픈 물음임에도 중자서는 쉽게 답했다.

"걱정 마십시오. 우리가 철군하면 국자량도 호북을 넘는 북진은 하지 않을 것입니다."

"그건 왜지?"

"전면전을 꺼리는 것은 우리나 진국이나 마찬가지입니다. 진국이 이번에 대군을 출전시킨 이유는 호북을 절대로 포기하지 않겠다는 의지를 삼국에 보이고자 함이었습니다. 물론 지휘부의 강력한 대처로 자국 군사들의 사기를 높이고자 한 뜻도 있겠지요."

틀리지 않는 주장이었다. 호북 이남과 다르게 호북 이북 지역은 완전히 진국의 영토라고 할 수 없었다. 하남제천단의 일에서 보듯 삼국은 마음먹기에 따라 언제든지 호북 이북 지역으로 진출할 수 있었다. 전선 확대를 꺼린 삼국의 사정에 의해 진국은 잠정적으로 호북 이북 지역을 관리하고 있다고 할 수 있었다.

"맞아, 자네의 주장이 옳아. 내일부터 철군을 시작해. 참, 국자량을 두려워해 철군했다는 소리를 듣기 싫으니 돌아갈 땐 되도록 성대하고 당당하게 진행하도록 해."

"물론입니다. 제가 뒷말 없도록 잘 처리하겠습니다."

희요백이 철군을 확정하자 증자서는 다음날 오전에 철군을 바로 시작했다. 철군은 희요백의 뜻대로 진행됐다. 군사들은 팔열종대의 전열을 갖추어 관도를 따라 하남으로 올라갔다. 진군 속도는 평보였으며 진군 중에는 대북 소리를 장대하게 울렸다.

성공적인 호북 공략. 피해 없는 철군.

희요세의 사망을 제외한다면 희요백은 이번 출격에 더할

나위 없이 만족하고 있었다. 북명뢰장의 출현으로 뒤틀린 그의 심기가 이젠 자신도 누구 못지않게 미래를 개척할 수 있다는 용기로 변할 정도였다.

"맞아, 잡놈 따위는 견제할 필요 없어. 북명이든 뭐든 나는 나의 길만 가면 그만인 거야."

희요백의 심정에 재를 뿌리는 일은 철군 이틀 후에 일어났다. 호북과 하남의 경계 관도에 일단의 군사들이 진을 치고 있었다. 소명부의 병력이긴 한데 하남제천단 소속이 아닌 무장들이었다.

"정지! 소장은 북명뢰장의 친위부대 북뢰일군장 악소산이오. 소장은 북명뢰장의 명에 따라 하남제천단장을 뵙기를 청하오."

길을 막고 말을 전한 이는 북명뢰장에게 특채된 악소산이었다.

수장의 생각에 맞추어가는 것이 조직의 섭리다. 희요백이 북명뢰장을 탐탁지 않게 생각하다 보니 하남제천단의 무장들 눈에도 악소산이 그다지 안 좋게 보인다.

우군장 패무잠이 성마른 음성으로 소리쳤다.

"지금은 철군 중이다. 일이 있으면 하남으로 돌아가서 아뢰도록 하라."

악소산은 패무잠의 말을 무시하고 한 번 더 자신의 뜻을 당당히 밝혔다.

"나는 북명뢰장께서 보낸 전령이외다. 하남제천단장께서는 지금 즉시 앞으로 나와 군령을 받으시오."

패무잠이 발끈한 얼굴로 뛰쳐나왔다.

"뭐라! 이 쳐 죽일 놈이 지 분수도 모르고 군령이니 뭐니 개소리를 해대고 있어! 죽기 싫으면 당장 꺼져라, 이놈아!"

악소산이 서슬 퍼런 얼굴로 패무잠을 쏘아봤다.

"닥쳐라! 이 몸은 소명부 전체 서열 이십삼위 북뢰일군장이다. 소명부 태상께서도 승인한 직책이거늘 하남의 졸장 따위가 감히 누구 앞에서 망발을 일삼느냐. 한 번 더 그 입을 놀린다면 상관 모독의 죄를 물어 이 자리에서 즉각 참수하겠다!"

되로 주고 말로 받았다. 악소산의 서릿발 같은 기세에 패무잠이 그만 당황한 표정으로 변했다. 악소산. 얕볼 인간이 아니다. 재량을 펼칠 판을 만들어주니 이를 기다렸다는 듯 숨겨진 능력을 십이분 발휘하고 있다.

"그렇게 화급한 일이오?"

증자서가 앞으로 나와 물었다. 일단은 군령이 무엇인지 알아볼 모양이었다.

"그렇소."

"내가 수령하여 단주께 전하면 안 되겠소?"

"아니 되오. 군령은 희요백 단주께서 직접 받아야 되오."

"흐음."

악소산의 완강한 대답에 중자서가 난감한 얼굴로 뒤돌아
봤다. 십 보 뒤편의 위치에 희요백이 기마해 있었다. 중자서
는 일단은 군령의 내용이 무엇인지 들어보자는 뜻의 눈길을
전했다.

"말하라."

희요백이 말을 천천히 몰고 나왔다. 탐탁지 않은 표정이었
다.

"먼저 예를 갖추십시오!"

"……!"

희요백은 말 대신 악소산을 사납게 노려봤다.

지금 상황에선 황명이라고 해도 희요백은 예를 갖추지 않
는다.

악소산이 한발 물러섰다.

"하면, 수하들을 물려주십시오. 긴밀히 전할 군령입니다."

희요백이 손을 좌우로 흔들었다. 중자서 외에 모든 무장들
이 십 장 뒤로 물러섰다.

"이제 말하라."

여전히 말 등에서 내려오지 않는 희요백이었다.

악소산은 희요백을 마주 본 위치에서 군령을 전했다.

"하남제천단은 철군을 중단하고 다시 남진하라는 군령입
니다. 남진의 최종 목적지는 호북 형문산(荊門山)입니다."

증자서가 개입했다.

"남진을 하라니? 진국의 팔만 군사가 현 시각 북진하고 있소이다. 게다가 형문산이면 진국의 북진과 정면으로 만나는 곳이오. 그곳에 가면 충돌이 자명한데 대체 무슨 의도인 거요?"

"그렇기 때문에 그곳으로 남진하라는 것이외다. 북명뢰장께서는 하남제천단이 진국의 군사와 맞서 싸우길 원하고 계시오."

맞서 싸워라. 전면전을 펼치란 말이다.

"말도 안 되오. 승산이 있다고 보시오? 설령 일시적으로 승리한들 거기에 무슨 이득이 있겠소. 호북은 전략적으로 반드시 사수해야 하는 지역이 아니외다."

"군령이오. 이미 싸우란 명이 떨어졌소. 하남제천단이 왈가왈부할 일이 아니오."

악소산은 군령 엄수를 주장하며 단호히 말을 마쳤다.

희요백이 굳은 얼굴로 한참을 생각하곤 물었다.

"태상께서도 알고 있는 일이냐?"

북명뢰장의 군령이면 안 받을 심산이다. 악소산은 그 점을 알고 확실히 매듭지었다.

"곤명궁의 승인을 받았습니다. 천뇌 군사 또한 이 작전에 전폭 동의하셨습니다."

희요백은 얼굴을 구겼고, 증자서는 불편한 숨을 내쉬었다. 이젠 군령을 받들지 않을 수 없다는 것을 간접 표현한 거다.

증자서가 물었다.

"군령을 받긴 받겠는데 이 시점에서 왜 우리가 진국과 전면전을 해야 하는지 이유를 모르겠소. 혹시 악 무장께선 알고 있는 이유라도 있소?"

답답한 심정에 그냥 물었다. 독노, 천뇌, 북명뢰장, 이들이 회합해서 내린 군령이라면 악소산은 여기에 담긴 속내를 알 수 없는 위치이다. 그런데 악소산은 어렵지 않게 이유를 답했다.

"최종 목표는 태원성이오. 그곳을 되찾기 위해 우리는 먼저 진국을 치는 것이오. 호북 이북을 평정하지 않고 태원성을 공략한다면 소명부는 또다시 이전 같은 상황에 처하게 될 것이오."

태원성 전투 당시 하남제천단은 진국에 발목이 잡혀 산서로 북진하지 못했다. 그 이유는 태원 전투에서 패전의 한 부분이 되었는데 이전 같은 상황이란 바로 그 전례를 말하는 것이다.

"그러니까, 우리보고 산서제천단의 태원 탈환에 밑거름이 되어달란 말이군."

희요백이 쓰게 웃으며 말했다. 심기가 아주 불편한 모습이었다.

악소산이 그 모습을 보곤 서둘러 무마했다.

"종국적으로는 하남제천단을 위한 일이기도 합니다. 청랑대가 산서에 버티고 있는 한 하남제천단은 시한폭탄을 머리에 두고 있는 것과 같습니다.”

“그건 그렇지.”

증자서가 악소산의 말을 듣고는 고개를 끄덕였다.

희요백은 이때 무언가를 한참 생각하고 물었다.

“북명뢰장도 형문산으로 오느냐?”

“물론입니다. 하남제천단이 형문산에서 진국과 맞서면 뢰장께서는 오천 명의 주력군을 이끌고 적들의 배후를 치실 겁니다. 일종의 양동작전이지요.”

희요백이 비꼬듯 말했다.

“오천으로 뭘 할 수 있지? 산서 병력은 어디에 두고.”

“배후를 치는 작전에선 군사의 숫자보다 질이 더 중요합니다. 빠르고 날랜 군병이니 오천으로도 단숨에 적의 뒷덜미를 잡아버릴 것입니다.”

청산유수다. 이제까지 대화에서 악소산은 한 번도 말문이 막히지 않았다.

결정할 시점이다. 희요백이 최종적으로 물었다.

“작전은 언제 벌어지느냐?”

“사흘 후, 이달 보름 되는 날입니다.”

“좋다, 군령을 받겠다. 하면 사흘 후에 보자.”

“감사합니다. 소장은 그만 물러가겠습니다.”

악소산이 포권을 보이고 뒤돌아 동북 방면으로 떠났다.

증자서가 그 모습을 한참 보고는 말했다.

"보통내기가 아닙니다. 내 보기엔 이번 작전도 저자가 구상한 것 같습니다."

"후후."

희요백은 증자서의 말이 끝날 무렵에 피식 웃었다. 증자서가 말한 내용과는 상관없었다. 희요백은 다른 생각을 하고 있던 중이었다.

"재밌어, 아주 재미겠어."

"무엇이 말입니까?"

"형문산 전투 말이지. 핫핫핫!"

희요백이 뒤돌아 말을 몰았다. 증자서가 급히 따라붙어 물었다. 희요백이 왜 웃고 있는지 그게 궁금한 표정이었다.

"회군해서 진정 진국과 전면전을 벌일 생각이십니까?"

"도리가 없지. 나도 무장인데 까라면 까야지. 다만……."

"다만?"

"가긴 가겠는데 주력군은 하루 늦게 갈 거야. 내게도 하루를 늦출 정도의 권한은 있어."

희요백의 말뜻을 증자서는 금방 알아챘다.

하루를 늦추면 북뢰일군은 전장에 고립될 수밖에 없다.

그 경우 오천 군사가 팔만대군를 몰아친다? 어림도 없는 일이다. 그리고 북명뢰장이 국자량을 맞상대한다? 북명뢰장의 능력이 어느 정도인지는 모르지만 무조건 승리를 장담할 처지가 아니다. 더구나 진국의 특급 고수들이 둘의 격돌을 구경만 하고 있을 리가 없다.

"후후후, 그렇군요. 하루 동안 아주 재미있는 일이 벌어지겠군요."

증자서가 묘하게 웃으며 희요백을 쳐다봤다.

희요백은 이전보다 더 밝고 더 크게 웃고 있었다.

*　　　*　　　*

구월 십오일.

결전의 날이 밝았다.

형문산 일대가 한눈에 내려다보이는 용수대 고지에 북뢰일군 오천 군사가 몸을 엎드린 자세로 매복해 있었다. 매복 전열 선두엔 악소산이 한 무릎을 꿇은 자세로 위치했고, 그 바로 뒤에는 최송이 천리경으로 전방을 살펴보고 있었다. 조금 전 진국의 군사들이 용수대를 지나갔다. 적의 규모는 알려진 그대로 팔만대군이었다. 용수대를 지나간 시각만 반나절이 넘었을 정도로 진군의 행렬이 길었다.

악소산이 최송을 문득 돌아보며 말했다.

"최 형께선 이제 그만 빠지시지요. 칼에 피를 묻힐 이유가 없소이다."

최송은 악소산이 북뢰일군장으로 특채된 뒤로도 줄곧 같

이 행보했다. 악소산로서는 고맙고 든든하지만 어쨌든 최송과는 상관없는 전투였다.

최송은 천리경에서 눈을 떼며 답했다.

"여기까지 왔는데 이번엔 그냥 같이 하리다. 뭐, 염려는 안 해도 될 거요. 나도 칼질엔 제법 소질이 있소."

"허!"

악소산은 실소를 자아냈다. 심정은 실소와 다르게 편했다. 그간 알게 모르게 정이 들은 위인이었다. 솔직한 심정으로는 최송에게 자신과 뜻을 같이하자고 권유하고 싶었다. 최송은 그가 반할 정도로 능력이 탁월했다.

"한데 악 형, 좀 이상하지 않소?"

"뭐가 말이오?"

"진국도 척후병을 운용하고 있을 것인데, 왜 아직도 저렇게 태평하게 진군하고 있느냔 말이오. 지금 무렵이면 하남제천단의 포진을 보고받고도 충분히 남았을 시점이오. 마땅히 진군을 중단하고 전투 포진을 해야 옳지 않겠소?"

악소산도 내심 의문스러웠던 경우다. 하지만 돌격을 앞둔 터라 그는 의문 그 자체로 사안을 끝내 버렸다.

"전장은 변수로 요동치는 곳이오. 정확한 상황 파악을 하기 전엔 정답이 없소. 하남제천단이 진국의 척후를 전술적으로 교란한 모양이오."

악소산의 말에 최송이 고개를 가볍게 저었다.

“미안하지만 나는 그렇게 보지 않소.”

“하면?”

“소군이 아닌 육만 군사의 동태 파악이오. 적국의 척후가 아무리 무능해도 대군의 움직임을 파악 못할 수가 없소. 진국은 현재 여유롭게 진군하고 있소. 다시 말하면 아직은 하남제천단과 충돌할 시점이 아니라는 걸 안다는 것이오.”

“그 말씀은?”

“어쩌면 하남제천단이 형문산에 오지 않았을 수도.”

악소산은 찌푸린 눈살로 최송을 쳐다봤다.

“지나친 유추외다. 국가의 명운이 걸린 전쟁이오. 희요백이 아무리 북명뢰장을 싫어한다고 한들 어찌 공과 사를 모르는 무모한 짓거리를 할 수 있겠소. 목이 열 개라도 살아남지 못할 일이오.”

“뭐, 그렇다는 거지요. 이해하시오. 내가 원체 남을 안 믿는 성격이라……..”

최송이 멋쩍은 미소를 비치며 말꼬리를 흐렸다. 그러더니 자신의 주장 철회를 무마할 셈인지 용수대 정상을 올려다보며 화제를 돌렸다.

“참, 이제 악 형께선 완전히 결심을 한 거요?”

“결심이라니?”

“남은 생을 저분과 같이 하기로 결심했느냐는 거요.”

악소산은 최송이 바라보는 방향으로 시선을 맞추었다.

그곳 정상, 북명뢰장이 기둥처럼 솟은 암반 위에 올라서서 진국의 진군 전열을 내려다보고 있었다. 혈조갑과 혈조구 탓에 멀리서 보니 마치 한 마리 독수리처럼 보이고 있었다.

"나는 전장에 나온 무장이오. 상관의 명에 따를 뿐이오."

"악 형, 선수끼리 그러지 맙시다."

"무슨?"

악소산은 최송을 돌아봤다. 최송은 묘한 미소를 머금고 있었다.

"내 이제껏 악 형의 직무 능력을 옆에서 직접 보아왔소. 악 형은 매사에 완벽을 기한 다음 일을 추진하는 사람이오. 저분이 아니라고 판단했다면 악 형이 이렇게 모든 것을 다 바쳐 일을 진행할 리가 없소. 내 생각엔 악 형이 오래전부터 저분을 심중에 두고 있었던 것 같소. 내 말이 틀렸소?"

악소산은 침묵의 시간을 잠깐 둔 후 모호하게 답변했다.

"당염은 너무 완벽하고 주강은 한참 모자람이니, 나 같은 사람은 그런 위인들에게 하룻밤 스쳐 가는 여인네에 지나지 않을 것이오."

"핫핫핫핫! 과연!"

최송이 활짝 웃었다. 악소산의 답변을 충분히 해석한 모양이었다.

쾅! 쾅! 쾅! 콰콰콰콰쾅!

대화를 하고 있던 사이에 전방 저 멀리에서 포성이 들려왔다. 예정된 전투 상황이 벌어졌다는 뜻이다.

악소산은 최송과의 대화를 끝내고 몸을 일으켰다. 최송이 같이 일어섰고, 이어서 매복해 있던 오천 군사들이 병기를 뽑아 들고 일어났다.

악소산이 병기를 세워 들고 소리쳤다.

"적은 앞이 막혔고 우리는 그들의 배후에 있다! 우리가 용맹스럽게 돌격하면 적들은 두려움에 빠져 우리를 오천이 아닌 십만대군으로 생각하게 될 것이다!"

"와아아아!"

군사들이 함성을 지르며 병기를 흔들었다. 북뢰일군은 악소산이 소명부에서 직접 차출한 무인들로 구성됐다. 그중에는 악소산보다 더 강한 무장들도 상당수 된다. 짧은 조직 기간인 터라 문제될 소지가 많거늘, 이들은 북뢰일군으로 조직된 후로 어느 누구도 지휘 체계에 불만을 품지 않았다. 악소산이 그만큼 조직 관리를 잘한 것이다.

"오늘, 북뢰일군으로서 첫 전공을 올릴 기회가 왔다. 대원들은 돌격을 두려워하지 말라! 북명뢰장께서 우리를 지켜주신다! 북뢰일군 돌격!"

악소산이 쩌렁하게 소리치며 전방으로 달려갔다. 최송이 이에 질세라 땅을 박찼고, 뒤이어 오천 군사가 황소 떼처럼 와르르 달려나갔다.

진국 후방과의 거리 일백 장.

상대 거리는 순식간에 좁혀진다. 진국 후방의 군사들이 뒤늦게 돌아서서 놀란 음성을 토했다. 그들은 황급히 돌격 저지 방패 전열을 구축했다.

격돌 거리 십 장을 남겼을 시점이다.

쫘르르릉!

마른하늘에서 돌연 벼락이 치더니 한줄기 뇌전이 진국의 후방 전열에 그대로 내리꽂혔다.

콰쾅!

“아아악!”

일선 방패 전열이 단박에 박살났다. 주변에 있던 진국 군사들은 집단으로 비명을 토했다. 뇌전은 한 번으로 끝나지 않았다. 두 번째, 세 번째 뇌전이 연속으로 진국 후방 전열에 떨어졌다. 단 세 방에 진국의 방어 전열은 완전히 무력화되어 버렸다.

“우우우우!”

진국 군사들이 두려운 눈으로 하늘을 올려다봤다.

쩌쩌쩌쩌쩌— 쩍!

용수대 하늘 저 끝에서 뇌전의 신이 하강하고 있었다.

북명뢰장 엄사문이었다.

착지 직전 엄사문이 두 손을 활짝 펼쳤다.

혈조갑에서 연붉은 빛이 폭발했다. 뇌전의 소나기였다.

“악, 악마! 악마다!”

누군가 소리쳤다. 그 음성을 끝으로 뇌전의 집단 폭격을 맞은 장소엔 단 하나의 생존자도 남아 있지 않았다.

"북명뢰장께서 길을 열어주셨다. 돌격!"

북뢰일군이 진국의 후방 전열을 덮쳤다. 엄사문이 진국의 방어 전열을 와해시킨 터라 큰 격돌은 벌어지지 않았다. 두려움에 빠져 전의를 상실한 진국 병사들. 북뢰일군은 그런 진국 군사들을 무자비하게 도륙하며 지나가 버렸다.

"후아, 설마했는데 엄청나군."

최송이 뇌전 폭격을 맞은 현장을 둘러보며 고개를 휘휘 저었다. 악소산도 같은 심정이었다. 한편으로 그는 가슴이 뿌듯했다. 황궁 공격에서 엄사문은 무력을 사용하지 않았다. 북명뢰장의 초력 발휘는 오늘이 처음인데 눈으로 직접 확인한 뢰장의 초력은 그의 상상보다 열 배는 더 강했다. 자신의 선택에 충분히 자신감을 가질 만한 일이었다.

"자, 우리도 갑시다! 이러다간 우리가 할 일이 없어지겠소."

악소산은 전방을 고갯짓하며 전진했다. 북명뢰장이 돌격 선두에서 진국의 병사들을 병아리 잡듯 처단하고 있었다. 일반 병사는 도무지 상대가 안 되는 모습이었다.

"악 형이 신났군, 아주 신났어!"

최송이 중얼대며 악소산의 뒤를 따라붙었다. 진국 병사가 최송의 전진 와중에 달라붙었다. 최송은 파리채 내려치듯 칼을 대충 놀렸다. 허튼 칼질 한번엔 목숨 하나가 정확히 생을 마쳤다. 어쨌든 최송도 대단한 무인임에 틀림없었다.

후방 돌격 반 시진.

북뢰일군은 무려 오백 장을 뚫고 나갔다. 뚫은 길에는 시체가 산처럼 쌓였다. 너무도 많이 죽여 북뢰일군의 전진 속도가 줄어들 정도였다. 아군의 피해는 얼마 되지 않았다. 이 모두는 두말할 것 없이 북명뢰장의 초력 덕분이었다. 진국 군사들은 뇌전을 폭출하며 전진하는 북명뢰장의 모습만 보아도 전의를 상실했다. 북뢰일군 입장에선 무자비하게 칼을 휘두르며 전진하면 되는 경우였다.

돌격 상황에 만족할 때가 아니라는 것을 알아낸 시점은 한 식경 정도 더 흘러갔을 때였다. 악소산과 최송이 거의 비슷한 시기에 의문점을 알아냈다.

형문산은 산의 형세가 문(門)처럼 생겼다고 하여 지어진 이름이었다. 앞과 뒤의 문만 있는데 이 정도 시간이 흐르면 적의 전열은 앞과 뒤가 꽁꽁 막힌 포화상태에 접어들어야 마땅했다. 애초에 양동공격 작전 지역을 이곳으로 잡은 것도 그 때문이었다.

그런데 예상과 다르게 포화상태가 발생하지 않았다. 적들은 오히려 시간이 갈수록 더 빠르고 더 원활하게 앞문 방향으로 물러서고 있었다. 게다가 새로운 적들이 앞으로 나와 북뢰일군의 전진을 저지하고 있었다. 이 적들은 중무장 전투병들이었다.

이는 한 가지의 상황을 유추하게 한다.

전방의 하남제천단 전열이 뚫렸다는 것이다.

"혹시……?"

"그럴 리가 없소. 하남제천단 본진은 육만 군사요. 중주육
성이 돌격 선봉에 있다고 한들 반 시진 안에 돌파는 불가능한
일이오."

악소산은 최송이 의문을 말하기도 전에 단언하듯 말했다.

최송이 하고픈 말은 그런 뜻이 아니었다.

"나도 거기엔 동감이오. 내 말은 그러니까, 하남제천단이
앞문의 병력을 철수시켰을지 모른다는 거요. 그도 아니면 주
력군을 아예 보내지 않았던가."

"으음."

악소산은 반박 못했다. 믿고 싶지 않지만 그게 아니고서는
상황 설명이 되지 않고 있었다.

"아! 저기를 보시오. 화포 병력이 배치되고 있소. 그 뒤엔
또 기마 병력이오. 이 상황은 이제 재론의 여지가 없소."

최송이 놀란 얼굴로 말했다. 시선은 진국의 후방 전열에 향
해 있었다.

말처럼 화포병과 기마병이 배치되고 있었다. 적의 주 병력
이었다. 전방 상황이 종료되지 않고서는 후방으로 이렇게 빠
르고 쉽고 전면전 전열을 구축하지 못할 터였다.

"돌격 중지! 북뢰일군은 현 위치에서 방어 전열을 구축하라!"

악소산은 군사들에게 소리친 다음 북명뢰장에 달려갔다.

북명뢰장도 전진을 중단하고 있었다.

"뢰장, 퇴각을 명해주십시오! 더 전친하면 우리가 적진에 고립될 것입니다."

"왜?"

엄사문이 악소산을 가만히 쳐다봤다.

화급을 다투는 일인지라 악소산은 꾸밈없이 문제점을 바로 말했다.

"하남제천단은 형문산으로 주력군을 보내지 않았습니다. 희요백이 우리를 엿 먹이고자 작당을 부린 것 같습니다."

엄사문은 아무런 대답 없이 진국 전열로 눈을 돌렸다.

악소산이 분한 음성으로 말을 이었다.

"이대로는 아군이 전멸될 것입니다. 일단 퇴각하시고 차후에 희요백에게 오늘의 최를 엄중히 물으십시오."

엄사문이 간단히 답했다.

"아니, 퇴각은 없다."

"주군!"

퇴각이 없다는 말에 악소산이 격정 어린 얼굴로 무릎을 꿇었다. 주군이란 말을 처음으로 사용했다. 엄사문이 고개를 돌려 악소산을 내려다봤다.

"주군, 죽음이 두려워 소장이 퇴각을 말하는 것이 아닙니다. 하지만 적어도 지금은 죽기가 싫습니다. 저는 주군과의 인연을 더 오래하고 싶고 그래서 반드시 새로운 세상을 열어보고 싶습니다. 부디 저의 충언을 받아주십시오."

진실이 담긴 말이었다. 악소산의 얼굴에 그게 그대로 나타나고 있었다.

"……."

엄사문이 고개를 살짝 끄덕였다. 내력이 발휘됐고 악소산은 이 내력에 이끌려 저절로 일어났다.

"네 마음을 안다. 너는 내가 이전에 알고 있던 산서의 어떤 무장들보다도 더 진솔하게 나를 대했다. 그런 너를 나도 이제 신뢰한다."

"아!"

악소산은 부르르 떨었다. 삭막한 음성이지만 그 안에 진정이 담겨 있다는 것을 알 수 있었다.

"이제 소장의 청을 받아주시는 겁니까?"

이 질의에 엄사문은 처음과 같은 대답을 했다.

"아니, 퇴각은 없다."

"주군, 어찌……."

악소산의 반문을 엄사문이 잘라서 말을 이었다.

"북뢰일군의 생을 가벼이 본 때문이 아니다. 그 반대다. 뒤를 돌아보라."

악소산이 뒤로 돌아섰다. 시체로 뒤덮인 형문산의 모습이 보이고 있었다.

"느껴지는 게 없느냐? 우리는 너무 멀리 왔다. 이젠 돌아가고 싶어도 못 간다."

"아아!"

악소산은 비로소 엄사문의 말뜻을 알았다. 형문산 후방의 문은 하나다. 빠져나갈 문도 하나이거늘 그런 처지에서 시체로 뒤덮인 전투 현장을 무조건 탈출하려 한다면 뒤쫓는 적들에게 일방적으로 학살될 것은 불문가지다.

"하면 주군의 생각은?"

악소산이 다시 돌아서서 물었다. 엄사문은 대답 이전에 북뢰일군의 전열 중심으로 걸어가고 있었다. 군사들의 시선이 엄사문에게 집중됐다. 엄사문은 군사들의 중심에 서서 진국 전열을 노려보며 말했다.

"너희에게 생로는 하나뿐이다. 나를 믿고 앞으로 나아가는 길이다. 적의 칼은 두려워 말라. 너희가 나를 배신하지 않는 한 나는 너희를 지켜준다. 설혹 삶을 지켜주지 못한다 할지라도 너희의 명예만은 반드시 지켜준다. 어떠하냐? 나를 믿고 앞으로 나아가겠느냐?"

"와아아아아!"

군사들이 함성과 함께 병기를 흔들었다.

말 몇 마디에 군사들의 마음을 잡아버리는 엄사문이었다.

권위를 앞세운 말이었다면 이런 결과를 도출하지 못했을 것
이다.

"그럼요, 믿습니다. 믿고말고요."

악소산은 눈물을 글썽이며 말했다. 엄사문이란 존재가 가
슴에 박히고 있었다. 이 심정이라면 죽어도 아무런 여한이 없
을 것 같았다.

"그럼 간다. 선봉은 내가 서겠다."

말을 끝내자마자 엄사문이 전방으로 달려갔다. 워낙에 속
도가 빨라 대원들이 일보를 내딛을 때 그는 이미 진국 전열의
이십 장 맞은편에 다다르고 있었다. 되도록 거리를 벌여놓은
상태에서 전투를 펼쳐 아군의 희생을 최대한으로 줄이겠다는
의도일 터다.

쾅! 쾅! 콰콰쾅!

진국 전열에서 화포 오문이 발사됐다. 엄사문은 달려가던
도중 하늘로 치솟았다. 포물선을 그리며 날아오는 포탄. 엄사
문은 공중 부양한 자세에서 포탄을 향해 양손을 뻗었다. 손가
락 끝에서 발출된 뇌전이 포탄을 직격했다. 두 개의 포탄이
동시에 허공에서 폭발했다. 그사이 세 개의 포탄이 엄사문의
눈앞까지 다다랐다. 엄사문은 그중 중앙의 포탄을 무섭게 노
려봤다.

쯔즈즈쯔! 쾅!

눈에서도 뇌전이 발출됐다. 안광 뇌전에 직격된 포탄은 산

산이 박살났고, 그와 동시에 나머지 두 개의 포탄이 빨려들 듯 엄사문의 양손에 잡혔다.

"카아아!"

엄사문은 잡은 포탄을 진국으로 획 내던졌다. 포탄은 원래 속도보다 더 빠른 속도로 화포 전열에 내리꽂혔다. 폭발이 있었다. 폭발의 충격보다 더 큰 것은 정신적 충격이다. 포탄을 발사했던 진국의 포수들은 입을 딱 벌린 채 엄사문의 모습을 쳐다봤다.

"거궁! 거총! 사수들 표적 조준!"

진국 전열에서 수천 명의 궁수들, 수백 명의 포수들이 앞으로 뛰쳐나와 활과 총을 조준했다. 표적은 하늘에 유령처럼 둥둥 떠 있는 엄사문이다.

"발사!"

타타타타타탕! 츄츄츄츄츄!

총알과 화살이 하늘을 새까맣게 뒤덮었다.

엄사문은 총알과 화살을 노려봤다. 피할 수 있는 시간과 공간이 충분했지만 그는 그 자리에서 조금도 움직이지 않았다. 전투에서 등을 돌린 인생은 엄사문 하나로 충분했다. 북명뢰 장이란 이름으로는 절대로 등을 돌릴 일이 없을 것이다.

"아아아아아아!"

총알과 화살이 눈앞에 다다랐을 때 엄사문은 타는 음성을 토해내며 손을 허리로 돌렸다.

챙! 지지지지징!

무언가가 그의 혈조갑 허리 부분에서 뽑혀 나왔다.

황금 채찍 초뢰편이었다.

뽑아 든 초뢰편에서 황금색 뇌전이 유성처럼 쏟아졌다.

콰콰콰콰콰콰콰! 쾅쾅쾅!

초뢰기 여파에 총알은 공중 폭발했고, 화살은 불탔다. 하늘 한편에서 불꽃의 축제가 벌어지고 있는 것 같은 광경이었다.

"우우우우우!"

진국의 군사들이 두려운 음성을 질러댔다.

뇌신의 출현!

환상이 아니다. 이건 현실이다.

하늘 저 끝에서 뇌신의 음성이 들려온다.

"초뢰기는 북명의 새벽을 밝히는 빛! 나는 이 빛으로 중화의 세상을 열리라!"

엄사문이 초뢰편을 휘돌리며 진국 전열로 날아갔다. 그가 초뢰편을 휘돌릴 때마다 나무줄기 같은 뇌전이 대지에 꽂혀들고 있었다.

"악마다! 뇌전의 사신이다!"

엄사문이 진국 전열에 착지하자 진국의 일선 군사들은 병기를 내던지고 집단적으로 뒤돌아 달렸다. 무장들이 도망가지 말라고 소리쳤지만 소용이 없었다. 본능이 우선되는 행동이었다. 무장들 역시 두렵긴 마찬가지였다.

두두두두두두!

진국 전열의 이선이 곧이어 공격을 개시했다.

지축을 울리는 말발굽 소리!

진양기마단이었다.

선봉 기마대만 오백 명에 육박했다.

엄사문은 역시 물러서지 않았다. 그는 돌격 기마의 중심으로 달려가며 초뢰편을 길게 휘돌렸다. 파공성과 함께 뱀 같은 뇌전이 죽죽 뻗어 나왔다. 초뢰기에 휘말린 기마대는 사람과 말이 동시에 터져 버렸다.

"돌격을 중단 말라! 이기대 공격!"

또 한 무리의 기마대가 엄사문의 측면에서 몰려왔다. 이번의 기마대는 철갑주에 기다란 쇠창을 들고 있었다. 말들 또한 철갑으로 둘러싸고 있었다.

"홍!"

중장기병을 맞선 엄사문은 이전과 같은 방식으로 상대했다. 그는 달렸고, 달리면서 초뢰편을 휘돌렸다. 중장기병은 전자의 대적처럼 일방적으로 엄사문에게 당하지 않았다. 그들은 초뢰기에 난자당한 전우의 사체를 밟고 끝까지 전진했고 결국 전진의 끝에서 엄사문의 전신을 말발굽으로 짓누르며 쇠창을 집단적으로 날리기에 이르렀다.

"카아아아아! 감히!"

중장기병의 집중 공격 속에서 엄사문이 노한 음성을 터뜨렸다. 초뢰편이 칼날처럼 꼿꼿이 변해 좌우사방으로 휘돌았다.

스극! 스극! 스극!

걸리면 잘린다. 막혀도 잘린다. 스쳐도 잘린다.

초뢰편은 순식간에 오십 기마대 이상을 황천으로 보내 버렸다. 공간에 여유가 생기자 엄사문은 기마 전열 후방을 번뜩이는 눈으로 노려봤다.

그곳에 진양기마단의 총책이 있었다.

아니, 기마단의 총책뿐만이 아닌 후방 상황을 총괄하는 진양기단의 수장도 그곳에 있었다.

"연환마수 국자강!"

표적이 확인됐다. 엄사문은 국자강을 향해 득달같이 달려갔다. 전방에 기마대가 몰려오고 있었지만 이번엔 상대하지 않고 격돌 직전에 하늘로 솟구쳐 올라 그들의 머리 위를 획 넘어갔다.

"어?"

국자강과 엄사문이 원거리에서 눈을 마주쳤다. 거리가 상당히 멀었지만 국자강은 엄사문이 노려본 눈빛의 의미를 즉각 알았다.

"막아! 막아!"

국자강이 급한 음성을 토해내고는 말 머리를 돌려 곧장 달렸다.

슈우우우우—웅!

말의 속도보다 엄사문의 경공이 더 빠르다. 그는 먹이를 쫓는 한 마리 독수리처럼 국자강을 무섭게 추적했다.

"와아아아아아!"

진국의 군사들이 엄사문의 행로를 막아섰다. 전투병 구분이 따로 없었다. 사수이든 궁수이든 방패대원이든 근방에 있는 군사들은 전부 투입됐다.

"카아아! 모두 죽이리라!"

엄사문의 눈에서 연푸른 광선이 줄기줄기 뻗어 나왔다. 초뢰기를 극한으로 끌어올리면 나타나는 현상이었다. 초뢰편이 승천하는 용처럼 하늘로 쭉 날아올랐다. 그리곤 그를 가로막은 군사들의 중앙으로 떨어졌다.

쾅!

지축이 흔들리고 대지가 갈라졌다. 갈라진 대지 좌우엔 육질의 파편이 시뻘겋게 깔렸다. 엄사문은 갈라진 대지 위를 그냥 내달렸다. 살아남은 군사들이 또다시 차단벽을 만들었다. 엄사문은 연푸른 눈빛을 저 멀리 달아나고 있는 국자강에게 맞추었다.

군사들을 상대하면 국자강을 놓치게 될 것이다.

휘우우우!

그는 초뢰편을 세워 들었다. 초뢰편이 다시 한 번 하늘로 치솟았다. 초뢰편은 이번엔 정말로 용의 승천처럼 괴음을 터뜨리며 공간을 무섭게 날아갔다. 초뢰편의 비행 표적은 국자강이었다.

"응?"

무슨 느낌을 받았는지 국자강이 문득 뒤돌아봤다.

순간 초뢰편이 국자강의 목을 돌돌 말아버렸다. 국자강은 이 과정에서 자신이 자랑하는 연환마수산은 사용조차 못해봤다. 그만큼 초뢰편은 빠르고 강력하게 날아갔다.

"초뢰비전!"

엄사문이 오른손을 하늘로 들고 소리쳤다. 초뢰편은 국자강의 목을 감은 상태에서 주인을 찾아가는 매처럼 그의 손으로 쏜살같이 돌아왔다.

"북명뢰장의 길을 막은 죄! 너의 소멸로 갚아야 하리라!"

엄사문의 음성이 끝나자마자 초뢰편이 연푸른 광채를 발산했다. 이 광채는 국자강의 몸을 촛농처럼 녹이기 시작했다.

"아아아악!"

고통에 찬 비명이 존재의 유일한 흔적이다. 국자강은 살점 한 조각 뼈마디 하나 남기지 못하고 소멸되어 버렸다.

"저, 저럴 수가!"

"우우우! 아, 악마!"

진양기단주 국자강. 국자량의 동생이며 지난 시절 무림칠룡에 준하는 명성을 날렸던 무인이다. 진국의 군사들은 거물의 끔찍한 죽음 장면에 그만 소름 돋은 얼굴로 덜덜 떨었다.

어떤 군사는 바닥에 엎드려 구토를 마구 해댔다.

"카아아! 길을 막으면 너희도 모두 그렇게 죽이리라!"

엄사문이 진국의 군사들을 향해 뚜벅뚜벅 걸어갔다.

군사들은 엄사문이 다가오는 거리만큼 주춤주춤 물러났다. 전의가 완전히 상실됐다. 이대로는 안 된다. 진국 전열의 후방에서 퇴각을 알리는 북소리가 들려왔다. 군사들은 병장기를 버리고 뒤돌아 달렸다.

엄사문은 그들을 뒤쫓지 않았다. 그는 고개를 뒤로 돌려 아군의 전열을 바라봤다. 북뢰일군도 어느새 그의 바로 뒤에까지 도달해 있었다. 그를 바라보는 그들의 눈에서도 공포가 보이고 있었다. 진국의 군사와 다르다면 이 공포는 그들에게 전의를 북돋는 감정이란 것이다.

第八十一章 진국명부—호북대전(眞國明部—湖北大戰) 二

예전에 난 이보다 더 심한 패배를 당하고도 재기했었지. 그때 내가 재기의 목표로 삼은 건 전날의 세상이 아닌 새로운 세상, 미래의 적들이었지. 하지만 이젠 그때와 달라. 난 재기한들 새로운 세상과 맞서 싸우지 못해. 세상은 변화를 요구하고 있어. 그 세상에서 난 변화의 주체가 아닌, 타파되어야 할 대상이 되어버렸어.

—진국 대장군 국자량

첫 격돌에서 진양기단을 크게 물리쳤다고 하지만 북뢰일 군이 아직은 삶을 안심할 상황이 못 된다. 팔만 대 오천의 격돌이다. 승리를 논하고 말고 할 상태가 아니다. 북명뢰장이 전장의 일선에서 아무리 아군을 잘 이끌어주어도 거기엔 한계가 있다. 진국이 옳게 대응했다면 북명뢰장은 살더라도 나머지 북뢰일군은 전멸을 면치 못했을 것이다.

사실 첫 격돌의 패전은 진양기단이 상대의 전력을 얕보고 펼친 공격적 전투에 원인되어 있다. 진양기단은 북명뢰장이란 존재를 전혀 모르는 상태에서 전투를 펼쳤다. 뒤늦게 북명뢰장의 초력을 접하고 전술적 공격을 펼쳤지만 그땐 이미 일

선 군사가 공포감에 빠져든 상태라 제대로 된 집단 전투력을
발휘할 수 없었다.

게다가 그렇게 우왕좌왕하다가 그만 국자강이 북명뢰장의
눈에 잡혀 버리는 어처구니없는 실수를 저질러 버렸다. 당시
국자강은 북명뢰장이 대체 어떤 놈인지 알아보기 위해 전장
일선으로 직접 나왔다. 아군의 수장이 호위 부대를 동반하지
않고 전투의 사정권으로 나오는 행위는 오늘날의 전쟁에선
전면 난투전 같은 특수한 경우가 아니고는 거의 없는 일이다.
저격수는 어디에나 있다. 아차 하는 순간 저격수가 쏜 총알에
밥이 되어버린다. 저격의 위험을 무시하고 선봉으로 나오려
면 적어도 무림육기, 무림칠룡 정도의 무공은 소유하고 있어
야 한다.

아무튼 결과적으로 국자강은 비참히 죽었다. 진국은 거기
에 큰 충격을 받아 전투를 중단하고 병력을 물렸다. 그러나
상황이 그렇게 흘러갔다고 하여 북명뢰군이 승리의 심정에
도취되어 긴장을 푼다면 그건 그야말로 한 치 앞을 모르는 멍
청한 짓이다.

이 전투는 긴긴 여정의 첫 걸음을 시작했을 뿐이다. 진양기
단은 첫 격돌에서 삼천 명이 죽었다. 칠만 칠천 명이 남았다
는 말이다. 그리고 국자강은 진양기단의 수장이지 진국의 북
진 총책이 아니다. 총책은 국자강보다 열 배는 더 두려운 존
재이다.

첫 격돌 반 시진 후. 퇴각했던 진국의 군사들이 전열을 갖추고 다시 북뢰일군의 전방을 막아섰다. 이번엔 이전과 많이 달랐다. 진국 군사들은 공격에 앞서 단단한 방어 전열을 먼저 구축하였고, 그런 다음에 원거리 포격전으로 북뢰일군의 전열을 유린했다. 집중된 전열엔 어김없이 포탄이 날아간다. 북뢰일군은 산개할 수밖에 없었고, 그런 상태가 되면 진국은 돌격수들을 전진 배치하여 북뢰일군의 진영으로 압박해 들어갔다. 전형적인 전술 진격전이었다.

이 과정에서 북명뢰장의 초인적인 무력은 첫 격돌에서처럼 그렇게 무자비하게 발휘되지 않았다. 북명뢰장이 선봉으로 나와 전진하면 진국 군사들은 북명뢰군의 후방을 집중 공략했다. 아군의 희생을 방관한다면 북명뢰장은 이전처럼 그런 초인적 무력을 발휘해 전장을 휩쓸었을지 모른다. 하지만 북명뢰장은 아군과의 거리를 최대한 좁혀 활동했다. 아군의 삶을 최우선하는 전투를 펼친 것이다.

감정은 불필요하다! 넌 감정이 말살된 살인 기계가 되어야 한다!

독노는 엄사문이 그렇게 되길 원했다. 아니, 독노는 북명의 초인이면 당연히 그런 길을 갈 것이라고 여겼다. 독노의 그 판단은 틀렸다. 엄사문은 무감정한 살인 기계가 되기를 거부했다.

그는 슬픔과 분노의 감정을 가슴에 담고 뢰동을 나왔다. 초뢰기를 성취하는 과정에서 혼이 말살될 것 같은 유혹과 강요가 있었지만 그는 끝끝내 두 감정을 지켜냈다. 형문산 전투는 그의 그런 성향을 잘 보여주는 증명이었다. 독노가 이 사실을 알게 된다면 엄사문을 선택한 것을 두고 큰 자책을 하게 될 터다.

엄사문이 북뢰일군의 선봉으로 나와 방어에 주력하자 전투는 한동안 원거리 격돌의 소모전 양상으로 들어갔다. 엄사문에겐 총도 화살도 대포도 안 통했다. 저격이 불가능한 터라, 진국의 정예병들이 직접 칼을 들고 달려들었지만 그런 백병은 무의미한 희생을 더할 뿐이었다.

누구인가? 붉은 갑옷의 초인은 대체 누구인가?

시간이 갈수록 공포감이 증폭된다. 진국 무장들은 엄사문과 시선을 마주하기만 해도 소름 돋는 신음을 흘려냈다. 뇌전을 번뜩이는 그 눈빛. 그들에게 엄사문이란 존재는 그야말로 꿈에서도 만나기 싫은 대상일 것이다.

소모전 상황에 변화가 온 것은 반백의 건장한 사내가 진국 전열의 일선으로 나오면서였다. 갑주도 걸치지 않은 회색 무복 차림이었지만 반백의 사내는 행보 그 자체로 전장을 일약 긴장시켜 버리는 존재감을 발산하고 있었다.

"대총사를 알현합니다!"

진국의 일급 무장들이 반백의 사내 앞으로 뛰어와 무릎을 끓고 군례를 바쳤다. 당연한 일이었다. 반백의 사내는 진국의 대장군 국자량이었다.

보통 경우라면 국자량이 일선에 나올 필요가 없었다. 지금 상황은 진국 군사들의 위기가 아니었다. 형문산이란 지리적 여건으로 인해 진국은 전면전을 펼치지 못했다. 전면 돌격전을 펼칠 공간이 확보되었다면 상황은 한참 전에 종료되었을 것이다.

국자량이 전장 일선으로 나온 것은 첫째로 국자강의 죽음에 원인되어 있었다. 국자강의 사망 소식을 보고 받았을 당시 국자량의 충격은 이만저만 큰 것이 아니었다. 국자강은 동생이기에 앞서 청춘 시절 그와 생사를 같이한 전우였다. 흉수를 직접 처단하지 않고서는 동생의 혼을 구천으로 편하게 보내줄 수가 없었다.

둘째는 아군의 사기 진작 차원에서 안 나올 수가 없었다. 보고받기를 적은 고작 오천 명이라고 했다. 그런 놈들에게 팔만대군의 후방이 유린된 것도 모자라 북진까지 영향받고 있었다. 말도 안 되는 이 상황을 조속한 시기에 해결해야 했다. 그렇게 하지 않는다면 북진은 날을 더할수록 더더욱 어렵게 진행될 터다.

셋째는 호기심 차원에 일선으로 나왔다. 붉은 갑옷의 적장이 홀로 전장을 휩쓸고 다녔다고 한다. 그게 가능한가? 단적으로 동생의 무력에 대해선 누구보다 그가 더 잘 안다. 동생은 적어도 이런 곳에서 이렇게 비명횡사를 당해서는 안 되는 무인이었다. 그런데 그 동생조차도 대항 한 번 못해보고 소멸되었다고 한다. 누구인가? 중주육성 외에 그런 초인이 강호에 또 있는가? 대체 무슨 무공을 사용했는가? 나름으로 성취를 이룬 무인으로서 직접 확인을 안 해볼 수가 없는 일이었다.

"총사, 위험합니다. 이곳은 소장들에게 맡기시고 후방으로 물러나 계십시오!"

"그렇습니다, 총사! 저희가 곧 상황을 종결시키겠습니다."

진국의 무장들이 충정 어린 얼굴로 국자량의 일선 행보를 막았다.

국자량은 고개를 저으며 간단히 명했다.

"괜찮다, 모두 물러서라."

무장들은 국자량의 행보를 더는 막지 못했다. 국자량의 성정을 잘 안다. 일선 전장에 나올 때는 이미 국자량이 마음을 굳혔다는 뜻이다. 그럴 땐 염라사자가 사망첩을 들이밀어도 국자량은 마음을 돌리지 않는다.

"총사께서 나가셨다! 진국 군사들은 대오를 정비하고 적의 도발을 주시하라!"

국자량의 등 뒤로 진국 군사들이 횡대정열을 빠르게 구축했다. 병기를 모두 뽑아 든 상태. 돌격 직전의 전열이다. 유사 시엔 전원 전방으로 뛰쳐나갈 것이다.

"쓸데없는 짓을 하고 있어. 누가 있다고……."

국자량은 등 뒤의 군사들 움직임을 안 돌아보고도 훤히 알고 있었다. 군사들의 심정을 모르는 것은 아니지만 그렇더라도 그가 보기에 이건 지나친 대처였다. 그는 이 현장에서 자신을 어떻게 해볼 적이 있다고는 조금도 생각하지 않았다. 저격은 애초에 걱정하지 않았다. 총알 따위에 죽을 운명이었다면 동서대전에서 열 번도 더 죽었을 것이다.

진국 전열과의 거리 오십 장. 적진과의 거리 삼십 장.

국자량은 그곳에서 행보를 멈추고 말했다.

"자강이를 누가 죽였느냐?"

낮은 음성이지만 내공이 실린 탓에 전장 끝까지 국자량의 음성이 울려 퍼졌다.

곧이어 국자량의 전방에서 붉은 갑옷을 걸친 엄사문이 걸어나왔다. 그 역시 홀로 걸어오고 있었다. 엄사문이 이십 보 앞에 멈추어 서자 국자량은 눈살을 찌푸려 다시 물었다.

"넌 누구냐? 어찌하여 만마사의 혈조갑을 입고 있느냐?"

엄사문은 대답없이 국자량을 조용히 쳐다보고 있었다.

국자량이 다시 말했다.

"누구냐고 물었다! 네가 자강이를 죽인 것이냐?"

엄사문이 말했다.

"도망가는 졸장 하나 죽인 일이 그렇게 대단한 것인가?"

"뭐라! 졸장!"

국자량이 노한 눈으로 엄사문을 노려봤다. 엄사문은 변화가 없었다. 아니, 있긴 있었다. 혈조구 사이로 보이는 눈. 그 눈동자 속에서 한줄기 뇌전이 일렁이고 있었다.

“하긴, 귀로 듣고 확인할 상황이 아니지……."

국자량의 음성에서 노한 감정이 사라졌다. 노한 감정은 음성에서만 사라진 경우다. 엄사문을 노려보는 국자량의 눈은 이글이글대고 있었다.

“내가 네놈의 혈조갑을 직접 벗겨 알아보리라!"

국자량은 말을 끝내자마자 엄사문에게 달려갔다. 속도는 날아가는 총알 그 자체다. 달려갔다 싶은 순간 국자량은 엄사문의 눈앞에서 일장을 와락 내밀고 있었다.

펑!

일장은 정확히 엄사문의 가슴에 격타됐다. 엄사문이 선 자세 그대로 주르륵 뒷걸음쳤다. 뒷걸음치는 속도 또한 빠르기가 화살과 같다.

“도망가지 못한다! 껍질을 모조리 찢어버리리라! 하아압!"

국자량이 엄사문을 쫓아가는 자세에서 다시 일장을 내밀었다. 장심에서 흑색의 기운이 소용돌이치며 뻗어 나왔다. 구중천의 절정무공 중천흑멸장이다.

펑!

엄사문의 가슴이 다시 격타됐다. 이번엔 충격파가 대단했는지 엄사문이 몸을 크게 휘청댔다. 그러나 그뿐이었다. 엄사

문은 신음도 지르지 않았고, 혈조갑에도 구멍 한곳 생기지 않
았다.

"과연 한 수가 있는 놈이로구나!"

국자량이 소리치며 중천흑멸장을 재차 사용했다. 전자와
다르다면, 일격 다음에 이격, 이격 다음에 삼격, 세 차례의 중
천흑멸장을 연속으로 발휘했다는 것이다.

펑! 펑! 펑!

세 차례의 장공은 전부 엄사문의 가슴에 적중됐다. 장공에
격타된 엄사문은 이십 보 거리까지 주르륵 밀려 나가 그곳 대
지에 나동그라졌다.

상황 끝? 이렇게 쉽게?

진국의 군사들이 이 광경을 보고 숨을 죽였다. 환호를 보낼
때가 아니란 것을 그들은 직감적으로 알았다. 이 정도 상대였
다면 그들이 그렇게 공포에 질리지 않았을 것이다.

결과는 군사들의 예상 그대로였다.

"크크."

엄사문이 벌떡 몸을 일으켰다. 그러더니 전방의 국자량에
게 터벅터벅 걸어가며 말했다.

"인사는 끝났어. 한때나마 당신을 존경했기에 맞아준 거
야. 이젠 내 차례야."

"좋다, 오라! 나 역시 기다렸다던 바다!"

국자량은 호쾌히 답했다. 무림 생활만 오십 년이 넘었다.

척 보면 대적자의 견적이 나온다. 이놈은 진짜 물건이다! 그
의 솔직한 심정이다.

"카오!"

엄사문이 눈에서 뇌전을 번쩍이며 달려들었다. 국자량은
제자리에서 한발도 움직이지 않았다. 자존심의 문제였으며
한편으로 놈이 얼마나 강한지 직접 몸으로 부딪쳐 확인해 본
다는 뜻이었다.

츠츠츠츠츠!

뇌전이 공간을 가른다. 화살처럼 날아오는 뇌전이다. 뇌전
은 국자량의 가슴에 사정없이 꽂힌다. 국자량은 이맛살을 구
기며 가슴을 와락 흔든다. 거울에 반사된 것처럼 뇌전이 튕겨
나간다.

"하!"

뇌전이 튕기자 엄사문이 달려들다 말고 돌연 날아오른다.
국자량은 고개를 하늘로 든다. 엄사문이 두 손을 합장한 자세
로 국자량의 머리로 곧장 떨어진다. 합장한 손에는 칼날 같은
뇌전이 형상되어 있다. 국자량은 푸른 힘줄이 불거진 팔뚝을
번쩍 들어 올려 뇌전의 칼날을 막는다.

쾅!

폭음이 울렸다. 정면충돌이었다. 국자량은 머리칼이 산발
되었고 엄사문은 충돌 반발력에 십 장 뒤편으로 휠휠 날아갔
다.

"늙은이, 그만 동생 곁으로 보내주마!"

엄사문이 공간을 회선해 다시 날아왔다. 손에는 언제 빼냈는지 황금의 채찍, 초뢰편이 들려 있었다.

"갈! 무림육기가 졸로 보이느냐!"

국자량도 이젠 움직였다. 확인은 끝났다. 국자강이 허무하게 소멸될 만했다. 상대는 그 자신도 전력으로 맞서 싸워야 될 만큼 강한 무인이다.

"하압! 하압! 하아아아압!"

국자량은 달리면서 두 손을 하늘로 들어 올려 교차하듯 연속으로 뻗어냈다. 하나, 둘, 셋……. 무려 열 발의 중천흑멸장이 하늘로 날아갔다.

츠츠! 츠츠! 츠츠츠!

엄사문은 이에 맞서 초뢰편을 지상으로 휘돌렸다. 한 번 휘돌리면 나무줄기 같은 뇌전이 어김없이 지상의 국자량에게 떨어졌다.

쿠앙! 쿠앙! 쿠아앙!

중천흑멸장과 초뢰전이 격돌할 때마다 공간은 폭발을 일으킨다. 격돌을 빗나간 기파는 애꿎은 대지를 종잇장처럼 갈라 버린다.

"오오!"

인간들의 싸움이 아니다. 이건 전신과 뇌신의 싸움이다. 두 사람의 격전을 지켜본 군사들은 아군적군 가릴 것 없이 홍

분된 숨결을 토했다. 조금도 눈을 뗄 수 없는 개인 전투. 집단 전투는 여기에 비하면 정말로 걸레 같은 전투다. 군사들 중에서 나이 지긋한 노장들은 이 전투를 보며 지난 시절의 영광된 승부를 떠올리고 있었다. 예전에는 지금보다 더 강했던 초인들이 정기적으로 일 대 일 전투를 벌였다. 바로 황금시절의 일검쟁위이다. 노장들 입장에선 오늘의 청춘들에게 그 시절의 그런 영광스런 비무를 접하게 해줄 수 없다는 것이 못내 아쉬울 따름이다.

"끝을 보자, 늙은이! 초— 뢰— 비— 전!"

승부는 정점으로 향했다. 초뢰편이 한순간 괴음을 질러대며 용오름처럼 솟아올랐다. 날아오른 높이만 오십 장이 더 되었고 거기에 이어서 초뢰편이 마치 하늘을 날아다니는 비룡의 움직임처럼 공간을 출렁이며 국자량에게 떨어졌다.

"오오오오오옷!"

국자량도 이번 공격에서 최강의 수법을 사용했다. 그는 두 손을 머리 위에 모아 허리까지 원으로 감아 내렸다. 회색 기파가 그의 전신을 희뿌옇게 감쌌다. 중주육성이 아니고선 사용할 일이 없으리라 단언했던 무공. 구중천 최강의 무공, 중천제멸강의 발휘였다.

"중천제멸강의 사용은 내겐 치욕이 되고 네겐 영광이 되리라!"

콰아앙!

초뢰비전과 중천제멸강이 정면 격돌했다. 지축이 흔들렸고 먼지가 구름처럼 피어올랐다. 전력을 다해 맞붙은 승부다. 둘 모두 방어는 생각도 하지 않았다. 누구 하나는 이 승부 결과로 크게 당했을 것이다.

먼지구름이 가라앉고 현장의 모습이 드러났다.

국자량은 그 자리에 우뚝 서 있고, 엄사문은 그 바로 아래에 무릎 꿇어 앉아 있었다. 초뢰편은 땅바닥에 떨어져 있었다.

"와아아아아아!"

진국 군사들이 일제히 환성을 질렀다. 그들도 눈이 있다. 이번엔 진짜로 환호를 보내도 되는 상황이다.

국자량이 말했다.

"네가 강하다는 것을 인정한다. 허나 그 정도로는 강호를 독보할 수 없다. 네 껍데기를 벗긴 후 너의 오만을 응징해 주겠다."

"……."

엄사문은 움직임이 없었다. 완전히 제압되었는지 고개조차 들지 못하고 있었다.

국자량이 엄사문의 혈조구를 움켜잡고 뜯어냈다. 혈조구가 단숨에 벗겨졌다. 혈조구 다음으로 혈조갑을 벗기고자 국자량이 다시 엄사문의 몸에 손을 댈 때였다.

"크크크."

　나무토막처럼 고정되어 있던 엄사문이 돌연 고개를 번쩍 들었다. 엄사문의 얼굴엔 화상 같은 흉터가 가득했다. 입술 주위를 제외하고는 도무지 사람의 살가죽 같지가 않았다.

　"진정 끝났다고 보시오?"

　"갈!"

　국자량은 엄사문이 입을 무엄하게 놀리던 그 순간 엄사문의 머리를 손으로 잡았다. 일격 승부 후에 그는 중천소멸수를 손에 담아두고 있었다. 엄사문이 저항하면 이유 불문하고 곧바로 머리를 깨버린다는 계산이었다.

　"응?"

　계산은 빗나간다. 엄사문의 머리는 깨지지 않았다. 엄사문의 머리가 금강불괴인 덕분이 아니었다. 이유는 엄사문의 머리를 잡은 국자량의 손에 있었다.

　"으으."

　일약 뇌리까지 흔들리는 전율!

　손이 감전되어 중천소멸수를 제대로 발휘할 수가 없었다. 더 큰 문제는 손이 엄사문의 머리에서 떨어지지 않는다는 것이다.

　엄사문이 말했다.

　"어리석군. 당신 스스로 죽음을 자초하다니."

　"닥쳐라! 오냐, 녹여주마! 네놈도 존재를 소멸시켜 주마!"

　국자량은 손이 안 떨어지자 나머지 손도 엄사문의 머리에 올려놓고 중천제멸강을 일으켰다. 곧, 엄사문의 몸도 국자량의 몸도 회색 기파에 물들었다.

"초뢰회전."

회색 기파 속에서 엄사문이 낮게 중얼댔다. 초뢰편이 유령처럼 떠올라 두 사람의 몸을 친친 감고는 뇌전을 마구 번쩍였다.

"으으윽!"

국자량의 입에서 고통에 찬 신음이 흘러나왔다. 혼까지 감전된다. 감전의 고통이 이 정도일지는 미처 예상 못했다. 시간이 없다. 더 감전되면 그냥 죽는다. 국자량은 바닥끝까지 내공을 끌어올려 감전에 맞섰다. 아니, 이 감전 사태에서 탈출하고자 진원진기까지 몽땅 끌어올렸다.

펍!

"크으으윽!"

바람 빠지는 소음과 함께 국자량은 엄사문의 몸에서 떨어져 나왔다. 그냥 걸어서 떨어져 나온 것이 아닌 데굴데굴 굴러서 빠져나왔다. 내상이 심각하다. 국자량은 입에서 검은 선혈을 울컥울컥 게워냈다.

이제 상황이 바뀌었다.

국자량은 쓰러져 있고 엄사문은 제자리에 일어서 있다.

일어선 엄사문은 혈조구를 착용하고 국자량을 향해 저벅저벅 걸어갔다.

"총사께서 위험하시다! 진국 돌격! 돌격!"

진국의 군사들이 이 모습을 보고는 앞 다투어 달려갔다. 일급 무장들은 이미 엄사문의 십 보 앞에 다다라 칼을 휘두르고 있었다.

"카아아!"

엄사문이 국자량에게 향하던 걸음을 돌격 중인 진국의 군사들에게 돌렸다. 눈에서 뇌전이 발출된다. 초뢰편이 공간을 가른다. 뇌신의 무자비한 살육전이 또다시 시작됐다.

"뢰장께서 국자량을 잡았다! 북뢰일군, 전원 돌격!"

북뢰일군도 전장으로 뛰어들었다. 적의 대가리 숫자는 돌격에 문제되지 않았다. 그들은 엄사문과 국자량의 결투 장면을 똑똑히 지켜봤다. 국자량을 패배시키는 엄사문의 뇌신 같은 모습. 가슴이 화끈 달아오르고 팔뚝 근육에 힘이 용솟음친다. 이 순간 그들은 패전을 모르는 신의 전사들이 되어 있었다.

전면난투 한 시진.

하늘이 어둠으로 물든다.

진국의 군사들은 이게 무엇을 의미하는지 잘 모른다.

밤이 되면 뇌전의 신은 이 땅에 완벽히 재림한다.

그땐 누구도 뇌신의 길을 막을 수 없다.

어떤 강심장도, 그 앞에선 심장부터 오그라든다.

인간들의 머리로 내리꽂히는 밤하늘의 뇌전!

사국쟁패 최악의 악몽이 드디어 시작된다.

오늘 이 밤, 바로 지금.

"아아아아악!"

*　　　　　*　　　　　*

날이 밝았다.

하남제천단장 희요백은 아침 일찍 육만 주력군을 이끌고 형문산에 당도했다. 하루를 늦춘 시점이다. 큰 전공을 세워놓지 않으면 나중에 상부에서 문책받을 수 있다. 그래서 그는 도착 즉시 진국 군사들을 강력하게 공격한다고 수하들에게 명해놓았다. 그런데 그만 변수가 발생해 버렸다. 싸워야 할 적이 없었다. 진국의 군사들이 조금 전 동이 트기 직전 형문산을 지나가 버린 것이다.

"지나간 것이 아닙니다. 척후 보고에 의하면 진국 애들은 후방 상황을 도외시하고 무조건 퇴각했습니다. 모조리 도망갔다는 말이지요."

"도망? 무슨 소리야? 보고한 척후를 불러와!"

패무잠의 말에 희요백은 역정을 내며 척후병을 찾았다.

팔만대군이 무엇 때문에 도망을 가는가?

그들을 위협할 전투라도 있었다는 건가?

"설, 설마?"

의문은 희요백에게 상상하기조차 싫은 최악의 가정으로 연결되고 있었다.

"척, 척, 척후조 안보길입니다."

척후대원이 희요백의 앞에 불려왔다.

희요백은 보고를 듣기에 앞서 눈살을 찌푸렸다.

안보길의 꼴이 말이 아니었다. 간밤에 수렁을 헤집고 다녔는지 머리부터 발끝까지 온통 진흙으로 뒤범벅되어 있었다. 상태가 특히 심각한 곳은 안보길의 눈이었다. 귀신을 보고 온 마냥 연신 눈알이 해롱해롱대고 있었다. 생사를 걸고 적진에 침투한다는 척후대원의 당찬 모습으로는 도저히 봐줄 수가 없었다.

"꼴 하고는… 말해봐. 대체 어제 형문산에서 무슨 일이 있었던 거야?"

안보길이 더듬대며 답했다.

"그게… 그러니까… 후방에서 전투가 벌어졌는데… 한참 벌어졌는데… 그만 번개가 쾅 치더니… 국자강이 녹아버리고… 다음엔… 국자량이 번개에 감전된 목내이가 되고… 그러다가 어두워졌는데… 그 악마가 야공에… 야공에……."

"뭐야? 저 새끼가 지금 뭐라고 씨불이는 거야? 야, 누가 저 새끼 정신 좀 차리게 해!"

희요백은 짜증 어린 얼굴로 소리쳤다. 이에 패무잠이 안보길의 뒤통수를 빽 소리가 날 정도로 후려쳤다. 안보길은 땅에 쓰러진 상태에서도 정신 나간 소리를 계속 지껄여 댔다.

"저 새끼 치워! 데리고 가서 방패조로 돌려 버려! 저딴 새끼가 척후조장이라니……."

안보길이 밖으로 끌려 나갔다. 희요백은 무장들을 돌아보며 새로이 물었다.

"누가 대신 설명해 봐. 되도록 자세히."

"안보길은 척후조장이 아닙니다. 척후조장은 간밤에 죽었습니다. 안보길은 척후조장의 사체 옆에 있던 늪 속에서 발견되었습니다."

증자서가 나섰다. 어제의 상황에 대해 조사를 마쳤는지 표정이 아주 심각했다.

"예정된 작전대로 북뢰일군이 형문산 후방에서 진국 군사들을 공격했습니다. 그런데 그만 이 과정에서 국자강이 죽고, 또 국자량이 중상을 당했습니다. 특히 밤에는 북명뢰장이…… 전술적 퇴각이겠지만 아무튼 결과적으로 오천 명의 북뢰일군이 팔만의 진국 병력을 격퇴시킨 것이라고 할 수 있습니다."

증자서의 상황 보고가 끝나자 좌중은 당혹의 감정으로 얼어붙었다. 오천 명이 팔만 군사를 격퇴시킨다? 상상도 할 수 없었던 일이 벌어진 것이다.

"대체, 대체 북명뢰장이 얼마나 강했기에……."

희요백은 참담하게 중얼댔다. 북명뢰장이 죽는 상황까지

는 그도 기대하지 않았다. 주목적은 첫 출전에 패배라는 전적을 안겨주어 북명뢰장의 오만한 기세를 꺾어놓는다는 것이었다. 결과는 도리어 그 자신이 당했다. 북명뢰장은 이 전투 승리로 말미암아 기세가 하늘을 찌를 것이다. 혹을 떼려다가 오히려 혹을 하나 더 붙여 버린 경우라고 해야 한다.

증자서가 그 점을 좀 더 현실적으로 거론했다.

"문제는 이게 우리를 문책하는 결과로 들이닥친다는 것입니다. 북명뢰장은 이 일을 확대시켜 소명부 전략회의장에서 우리를 공식적으로 문책하려 들 것입니다."

증자서의 주장이 옳다. 된통 걸렸다. 빠져나갈 길이 안 보인다.

"북명뢰장은 지금 어디에 있지?"

"현재 북뢰일군을 이끌고 형문산 앞문으로 나오고 있습니다. 어떻게 할까요?"

희요백은 잠깐 생각하고 착잡한 음성으로 말했다.

"가자, 우리가 직접 나가서 엄사문을 만나보자. 무슨 소리를 하는지 일단 들어봐야 하지 않겠느냐."

우리라는 대상은 하남제천단의 실세, 십인회라고 불리는 십인대장들이다.

희요백은 십인대장들과 함께 형문산 앞문 방향으로 나갔다. 만일의 사태를 대비해 육만 군사들의 전열을 그들의 뒤에 세워두었다.

형문산 앞문 지대에 대기한 지 반 시진.

전방에서 터벅터벅 걸어오는 북뢰일군의 모습이 보였다.

구호 없다. 깃발 없다. 줄 맞춤 없다. 전투복은 하나같이 넝마가 되어 있다. 개중엔 사지 중에 하나를 잃어버린 대원도 있다. 외관으로 보면 영락없는 패잔병의 모습들이다.

"으으음."

십인대장들은 그들이 다가오는 모습을 보며 무거운 신음을 흘렸다. 모습은 패잔병이지만 기세는 육만 전열을 두렵게 할 정도로 날카로웠다. 표현하자면 지옥에서 막 뛰쳐나온 악귀들 같았다.

이윽고 북뢰일군이 십인무장들 앞에 멈춰 섰다. 무리의 선두엔 북명뢰장과 악소산이 서 있었다.

"속하들이 북명뢰장을 뵙습니다!"

십인무장들이 포권으로 먼저 예를 갖췄다. 희요백은 포권 대신 다소 어정쩡한 자세로 목례를 하였다.

"모두 나와. 삼 보 앞으로."

엄사문이 낮은 음성으로 말했다. 말 다음으로 그는 별다른 행동을 하지 않았다. 그냥 가만히 십인무장들을 노려보고 있었다.

"네!"

십인무장들이 삼 보 앞으로 나가 일렬로 정렬했다.

"악물어."

엄사문의 말. 무슨 뜻인지 모른다. 십인무장들은 서로를 멍청히 돌아봤다. 이때 악소산이 소매를 걷어 올리고 앞으로 나와 '악물어'란 말의 의미를 행동으로 직접 설명했다.

빽!

십인 정렬 우측 끝의 무장, 패무잠의 복부에 악소산의 주먹이 꽂혔다.

"으윽."

갑작스런 주먹질에 패무잠이 엉덩방아를 찧었다. 악소산의 독한 음성이 곧바로 터져 나왔다.

"원위치!"

패무잠이 부동자세로 돌아오자마자 악소산은 오른발을 패무잠의 가슴에 무자비하게 처박았다.

"다음!"

악소산의 눈이 두 번째 십인무장, 황작포검대주 탁설에게 돌아갔다.

퍽!

악소산의 주먹이 어김없이 탁설의 복부에 박혔다. 그런데 탁설이 쓰러지지 않고 눈을 멀뚱댔다. 악소산이 그 모습을 보고는 가래를 칵 뱉어내며 소리쳤다.

"잔대가리 굴리지 마! 내공을 사용하는 새긴 이 자리에서 죽여 버릴 거야!"

말과 함께 악소산은 오 보 뒤로 물러났다가 와락 뛰어가며 탁설의 가슴에 발을 처박아 넣었다. 이번엔 내공으로 방어하지 않았다. 탁설은 고통의 신음과 함께 일 장 뒤로 나가떨어졌다.

"다음!"

악소산의 구타가 대기 중인 십인무장들에게 순차적으로 이어졌다. 무공으로 견준다면 악소산은 이들의 천초지적이 안 된다. 명성으로 따질 경우 악소산은 이들에게 듣도 보도 못한 잡놈 취급을 받는다. 그러나 십인무장들은 구타 과정에서 아무런 반발을 하지 못했다. 북명뢰장의 벌을 대신하는 구타 행위임을 알고 있는 것이다. 사실 치욕스럽긴 해도 이 편이 백배는 더 훨씬 낫다. 북명뢰장에게 일격을 당하면 그날로 지옥에 가게 될 터이니.

"당신에게 개인적 한은 없소이다!"

구타의 마지막 대상자는 증자서였다. 악소산의 말에 증자서는 눈을 감았다. 악소산의 주먹과 발이 증자서의 몸에 연속으로 박혔다. 증자서는 내공을 사용하지 않았음에도 선 자세 그대로 끝끝내 이를 악물고 버텨냈다.

악소산이 구타를 마치고 엄사문 옆으로 돌아갔다.

엄사문이 말했다.

"꿇어라."

십인무장들은 엄사문 앞에 무릎을 꿇었다.

엄사문이 다시 말했다.

"내가 아닌, 저들에게 무릎을 꿇어라. 북뢰일군장은 간밤의 희생에 대해 알려줘라."

그가 가리킨 대상은 북뢰일군의 생존자들이었다.

십인무장들이 무릎 꿇은 방향을 바꾸자 악소산이 울분 맺힌 음성으로 보고했다.

"북뢰일군의 생존자는 삼천이백오십육 명입니다. 간밤의 전투에서 도합 일천칠백사십사 명의 형제가 삶을 마쳤습니다."

엄사문의 엄중한 음성이 바로 이어졌다.

"들었느냐? 니들의 이기심으로 인해 일천칠백사십사 명의 전사가 저 안에서 생을 마쳤다. 어차피 죽을 운명들이었다는 핑계는 거론치 말라. 전면전으로 오천 명이 모두 죽을지언정 아군의 배신으로 적들의 칼날을 맞게 해서는 안 된다. 그건 전사에게 치욕보다 더 비참한 좌절감을 심어주는 행위이다."

십인무장들은 얼굴을 붉혔다. 틀리지 않는 말이다. 입장이 바뀌었다면 그들은 말보다 칼부터 먼저 들었을 것이다.

"철혈마투는 내 앞으로 오라."

엄사문이 희요백을 불렀다.

희요백은 눈을 내리깔고 그의 앞으로 걸어갔다. 지은 죄가 있는 터라 엄사문과 눈을 마주하지 못했다.

엄사문의 엄중한 물음이 있었다.

"이곳은 하남제천단의 전장이다. 맞는가?"

“그, 그렇소.”

“너는 또한 하남제천단을 총괄하는 수장이다. 맞는가?”

“그렇소.”

“그렇다면 지금 정작 두들겨 맞아야 할 사람도 너이고 저들 앞에 무릎을 꿇어야 할 사람도 너란 것을 인정하느냐?”

희요백은 이 질의엔 엄사문을 휙 노려보며 답했다.

“부정하지 않겠소. 뇌장이 하고픈 대로 해보시구려.”

두 눈이 사납게 충돌했지만 눈싸움은 한순간에 끝났다. 뇌전을 일렁대는 엄사문의 눈빛을 희요백은 감당해 낼 수 없었다.

“너를 십인무장들처럼 벌할 수 없다는 것을 잘 알고 있다. 허나 그렇다고 하여 네 책임이 사라지는 것은 결코 아니다. 묻겠다, 너는 간밤에 삶을 마친 전사들의 넋을 어떻게 달래줄 생각이냐?”

단도직입으로 물어온다. 준비되지 않은 물음이기에 희요백은 아무런 답을 못했다.

“모른다면 내가 대신 말해주겠다. 망자들의 명예를 너의 손으로 직접 지켜주어라. 그리하여 그들의 죽음이 결코 헛된 것이 아니었음을 이 천하에 똑똑히 알려주어라.”

“어떻게 말이오?”

“진국의 군사들이 여기서 얼마 멀지 않은 곳에 있다. 나가서 그들과 싸워라. 적들을 호북에서 몰아내는 정도로는 안 된다. 적들을 전멸시켜 망자들의 선혈이 이 전투에서 승전의 초석이 되었음을 증명하라. 만약 네가 이를 증명하지 못한다면 그땐 내가 직접 군사들 앞에서 너를 때리고 너를 무릎 꿇려 망자들의 혼을 달래줄 것이다."

할 말을 마친 엄사문은 곧장 뒤돌아 현장을 빠져나갔다.

악소산과 북뢰일군이 그 뒤를 빠르게 따라붙었다.

희요백과 십인무장들은 그들이 시선에서 사라진 다음에도 침묵을 유지했다. 외관상으로는 예상보다 일이 쉽게 풀렸다. 소명부의 문책은 아예 거론도 되지 않았다. 하지만 그렇게 끝내고 잊어버릴 상황이 아니다. 엄사문이 제시한 해결책은 소명부의 문책을 받는 것보다 더 엄한 자책감을 그들에게 심어주고 있었다.

"명예를 지켜라… 이천 명도 안 되는 잡졸들의 명예를 말이지……. 후후."

희요백이 희미하게 웃으며 침묵을 깼다.

"주군, 어떻게 할까요?"

증자서가 옆으로 다가서서 물었다.

웃음 다음으로 희요백은 전장의 마신이라 불리던 원래의 냉막한 표정, 그 표정으로 돌아가 명령을 내렸다.

"전장으로 간다. 전열을 정비하라. 혈작귀검대는 일선! 철작충검대는 이선! 황작포검대는 삼선! 퇴각은 절대로 없다! 우리는 적의 씨를 말릴 때까지 싸운다! 잡졸들의 명예를 위해서!"

*　　　*　　　*

　형문산을 탈출한 진국 군사들은 그 길로 오십 리를 곧장 동남진했다. 그리고 그곳 형원평에 전면전을 펼칠 전열을 새로이 갖추었다. 진국 지휘부는 형문산 전투의 첫째 패인을 지리적 요인으로 꼽았다. 넓은 벌판에서 싸웠다면 팔만대군이 오천에 불과한 적군들에게 패하는 일이 없었다는 것이다. 한편으로 북명뢰장 역시 아군이 집단 전술로 평원에서 맞섰다면 그렇게 가공할 무력을 발휘하지 못했을 것이라는 판단을 하였다.

　잘못된 패인 분석이 아니었다. 충분히 일리가 있었다. 형원평에서 만약 진국 군사들이 북뢰일군과 재격돌을 했다면 간밤의 수치를 되갚아주었을 공산이 아주 높았다.

　문제는 형원평에서 맞붙는 적들이 북뢰일군이 아닌 하남제천단이라는 것이었다. 하남제천단은 사수병, 궁수병, 돌격병, 기마병, 포병 등 각종 전투병이 총체된 육만대군으로 전술 총력전을 얼마든지 펼칠 수 있었다. 진국 진영이 미처 대비 못한 대군인데 이들이 진국 전열의 후방을 갑작스럽고 또 사납게 총력 공격하자 진국 군사들은 그만 또다시 크게 패하고 말았다.

진국 진영에선 총사가 유명무실한 상태였다. 임시 지휘부는 무능한 대처를 연속했으며 일선 군사들은 거기에 영향을 받아 사기가 바닥을 헤맸다. 퇴각, 또 퇴각. 진국 군사들은 형원평 패전 이후로 하남제천단의 총력 공세에 밀려 남쪽으로 거듭 퇴각하기에 이르렀다.

퇴각 십 일 시점에서 진국 군사들은 장강이 인접한 선안(船岸)까지 밀려났다. 이땐 이미 전투를 펼칠 전의도 군사도 진국 진영엔 남아 있지 않았다. 북진 당시 팔만을 헤아리던 군사들이 이젠 일만을 겨우 넘겼다. 사국쟁패가 발발한 이래 진국이 겪은 최악의 패전이라고 할 수 있었다.

그리고 무엇보다 이 패전이 진국을 아프게 하는 것은 진국 대장군 국자량의 상태가 현재 생사를 오갈 정도로 심각하다는 것이다. 전쟁에서 패전은 병가지상사다. 병력은 충원하면 되고 무너진 사기는 다시 일으켜 세우면 된다. 하지만 국자량 같은 일대 무인은 한 번 잃으면 다시는 되찾을 수 없다.

선안 장강 포구.

"우읍, 우읍."

국자량은 보급선이 정박 중인 포구 끝으로 나와 핏물을 토해냈다. 뱉은 핏물 안엔 내장의 부스러기 같은 조각이 보이고 있었다. 핏물도 검고 내장 부스러기도 검었다. 장기가 썩어가고 있다는 징후였다.

"바람이 차갑습니다. 선실로 들어가시지요."

국자량의 등 뒤로 백의인이 걸어왔다. 네 개의 검을 등에 매달고 있는 검사, 모용황이었다.

"거긴 답답해. 난 그냥 여기서 장강의 경치나 구경하고 있 겠어."

국자량은 말한 다음 포구 바닥에 주저앉았다. 경치 구경은 이유가 아니다. 평상시의 국자량은 어떤 경우에서도 무림사 기의 위신에 어긋나는 모습을 보이지 않는다. 국자량은 지금 서 있을 힘조차 없을 정도로 몸 상태가 안 좋은 것이다.

"그래, 사마 국상은 뭐라고 해?"

"총사의 안전한 귀환에 최선을 다하라는 말씀만 하셨습니 다."

모용황은 진국 군사들이 선안에 당도할 무렵, 무창에서 보 급선을 타고 장강을 건너왔다. 보급선은 전부 오십 척. 호북 전투에서 생존한 군사들이 현재 이 보급선에 승선하고 있었 다.

"그렇겠지. 사마 국상은 겉보기와는 다르게 인정이 많은 사람이니."

국자량은 낮게 중얼댄 후에 모용황을 돌아보며 물었다.

"네가 보기엔 어때? 내 꼴이 영 사납지?"

"제 눈엔 전과 다름없이 보이십니다."

"괜한 말은 하지 마. 내 몸은 누구보다 내가 더 잘 알아. 난 아마 재기가 힘들 거야. 재기의 욕구를 태울 청춘도 아니고.”

딱딱한 어투지만 국자량의 음성은 어딘지 모르게 쓸쓸했다. 얼마 전 장강을 건너가기 전만 해도 국자량은 어느 청춘 못지않게 활동적으로 생활했다. 한 번의 패전을 겪은 것치고는 국자량은 너무나 많이 변해 있었다.

“자넨 날 이렇게 만든 자에 대해 궁금한 점이 없는가?”

모용황이 눈을 빛냈다. 구중천의 당대 수장을 격퇴한 정체불명의 무인. 의문이 없다는 거짓이다.

“처음엔 나도 몰랐지. 그래서 방심했고, 그 방심은 그만 멍청하다 싶을 정도의 대응으로 이어졌지. 이제 와 돌아보면 난 스스로 무덤을 판 거야. 상대가 북명삼장이었거늘, 그렇게 대적하다니…….”

“북명삼장?”

모용황은 모르는 눈치였다. 국자량은 그 표정을 보며 말을 이었다.

“중화혼의 전설로 불리는 초인들이야. 그들에 대해 모른다면 나중에 사마 국상이나 자네의 숙부인 무림이기에게 물어봐. 자네도 어차피 알고 있어야 할 존재들이야.”

말끝에 국자량은 허탈한 미소를 지었다. 그리고는 곧 삶을 반추하는 것 같은 얼굴로 깊은 침묵에 들어갔다. 모용황도 여기에 같이 동참했다.

침묵의 시간은 꽤나 길었는데 이 침묵은 강변 저 멀리서 들려오는 함성 소리에 깨어졌다. 함성 방향에서 하남제천단의 군사들이 몰려오고 있었다.

보급선에 승선하는 진국 군사들의 동작이 빨라지기 시작했다. 호북 전투에서 워낙에 처참하게 당한 터라 군사들은 맞서 싸운다는 생각을 감히 하지 못하고 있었다.

국자량은 군사들의 그런 모습들을 둘러보며 착잡히 말했다. 내용은 패전 감정의 연장선상이었다.

"지금의 내 모습은 패전 때문만은 아냐. 진짜 이유는 따로 있어. 그 이유도 알고 싶지 않은가?"

"……."

"예전에 난 이보다 더 심한 패배를 당하고도 재기했었지. 그때 내가 재기의 목표로 삼은 건 전날의 세상이 아닌 새로운 세상, 미래의 적들이었지. 하지만 이젠 그때와 달라. 난 재기한들 새로운 세상과 맞서 싸우지 못해. 세상은 변화를 요구하고 있어. 그 세상에서 난 변화의 주체가 아닌, 타파되어야 할 대상이 되어버렸어."

"총사께선 아직 정정하십니다. 재기하시면 할 일이 더욱 많아지실 겁니다."

"위로하려 들지 마. 더 비참해지니까. 난 이번 패전 후에 그 점을 절실하게 느꼈지. 진국은 한동안 정체되어 있었어. 이제 새로운 물결이 필요해. 그렇게 하지 못한다면 사국쟁패에서 도태되고 말 거야. 난 변화의 선봉장으로 네가 적격이라고 생각해."

"그 말씀은?"

"네가 내 자리를 맡아줘. 아니, 너 외엔 대안이 없어. 네가 맡아야 해."

모용황은 완강히 고개를 저었다.

"일검수련만 했던 몸입니다. 군부를 이끌어본 적도 없고 그럴 능력도 없습니다."

국자량은 자신의 주장을 굽히지 않았다.

"실은 지금도 늦었어. 동방척이 초국 대장군에 올랐을 당시 너에게 이 자리를 넘겨주었어야 했어. 늙은 욕심에 그만 대사를 그르친 거지."

"뜻은 알겠지만 전 그럴 수 없습니다. 저는 일통 제국의 의의보다 검제 지상주의를 신봉하는 무림인입니다. 일검쟁위가 열리면 내일이라도 당장 조직을 버릴지도 모릅니다."

"무림인이라……."

국자량은 모용황을 진하게 쳐다보며 말을 이었다.

"나도 무림인이야. 너만큼 검제의 이상을 지상제일로 생각하며 칼밥을 먹은 무인이야. 그런 내가 구중천을 해산하고 왜 진국에 몸을 담았는지 알아?"

"……."

"바로 네가 염원하는 무림의 이상을 지키기 위해서였어."

모용황은 국자량의 말을 이해 못했다. 그에게 무림은 곧 강호다. 강호는 장강의 물결처럼 흘러간다. 지키고 말고 할 것이 없다.

"세상이 변화의 물결을 맞이하고 있다고 했지. 그 직격탄이 무림을 향하고 있어. 사국쟁패가 명나라의 재집권, 혹은 소화파로 대변되는 청조의 강성 부류가 집권하는 결과로 종결된다면 그땐 무림이 종말을 맞을 가능성이 높아. 나는 그것을 막고자 진국에 몸을 담았어. 적어도 진국은 무림의 종말을 지향하는 정책을 사용하지 않는다고 판단했으니."

"저는 이해할 수 없습니다. 통일제국이 왜 무림을 종말시킨다는 겁니까?"

"무림의 이상이 중화혼의 지상과업과 상치되기 때문이지. 중화혼의 과업에 대해 자세히 알고 싶으면 네가 직접 알아봐. 무림은 현재 급속히 쇠락하고 있어. 전날의 무림을 찬란히 빛내었던 무림단체는 오늘날 거의 멸문되었거나 또는 국가 군부에 예속되고 있어. 어쩌면 시대가 무림의 쇠락을 요구하고 있는 건지도 모르겠어."

정도 구대문파 중에서 오늘날까지 살아남은 문파는 소림, 무당, 화산, 이 셋뿐이다. 그리고 마도 십대문파는 무림문파인지 국가 단체인지 모를 정도로 군부에 편입되어 있다. 시대의 요구란 국자량의 말이 설득력있게 들리는 순간이다.

국자량은 진국 대장군을 뜻하는 단봉, 진무령(眞武令)을 모용황에게 건넸다.

　“네가 무림을 지켜. 무림이 살아야만 일검쟁위도 있고 검제도 있어. 더는 거부하지 마. 이는 내가 진국 대장군으로서 내리는 마지막 군령이야.”

　“총사, 말을 그만…….”

　“또한 이건 내 부탁이기도 해. 난 재기를 할 거야. 이대로 삶을 마치기엔 미진한 구석이 너무나 많아. 허나 재기를 하더라도 그땐 전장이 아닌 일검쟁위장에서 칼을 들 거야. 난 평생을 무림에서 살았어. 무림의 이상을 가슴에 담고 죽고 싶어. 내가 그 뜻에 전력할 수 있도록 네가 도와줘. 자, 진무령을 받아.”

　모용황이 떨리는 손길로 진무령을 받았다. 안 받을 도리가 없었다. 국자량은 말을 하던 중에 입에서 검은 선혈을 줄줄 게워내고 있었다. 생명을 담보로 전한 뜻이었다. 이를 거부한다면 국자량을 모독하는 것과 같았다.

　“고맙다, 정말…….”

　국자량은 모용황이 진무령을 받자 앉은 자세 그대로 쓰러졌다. 일견 보기에도 아주 심각한 상태였다.

　“총사를 선실로 모셔라! 어서!”

　모용황이 소리쳤다. 무장들이 뛰어와 국자량을 안고 선실로 들어갔다. 모용황은 그 모습을 잠깐 보고는 강변 방향으로 시선을 돌렸다. 적군들이 어느새 오십 장 앞까지 밀려들고 있었다.

"모용 무장님, 속히 출선을 명해주십시오! 더 늦으면 적들에게 보급선이 공격당할 것입니다."

"모용 무장님, 급합니다! 어서 출선을 허락해 주십시오!"

포구 사방에서 다급한 음성이 들려오고 있었다. 모용황은 음성이 들려온 방향을 둘러봤다. 진국의 무장들이 그를 애타게 바라보고 있었다.

저들이 왜 내 명을 받길 바라는가?

내가 언제 저들에게 상관 대접을 받고자 한 적이 있었던가?

모용황은 가늘게 떨었다. 허리 뒤로 정체 모를 전율이 지나가고 있었다.

"저들은?"

모용황의 시선이 포구 아래로 향했다. 보급선에 아직 승선하지 못한 이삼백 명의 군사들이 그곳에 있었다. 무장의 음성이 들려왔다.

"어쩔 수 없습니다. 버리고 가야 합니다. 하니, 어서 출선을 명해주십시오."

"버리고 간다? 왜? 무엇 때문에?"

모용황은 군사들을 주시했다. 군사들은 거듭된 패전을 겪은 터라 탈진 직전에 있었다. 그들 중엔 보급선을 타고 가기엔 이미 늦었다고 판단해 삶을 체념하는 이들도 있었다.

“새로운 물결이 필요해. 진국 군사들에게 희망을 주는 사람이 있어야 해. 변화의 선봉장으로 네가 적격이야. 너 외엔 대안이 없어.”

모용황은 국자량에게 건네받은 진무령을 문득 내려다봤다. 왜인지 눈에 익다. 꼭 이전부터 자신이 소유하고 있던 물건 같다. 그는 진무령을 요대에 매달고 포구 아래로 훌쩍 뛰었다. 등 뒤에서 출선을 명해달라는 무장들의 음성이 또 들려오고 있었다. 그는 무장들을 돌아보며 명했다.

“출선해도 좋다. 다만, 마지막 한 척은 포구에 남겨두어라. 진국은 단 한 명의 병사도 버리지 않는다. 알겠는가?”

그의 음성은 평소와 다르게 힘에 넘쳤다. 승선하지 못한 군사들이 이 말에 묘한 얼굴로 모용황을 바라봤다. 전율이 또 찾아온다. 모용황은 이제 이 전율이 어디에서 시작되었는지 알았다. 전율은 그의 참전을 원한 이들의 마음에서 시작되었다.

“나쁘진 않군. 훗훗.”

모용황은 희미하게 웃으며 전방으로 걸어갔다. 적군들은 십 장 앞까지 다다르고 있었다. 그의 걸음은 점점 빨라졌다. 그리고 어느 순간 그는 훌쩍 뛰어올라 적군들의 중심으로 떨어졌다.

“와아아아아아!”

하남제천단 일선 군사들이 그를 원진으로 둘러싸고는 일제히 달려들었다.

사방은 온통 창과 검! 함성과 고함!

그는 그 속에서 오른손을 옆으로 들었다.

슝!

무언가가 오른쪽 공간으로 날아갔다.

"일로비행은 국 공의 무인혼을 위해!"

그는 다시 왼손을 수평으로 들었다.

슝!

역시 왼편으로 빛살 같은 어떤 형체가 날아갔다.

"이로비행은 나를 원했던 진국 형제들을 위해서!"

그는 마지막으로 하늘을 올려다보며 소리쳤다.

"삼로와 사로비행은 이 지옥에 내가 참전했다는 것을 알리기 위해!"

슝! 슝!

두 개의 빛살이 그의 등에서 하늘로 치솟아올랐다.

"어, 어검이다!"

어검을 본 군사들이 공격을 중단하고 경악 어린 음성을 토했다.

그러나 이미 늦었다. 그의 어검은 빠르고 무섭다. 인정도 모르고 실패도 모른다.

슈슈슈슈슈! 가가가가각!

“아아아악!”

네 개의 어검이 공간을 어지럽게 휘돌았다.

막아도 잘리고 스쳐도 잘린다. 운이 없으면 그냥 뚫린다.

대지는 순식간에 인간들의 잘린 육질로 덮여 버렸다.

“우우우우!”

살아남은 군사들이 공포에 질려 뒷걸음쳤다.

어검은 그것조차 용서하지 않았다.

슈웅― 팟! 슈웅― 팟! 슈웅― 팟! 슈웅― 팟!

달아나는 군사들을 중앙에 두고 네 개의 어검이 동서남북 하늘에 멈추었다. 검봉을 끄덕이는 표적 조준이 있다. 곧이어 동서남북의 어검들이 동시에 대지의 인간들을 직격했다.

콰콰콰콰콰콰콰콰!

“아아아악!”

공격 일선이 한 식경 만에 완전히 와해됐다. 운 좋게 살아남은 자들은 거의가 팔다리 잘린 중상자이다.

두두두두두!

하남제천단 공격 이선이 다시 몰려들고 있었다.

이번엔 중장기병이었다.

“사로집결!”

모용황은 몰려오는 기마대의 정면에 서서 한 손을 들었다. 어검 네 개가 그의 머리 위 공간에 나란히 횡대 정렬했다.

“사로전비!”

슝! 슝! 슝! 슝!

과녁을 향하는 화살처럼 어검이 탄력적으로 쏘아졌다. 쏘아진 어검은 지상에 깔리듯 저공비행하고 있었다.

쿠르르르! 이히히히히힝!

어검이 기마대를 뚫고 날아갔다. 다리가 잘린 말들이 바닥을 와르르 굴렀다. 아비규환의 기마대 일선 전열. 대지는 말과 사람의 비명으로 아우성이었다.

“……!”

모용황의 눈이 한순간 반짝였다. 기마전열 이선에서 누군가가 무섭게 뛰쳐나오고 있었다. 붉은 갑옷을 입은 무장인데 일선을 통과한 무장은 모용황의 좌측 방향을 크게 돌아 포구로 곧장 달려가고 있었다.

“차앗!”

모용황도 기마전열과의 전투를 중단하고 몸을 돌려 포구로 달렸다. 포구엔 진국의 마지막 보급선이 출선을 앞두고 있었다. 모용황은 달리던 도중 고개를 옆으로 돌려 붉은 갑주의 무장을 쳐다봤다. 무장도 마침 그를 돌아보고 있었다.

“하!”

눈이 마주치자 무장이 비웃음을 짓는 것처럼 입술 끝을 살짝 올렸다. 그러더니 달리던 상태에서 황금채찍을 빼들어 포구 방향으로 길게 휘둘렀다.

치잉! 콰앙!

뇌전이 번쩍인다 싶더니 포구가 박살났다.

무장이 다시 황금채찍을 포구 방면으로 휘둘렀다. 이번엔 보급선이 표적이 되고 있었다.

앞질러 달려가서 막을 상황이 아니다.

저지 방법은 오직 한 가지.

"오로…… 오로출검!"

본다! 단지 본다!

모용황은 보급선을 태워 버릴 듯 뜨겁게 노려봤다.

슈우─ 웅!

보급선 앞으로 어검 하나가 유령처럼 솟아올랐다. 이 어검은 보급선을 직격하던 두 번째 뇌전과 정면으로 맞부딪쳤다.

콰쾅!

공간 안에서 큰 폭발이 일어났다. 폭발 여파에 장강이 크게 출렁였고, 이어서는 보급선이 장강으로 떠밀려 나갔다.

"타앗!"

모용황은 포구에 다다르자 대지를 박차고 올라 출선하는 보급선에 한 마리 제비처럼 올라섰다.

관심은 하나다.

뇌전을 날린 무장은?

모용황은 붉은 갑주의 무장이 달려왔던 방향으로 시선을 돌렸다.

붉은 갑주의 무장은 포구 이십 보 지점에 우뚝 서 있었다.

뇌전이 오로어검에 막혔던 시점의 위치이기도 했다. 현재 붉은 갑주의 무장은 모용황을 묘하게 쳐다보고 있었다.

모용황보다 붉은 갑주의 무장이 먼저 의사를 표현했다.

음성이 아닌 손짓이었다.

모용황을 가리키는 무장의 손. 그 손은 곧이어 무장 자신의 목을 가로 긋는다.

다음엔 널 죽인다는 뜻이다.

"하!"

모용황은 그 의사 표현에 실소로 답했다.

기분은 나쁘지 않았다.

중주육성 외에 또 다른 적수가 있다는 건 그에게 삶의 욕구를 북돋아주는 양분과도 같았다.

보급선은 점점 장강 하류로 떠내려간다.

서로의 모습이 아득해지자 붉은 갑주의 무장이 먼저 등을 돌려 걸었다.

모용황은 무장의 뒷모습을 한동안 지켜보다가 뱃머리로 향했다. 세찬 강바람이 불어왔다. 그는 뱃머리에 서서 이마에 두른 백두건을 풀었다. 머리카락이 길게 휘날린다. 그는 검을 들어 머리카락을 잘라냈다. 잘린 머리카락이 강바람을 타고 장강 저 멀리로 흩날렸다.

천무 십이년 구월 이십육일.

무림일비 모용황이 진국의 대장군으로 전격 올라섰다.

초국 대장군 동방척의 등용을 잇는 신진 대장군의 출현이라고 할 수 있었다.

第八十二章 초국명부─중경혈전(楚國明部─重慶血戰)

집멸의 후인이여, 파천의 전인이여,
파멸도로 무당을 잡고 화산을 무릎 꿇려라. 독고의 검을 꺾고
모용의 검을 깨부숴라. 그리하여 유한의 분쇄도를 격파하고 이
땅에 파멸도만이 진정한 일검임을 세세토록 알려라.

─남도제 막계광

초국명부—중경혈전(楚國明部—重慶血戰)

역대 최악의 무림 전쟁 동서전란. 그 동서전란이 후세에 끼친 순기능을 찾자면 이른바 대륙 무력의 전반적인 향상이다. 향상된 무력이란 개인 무력이 아닌 전술과 병기가 집약된 국가 차원의 집단 무력을 말함이다. 개인 무력은 강호 정통 대문파들의 몰락에서 보듯 이전보다 더 퇴보해 버렸다.

집단 무력을 향상시킨 측면에서 보면 동서전란의 주인공은 오십조 초인도 아니며 그들과 맞서 싸웠던 중주육성, 육기, 칠룡들도 아니다. 그 주인공들은 바로 대륙 전략사를 새로이 썼다는 청록과 백학이다.

유명한 논객 문인상은 그들에 대해 단적으로 이렇게 말

했다.

"청록과 백학은 역대 전쟁사에서 유례가 없을 정도로 심도 깊고 박진감있게 전술 대결을 벌였다. 반전에 반전을 거듭한 그들의 전술 구사는 설령 공명과 사마의가 그 시대에 존재했다고 한들 뒤따라가지 못했을 것이다."

청록과 백학의 전술 운용은 종전 이후로 후대의 전략가들이 배움 차원에서 집중적으로 연구했다. 대륙의 집단 무력을 향상시키는 데 이런 연구가 크게 일조했음은 물론이다.

백학의 전술 중에 '북풍의 계(計)' 라는 게 있다.

청록이 청무련의 근거지 귀주성을 정벌하기 위해 강남에 대군을 일으키자, 백학이 강북에 큰 전쟁을 일으켜 청록의 출진을 원천적으로 막아버린 전략을 말함이다. 백학은 그때 이런 구절로 동불련을 농락했다.

구양입곡(驅羊入谷) 일안북풍진귀향(一雁北風唇歸鄉).

양을 몰고 골짜기로 드니 기러기 한 마리 북풍에 놀라 고향으로 날아가는구나.

당시 북풍의 계에 깜짝 놀란 동불련은 귀주성 정벌을 목전에 둔 청록을 강북으로 귀환시켜 버렸다. 만약 청록이 그때 귀주성 정벌을 강행했다면 그 후의 대륙 역사는 또 달라졌을 것이다.

문인주가 이번에 그 북풍의 계를 흉내 냈다.

―개집을 나오지 않는 개는 개밥을 던져 밖으로 이끌어낸
다. 개가 개집을 나오면 그땐 개밥을 던져 놓은 곳으로 개 사
냥꾼을 내보낸다.

북풍의 계, 그 안에 있는 내용인데 그 당시는 사혈탑주 적
미륵마가 당했고, 이번엔 진국과 소명부가 여기에 크게 휘말
렸다.
문인주의 두 번째 잔수 역시 북풍의 계 안에 있는 내용이
다.

―아무리 금실이 좋은 부부라도 서로의 부모를 헐뜯기 시
작하면 사이가 갈라진다. 전란 속의 동맹 관계도 예외가 아니
다. 보이는 매보다 안 보이는 매가 더 아프고, 칼날에 베인 상
처보다 이간질에 당한 상처가 더 쓰라리다. 곪은 상처를 터뜨
리면 동맹은 밖에서가 아닌 안에서부터 깨지게 될 것이다.

문인주는 이 내용을 모체로 초국과 소명부 사이를 이간시
켰다. 결과는 문인주의 기대 이상으로 진행됐다. 사국쟁패에
서 동맹 관계를 줄곧 유지했던 소명부와 초국이 그만 전면전
을 방불케 하는 중경대혈전을 벌이고 만 것이다.

중경혈전은 이렇게 시작됐다.

중경 서북부엔 대륙에서 열 손가락 안에 들어가는 마장 단체 금마장이 있었다. 금마장은 하루에 마필 일만 마리는 거뜬히 동원할 정도로 마세가 대단했는데, 금마장주 독무생은 이러한 마세를 바탕으로 사국쟁패의 시기에서 이권에 따라 사천의 제천본단과 초국을 오가는 양국 동등의 정책을 지향했다. 지역의 패권을 장악한 초국 입장에선 상당히 껄끄러운 일이지만 그렇다고 동맹에 해를 끼칠 수 없기에 별다른 무력적 제재를 금마장에 가하지 않았다.

구월 초에 독무생의 회갑연이 금마장에서 있었다. 나름 비중있는 인사인지라 이 자리엔 사천의 제천본단과 초국의 거물급 무장들이 대대적으로 참석해 독무생의 회갑연을 빛내주었다. 그런데 이날의 연회 중간에 독무생이 그만 해서는 절대로 안 되는 발언을 하고 말았다.

"중경의 지역민으로서 내가 초국에 전적으로 몸을 담지 않는 까닭은 초국 내의 대북인들을 도무지 신뢰할 수 없었기 때문이다. 대북인들은 원래부터 반골 성향이 강한 부류다. 동서대전에서도 북도제의 변절이 아니었다면 동불련이 그렇게 허탈하게 패전을 당하지 않았을 것이다."

그 연회 자리엔 초국 대장군 동방척을 추종하는 대북의 무장들이 상당수 참석해 있었다. 그들은 그 말에 안색이 하얗게 변해 연회장을 박차고 나갔다.

반골 성향. 북도제의 변절.

다른 날, 다른 자리에서 보통의 인물이 그런 말을 했다면 목이 열 개라도 살아남지 못했을 것이다.

아니나 다를까, 일은 다음날 벌어졌다. 독무생이 자신의 침실에서 목을 맨 사체로 발견된 것이다. 사체의 입에는 금마장의 모든 자산을 초국에 넘긴다는 유서가 물려 있었다.

누가 봐도 타살이 의심되는 경우였다.

제천본단은 무장들을 중경 지역으로 급파해 수사에 착수했다. 그런데 이 과정에서 대북인 출신으로 추정되는 초국 무장들과 대판 충돌을 벌이다가 그만 제천본단의 무장들이 죽임을 당해 버렸다.

사태가 그렇게 확산되자 제천본단은 자국의 무장들을 보호한다는 명분으로 섬서제천단 일군 군사 오천 명을 중경으로 출진시켰다.

아무리 동맹이며 또 군사를 보낼 이유가 있더라도 동의없이 상대국의 영토로 정규군을 출진시킨다는 것은 큰 결례다.

초국은 공식으로 회군을 요청했다.

―군사를 돌려보내시오! 조사할 사안이 있으면 담당자만 남아서 하시오!

제천본단은 응하지 않았다.

―우리에게 이래라저래라 명하지 마시오! 조사가 끝나면 우리가 알아서 나갈 것이오!

갈등은 점점 증폭됐고 그러다가 욕설 직전의 공문이 오가기에 이르렀다.

―당장 돌아가라! 돌아가지 않으면 강제 진압하겠다!

―자신있으면 해봐라! 강제 진압하면 그땐 전쟁이다!

결국 초국은 일만 군사를 동원해 섬서일군을 중경 지역에서 몰아냈다. 승리의 환호를 하기에는 일렀다. 제천본단은 다음날 새벽 이만 군사를 출진시켜 중경 지역의 전략 방어성 대야성을 강제 점령하고 말았다. 초국과 소명부의 전쟁, 중경대혈전의 서막이 열린 것이다.

이날 이후로 대야성 주변 도시는 수삼 일마다 주인이 바뀌었다. 심한 날은 아침엔 초국의 깃발이 꽂혔고 밤엔 소명부의 깃발이 꽂혔다.

동맹이 원수가 되어버린 중경혈전.

여기에서 중경혈전의 단초를 제공한 인물, 금마장주 독무생은 실은 양사몽의 변장이었다. 문인주가 일을 꾸미며 양사몽을 청랑대에서 빼내온 것이다. 그리고 제천본단의 무장들을 제일 먼저 살해한 사람 역시 대북의 무장들이 아닌 문인주의 사전 지시를 받은 능빈이었다. 그 두 사람은 중경혈전의 서막이 열리며 현장에서 철수했다. 더 있어봐야 할 일이 없을 정도로 작전이 훌륭하게 완수된 것이다.

현재 중경혈전은 사태가 더욱 확대되어 있었다.

중경혈전 보름이 되던 시점에서 초국 대장군 동방척은 제

천본단의 무도한 도발을 응징한다는 차원에서 육만의 정예
군사를 직접 이끌고 대야성으로 들어갔다. 대야성을 탈환하
긴 했지만 동방척의 일선 개입은 중경혈전을 전면전 상황으
로 확전하는 빌미가 되고 말았다.

동방척의 일선 개입 다음날.

제천궁주 동곽사가 초명동맹의 파기를 공식으로 외치며
이십만 대군을 앞세워 대야성으로 총진격하고 있었다.

*   *   *

중경 대야성.

"일단은 퇴각을 해야 한다고 봅니다. 산술적으로 계산해도
우리는 육만이요, 적은 이십만 대군입니다. 이대로 정면 격돌
하면 우리의 패전이 불을 보듯 뻔합니다."

"저는 이곳에서 맞서 싸워야 한다고 봅니다. 총사께서 직
접 자리한 전장입니다. 적과 맞서 싸워보지도 않고 우리 군사
가 무조건 등을 보일 수는 없습니다. 삼 일을 버티면 장천궁
에서 대군을 보내올 것입니다. 그때까진 배수의 각오로 적과
맞서 싸워야 합니다."

초국의 야전 무장들이 동방척의 집무실에 모여 전략회의
를 열었다. 대야성으로 몰려오는 이십만 적군. 전술적 퇴각이
냐, 아니면 지원 병력이 올 때까지 대야성에서 항전이냐, 그

둘을 놓고 하나를 결정하자는 것이었다.

대산일도 표가량의 항전 주장에 동조하는 이들은 그다지 많이 없었다. 이상과 현실은 엄연히 다르다. 이상론에 취해 배수진을 펼치다가는 몰살되기 딱 좋다.

쌍비호리 좌소방이 반박했다.

"누군 싸울 줄 몰라 퇴각을 주장하는 게 아니오. 현실을 보란 말이오. 가량의 주장대로라면 공성전을 하잔 말인데, 대야성엔 현재 수성전에 임할 무기가 거의 없소. 화약과 총탄도 이틀이면 전부 소진될 것이오. 일단은 퇴각을 해야 하오. 아닌 말로 이보 전진을 위한 일보 후퇴이지 우리가 무조건 도망가자는 게 아니지 않소."

"음, 그것 참."

수성 무기가 없다는 말에 표가량은 공성전 주장에서 한 발 물러섰다. 사실 표가량도 그냥 해본 주장일 수 있다. 일방적 퇴각 주장이 나오면 그것 역시 모양새가 좋지 않은 것이다.

"총사께선 어떻게 생각하십니까? 저희는 총사의 뜻에 따르겠습니다."

좌소방이 동방척에게 사안의 결정권을 넘겼다.

동방척이 말했다.

"퇴각 주장도 옳고, 항전 주장도 틀리지 않는다. 나는 되도록이면 이 둘을 절충한 대처를 하고자 한다."

“절충이라면?”

“일단은 대야성을 비운다. 대야성에 진주한 병력은 전투보병이 주력군이다. 이들을 대야성에 묶어두고 수성전을 펼친다는 것은 아군의 전력을 최상으로 발휘 못 시키는 일이 된다. 하니 대야성을 비우는 대신 조천문으로 먼저 진출해 그곳에서 적을 공격하고 적이 분산되면 그땐 또 중경 저자로 들어가 적과 맞서 싸운다. 중경은 초국 군사들에게 익숙한 곳. 우리가 시가전을 벌이면 적들 역시 마음 놓고 대야성으로 입성하지 못할 것이다.”

“오호! 그렇군!”

무장들이 동조의 기색을 보였다. 퇴각도 아니고 수성전도 아닌 시가전, 생각해 보면 그게 최선의 대응 전략이었다.

“하면, 그 후엔 또 어떻게 할까요?”

“조만간 마뇌 승상이 지원 군사를 이끌고 이곳으로 올 예정이다. 그때 마뇌 승상에게 중경 전투를 맡기겠다. 전술에 해박한 분이시니 아마 잘 처리하실 거다.”

“아하!”

무장들의 얼굴이 활짝 펴졌다. 동방척만큼 마뇌도 무장들의 신뢰를 한 몸에 받고 있다. 두 사람이 뭉치면 그땐 백만대군이 몰려와도 걱정이 안 된다고 할 수 있다.

“그럼 이제 성을 비우는 일만 남았는가요? 언제 비울까요?”

동방척은 생각해 둔 게 있는 듯 바로 답했다.

"오늘 밤에 비운다. 각 대주들은 조천문으로의 이동에 지장이 없도록 만전을 기해주시기 바란다."

"존명!"

"존명!"

회의가 끝났다. 무장들은 각자의 소속으로 돌아가 병력 이동을 시작했다. 동방척은 이때 성루로 올라가 아군의 병력 이동을 어두운 얼굴로 지켜봤다. 마음이 편치 않은 것이다.

제가 십오만 군사를 이끌고 지원 가겠습니다. 하니 대장군께서는 일단 대야성에서 퇴각하십시오. 참, 제천궁주와는 맞서지 마십시오. 동곽사는 확신이 없으면 전장으로 나오지 않는 위인입니다. 동곽사는…….

오늘 오전 마뇌가 그에게 퇴각 서신을 보내왔다. 동방척은 그동안 마뇌의 생각을 최우선해 주는 일선 정책을 사용했다. 하지만 그는 이번엔 마뇌의 생각보다 자신의 뜻을 먼저 관철시켰다.

대북인의 반골 성향. 북도제의 변절.

그는 외관상 표현하지 않았지만 그 말을 들었을 당시 누구보다 분노했다. 뭘 모르는 잡놈이 그런 말을 지어냈으면 상관도 안 한다. 대북파를 보는 사국 군부의 시선이 실제 그랬던 것이다. 솔직히 그는 초국 내에서도 대북파를 그런 시선으로 안 본다고 자신할 수 없었다. 어쩌면 초평왕도 내색을 안 할 뿐, 그런 편견을 가지고 있을지도 모른다.

"지워야 해. 인간들의 머릿속에서 그런 사고를 지워야 해. 지우지 못한다면 그땐 그런 인간들을 모두 지워 버려야 해."

변절이 아니다.

북도제는 그때 구국의 결단을 했다.

동방척 자신도 그렇게 믿고 있다.

북도제는 가고 없다.

대북인의 명예를 지키는 건 이젠 그의 일이 되었다.

그는 그 일에 관해선 한 치의 흔들림도 없이 사국 군부와 맞설 것이다.

*　　　　*　　　　*

장강과 가릉강이 합류하는 지점에 조천문(朝天門)이 있다. 조천문은 황제가 내린 성지를 영접하는 장소라는 뜻에서 유래되었다. 조천문을 조금 지나면 좌측으로는 광활한 강변이 펼쳐져 있고 우측으로 낮은 언덕이 수없이 교차하는 구릉지대가 있다. 초국 군사들은 바로 이곳 구릉에 매복하고 있다가 제천본단의 진군 후방을 들이쳤다.

"공격! 한 놈도 살려두지 말라!"

초국 군사들의 공격은 빠르고 단호했다. 공격 시간도 그다지 길지 않았다. 제천본단의 주력군이 전열을 갖추고 반격에 나서면 초국 군사들은 미련없이 공격을 중단하고 현장을 떠났다. 습격에 이은 전술적 퇴각. 이런 과정이 조천문으로 통하는 강변 줄기를 타고 수십 차례 벌어졌다.

강변 전투가 여의치 않자 제천본단은 피해를 감수하고 중경 방면으로 전력 진군했다. 초국의 작전대로 진행된 경우였다. 초국 군사들은 이때부터 중경 각지로 전열을 분산해 극렬한 시가전을 벌였다.

시가전은 평원전투, 협곡전투, 공성전과 또 다르다. 목표지대도 없고 목표 대상도 없다. 건물 속에서 총알과 화살이 날아오고, 저자 골목에서 군사들이 칼을 들고 뛰쳐나온다. 조금도 방심할 수 없다. 함부로 저자로 나오다가는 그 즉시 머리에 총알이 박히고 가슴에 화살이 꽂힌다.

시가전이 갈수록 치열해지자 제천본단도 대야성으로의 진군을 완전히 중단하고 시가전에 본격적으로 뛰어들었다. 도심 곳곳에서 총성과 함성이 울려 퍼졌다. 고도 중경은 사체와 피로 덮인 죽음의 도시가 되어버렸다.

중경 전투에서 초국과 제천본단이 가장 극렬하게 충돌한 곳은 중경을 한눈에 조명할 수 있다는 아령산 예원(禮園)이었다. 섬서제천단 본진과 초국의 대북연합 무장들이 그곳에서 정면으로 맞부딪친 것이다.

"담대성이 출현했다고?"

"네, 확실합니다. 대산오도가 직접 교전을 치렀다고 합니다."

"그렇다면 우리도 가자! 이 기회에 담대성의 목을 잘라야겠다."

비파산에 본진을 차려놓고 있던 동방척은 아령산 상황을 보고받자마자 지체없이 그곳으로 달려갔다. 섬서제천단주 담대성은 일만 병력의 목숨과 능히 비교된다. 목을 자를 수만 있다면 중경 전투의 승패를 가를 큰 전공이 될 것이다.

"일선 전장입니다. 총사께서 직접 가시기에는 너무 위험합니다. 총사께선 그냥 후방에서 작전 지시만 내려주십시오."

좌소방이 동방척을 뒤따르며 반대 의견을 냈다. 동방척의 용맹을 모르는 것은 아니지만 자칫 적의 집중 공격을 받을 수 있었다.

"걱정 마. 담대성은 날 어찌할 수 없어."

동방척은 무림오비를 자신의 적수로 생각하지 않았다. 그의 이런 말을 좌소방은 당연하게 받아들였다. 십삼차 신무쟁패가 열리지 않아 무림십삼비에는 오르지 못했지만, 임주원이 등장하기 전까진 강호인들은 신진 최강을 말함에 모용황과 더불어 북도제의 전인 동방척을 항상 거론했다. 자존심 강한 십삼비들이 이 거론에 대해 반박을 못했으니 그의 무력은 강호에 이미 충분히 증명되어 있는 셈이었다.

전력으로 달려간 지 한 식경.

전방에 높이 이십 장에 이르는 감망루(瞰望樓)가 보이고 있었다. 예원에 당도한 것이다. 감망루 아래에서는 일단의 무인들이 전투를 펼치고 있었다.

"저기! 대산오도들이 있군요!"

좌소방이 전투 현장의 중심부를 가리켰다.

"타앗!"

동방척은 확인을 끝낸 상태였다. 그는 달리던 도중 혈도를 뽑아 들고 물을 퍼 올리듯 대지에서부터 하늘로 혈도를 쳐올렸다.

팟팟팟팟팟— 팟! 쿠아앙!

전투 현장까지 대지가 쩍 갈라지더니 집멸도기가 감망루을 직격했다. 이십 장 높이의 감망루가 무너질 듯 크게 진동했다. 동방척의 출현에 초국 군사들이 환호를 보냈다. 제천본단 무인들은 전투를 중단하고 사방으로 달아날 길을 찾고 있었다.

"담대성은?"

동방척은 표가량을 보며 소리쳤다. 표가량이 좌우를 급히 돌아보며 말했다.

"어? 방금까지 여기에 있었는데?"

담대성의 위치는 곧 밝혀졌다.

하늘.

"하아아아아!"

감망루 정상에서 한 무장이 연붉은 손을 아래로 내민 채 동방척의 머리로 수직 하강하고 있었다. 담대성이었다.

"흥!"

동방척은 담대성을 발견하자마자 혈도를 하늘로 들고 대지를 박찼다. 도봉에서 흑색의 기운 집멸도기가 뭉클 솟아났다.

쾅!

감망루 중간 어림에서 담대성의 자탄강과 동방척의 집멸도기가 정면으로 부닥쳤다. 동방척과 담대성은 아래로 쏟아지는 감망루 파편과 함께 대지로 내려섰다.

"쓰! 과연 풍뢰혈도답다!"

담대성이 쓴 음성을 흘려냈다. 일격 격돌에서 유리한 공격 위치를 선점했건만 별 소득이 없었던 것이다. 아니, 기습이었다는 점을 감안하면 동방척의 무력이 담대성보다 앞섰다고 할 수 있다.

"그렇게 말로 끝낼 일이 아니지. 난 오늘 십삼비 중에 하나를 지울 참이니까."

동방척은 단호히 혈도를 담대성에게 겨누었다.

의외라면 담대성의 표정이었다. 담대성은 비웃듯 웃고 있었다.

"후후, 나 역시 말로만 끝내고 싶은 생각은 없어. 그랬다면 이곳에 와서 이렇게 저질 싸움판을 벌일 일도 없었어."

"응?"

동방척은 그 말에 주변을 빠르게 돌아봤다. 감망루 사방으로 적병들이 새까맣게 밀려들고 있었다. 아군들이 저지를 해보지만 중과부적이라 막아낼 수가 없었다.

담대성이 말했다.

"잔머리는 니들만 굴리는 게 아냐. 너 하나를 잡기 위해 이제껏 우리 애들이 고의로 당해주었어. 내가 이 저질 싸움판에 나온 이유도 물론 그렇고."

동방척은 담대성을 노려봤다.

"그래서? 그런다고 니 목을 못 자를 줄 알아?"

말과 함께 동방척은 담대성에게 와락 달려들었다. 담대성은 대적을 포기하고 제천본단이 몰려오는 방향으로 달아났다.

"담대성! 십삼비란 명호가 부끄럽지 않느냐?"

"전장이야! 부끄럽고 말고 할 게 없어!"

담대성이 척살 사정거리에 벗어나자 동방척은 추적을 중단하고 감망루로 돌아왔다. 아군을 돌봐야 할 상황인 것이다.

감망루에 고립된 아군은 대략 이삼백 명 정도 되었다.

좌소방이 말했다.

"총사, 어떻게 할까요?"

"우리 주력군은 어디에 있지?"

"지금쯤이면 적군의 작당을 파악하고 아령산으로 달려오고 있을 겁니다."

"좋아, 일단 여기를 벗어난다. 돌격 전열은 사열종대. 앞은 내가 뚫는다. 무장들은 후방과 좌우측을 경계하라!"

돌격 전열이 갖추어졌다. 동방척은 두려움없는 얼굴로 적진으로 나아갔다. 무장들 역시 전방의 적진을 보고도 별다른 동요를 하지 않았다. 그간의 전장에서 지금보다 훨씬 더 아찔한 상황이 많았다. 동방척은 그때마다 용맹하게 뚫고 나갔다.

"자, 가자!"

동방척이 선두에서 달렸다. 무장들이 그 뒤를 빠르게 따라 붙었다. 적진의 일선이 창검을 들고 방어선을 형성했다. 동방척의 혈도가 공간을 갈랐다. 집멸도기가 발출되었고 저지 일선은 단숨에 와해됐다. 동방척은 와해된 적진으로 혈도를 휘두르며 뛰어들었다. 혈도가 허공을 지나갈 때마다 육질이 뎅강뎅강 잘렸고 선혈이 솟구쳤다. 순식간엔 이십 장을 뚫고 나갔다. 이대로라면 일각도 되지 않아 적진을 뚫고 나갈 것 같았다.

변수 상황은 적진 끝에서 나왔다.

카캉!

난전 와중에 혈도가 튕겼다. 동방척의 검력을 막아낸 고수가 있다는 말이었다.

'누구?'

동방척은 혈도가 튕긴 방향으로 와락 시선을 돌렸다.

흑색 망토의 괴인.

혈도를 막은 병기는 핏물딱지가 덕지덕지 묻은 철적.

"신마소! 늙은 십병이구나!"

정체는 본 순간 알아냈다. 대응 또한 확인과 거의 동시에 이루어졌다. 동방척은 혈도를 세워 잡고 신마소의 어깨로 강하게 내려쳤다. 신마소가 철적을 들어 혈도를 다시금 막아냈다. 불꽃이 사방으로 튀기며 신마소가 걸음을 물렸다. 동방척은 신마소를 따라가며 혈도를 계속 내려쳤다.

일보에 일합.

동방척은 일곱 걸음을 걸으며 일곱 차례의 사나운 칼질을 신마소에게 퍼부었다. 여덟 걸음에서 신마소가 눈을 번뜩이며 망토를 하늘로 번쩍 세웠다. 기파의 폭풍이 몰아친다. 신마강기의 발출이다. 동방척은 빠른 뒷걸음으로 물러나 혈도를 대지로 내렸다. 혈도가 웅웅댔다. 집멸도 발휘 직전이다.

동방척이 말했다.

"십병의 시대는 끝났어. 당신은 늙은 퇴물에 불과해. 이전 같은 그런 압도적인 초력이 없어졌다고."

파아아아아— 앙!

말이 끝나자마자 집멸도기가 발출됐다. 집멸도기는 신마소의 가슴을 정통으로 직격했다. 신마소가 허공으로 붕 떠올

라 십 장 뒤의 바닥에 나동그라졌다. 끝은 아니었다. 신마소
가 벌떡 일어나더니 망토를 펄럭이며 다시 달려들고 있었다.

"으음."

동방척은 낮게 신음했다. 신마소와의 승부 때문이 아니었
다. 좀 전 그는 신마소와 백병을 하고 난 후 나름의 진단을 내
렸다. 백 세에 가까운 십병이었다. 초식은 완숙해졌을지 모르
지만 기력은 이전의 시대에 비교해 현저히 저하되어 있었다.
정면으로 맞싸우면 격퇴할 수 있을 것 같았다. 그의 고심, 그
러니까 문제는 아군의 상황이었다. 그가 신마소에 저지되고
있던 사이에 아군이 적들에게 집단 공격을 받고 있었다.

'이대로는 안 돼! 길을 뚫는 것이 우선이야!'

동방척은 혈도를 다시 대지로 내리고는 집멸이도식을 발
출했다. 집멸이도식은 도기가 아닌 도강으로 날아간다.

콰콰콰콰— 콰앙!

집멸도강이 신마소의 가슴을 다시 직격했다.

동방척은 이때 신마소의 상태를 확인하지 않고 등을 돌려
소리쳤다.

"좌소방! 감망루로 되돌아간다! 그곳에서 북쪽으로 길을
뚫는다. 앞은 대산오도가 뚫고 최후방은 내가 맡는다!"

동방척의 말에 초국의 무장들이 되돌아 달렸다. 후방의 적
진을 뚫고 감망루에 당도했을 때였다.

"오, 맙소사!"

좌소방이 그만 아연한 음성을 지르며 전진을 멈추었다.

동방척도 거의 비슷한 시점에서 동작을 멈추었다.

두두두두두두두!

감망루 우측 후방에서 열댓 마리의 들소를 앞세운 금빛마차가 굴러오고 있었다. 마차 상단에는 황색 장포의 중년인이 가부좌를 틀고 있었는데, 제천본단의 무장들이 그 중년인을 보고는 '강호제일 제천신위!' 라고 우렁차게 소리치고 있었다.

정체 확인은 어렵지 않다.

동방척은 떨린 음성으로 중얼댔다.

"소, 소환제, 동곽사!"

제천궁주의 출현이었다.

금빛마차가 감망루에 당도했다.

동곽사는 동방척을 어렵지 않게 찾아내고 있었다.

"동방척은 투항하라. 그리하면 네 목숨은 보전해 줄 것이다."

동방척은 대답 대신 동곽사를 매섭게 노려봤다.

거리는 삼십 보.

한 호흡이면 충분히 소환제의 목을 벨 수 있다.

그는 혈도에 집멸도기를 가득 실으며 말했다.

"그건 내가 할 말이외다. 제천궁주께서는 그만 투항하시지요. 지겹도록 살았는데 여기서 삶을 마치면 억울하지 않겠소이까."

동곽사가 동방척의 혈도를 획 쳐다보며 말했다.

"괜한 짓은 하지 마라. 네 명줄만 짧아진다."

시작도 하기 전에 척살 의도가 들켰다. 과연 세월을 날로 먹은 것이 아니다.

"괜한 짓인지 아닌지는 끝을 보기 전엔 모르지."

동방척은 희미하게 웃으며 말했다. 의도가 들켰고, 또 일생 일대의 적이 눈앞에 있거늘 이상하게도 그는 마음이 안정되고 있었다. 이 심정이라면 정말로 제천궁주를 척살할 수 있을 것 같았다.

동곽사가 코웃음 쳤다.

"하! 북도제의 전인이 아니랄까, 오만이 하늘을 찌르는구나!"

"내 사부님을 늙은 입으로 거론하지 말라! 당신에겐 그런 자격이 없다."

사실이 그렇다. 북도제는 생전에 동곽사를 한 번도 자신과 같은 반열에 둔 적이 없었다. 그런 인간과 십제란 명호를 공유했다는 자체에 환멸을 표하곤 했었다.

"팔다리가 잘려야 정신을 차릴 놈이로군."

"누가 잘라? 당신이?"

동방척의 도발적인 대꾸에 동곽사가 싸늘한 눈으로 고개를 끄덕였다. 그러자 신마소가 걸어와 금빛마차 우측에 자리했다.

동방척은 신마소를 보고는 이내 고개를 저었다.

"안 돼. 늙은 퇴물로는 내 옷자락도 못 잘라."

신마소에 이어 금빛마차 좌측으로 담대성이 걸어왔다.

"저 인간도 안 돼. 자부궁의 무공 수준으로는 백 년을 수련해도 집멸도를 막을 수가 없어."

동방척의 연이은 말에 신마소와 담대성이 눈에 살기를 담았다. 남모른 수치감을 느낀 모양이었다.

동곽사가 말했다.

"아직 하나가 더 남았지."

"누구? 당신?"

"후후."

동곽사가 문득 씩 웃었다.

웃음의 의미는 모른다. 중요한 건 바로 이 순간 동곽사의 고개가 옆으로 돌아갔다는 것이다. 일초도 안 될 극히 짧은 동작이겠지만 척살의 기회를 노리던 동방척에겐 일격을 날릴 시간이 충분히 되고 있었다.

휘우우우우우!

혈도가 무섭게 돌아갔다. 돌아가는 궤적을 따라 집멸도강이 폭풍처럼 발출됐다.

집멸이도식 도도(刀涂) 집멸도강!

칼의 길 앞에 존재하는 것을 박살 낸다!

집멸도강은 금빛마차 앞의 무장 전열을 모조리 날려 버렸으며 이어서는 동곽사의 목을 하늘로 뎅강 쳐 날렸다. 집멸도강은 거기에서 그치지 않고 동곽사 뒤편에 있는 감망루를 그대로 직격해 버렸다.

쾅! 콰르르르르르!

이십 장 높이의 감망루가 와르르 흔들린다 싶더니 통째로 폭삭 주저앉았다. 붕괴의 여파로 버섯구름 같은 먼지가 일약 하늘로 피어올랐다.

“타아아앗!”

아직은 끝이 아니다. 일격 다음에 이격이 준비되어 있다.

동방척은 혈도를 머리 위로 들고 하늘로 치솟았다.

삼 장, 오 장, 팔 장.

그는 팔 장 하늘의 정점에서 먼지로 뒤덮인 대지를 향해 혈도를 내려쳤다. 내려치는 과정에서 혈도가 흑도로 변한다 싶더니 도봉에서 소용돌이 흑기가 쏟아졌다.

집멸삼도식 집멸대탄강!

존재하는 모든 것을 소멸시킨다는 집멸도 최강 검공. 강호로 나온 후로 한 번도 사용해 보지 않았다. 그의 사부인 북도제 역시 평생에 걸쳐 딱 세 번만 사용했을 뿐이다.

‘끝이야, 아무도 살아남을 수 없어.’

동방척은 확신했다. 집멸대탄강의 위력은 둘째 치고 이도식에 뒤이은 삼도식의 발출이 너무도 완벽하게 이루어졌다.

'어?

확신과 거의 동시에 변수가 발생했다.

구름 먼지 속에서 무언가가 불쑥 솟아올라 왔다.

빛살. 홍, 청, 백, 삼색 빛살의 폭출이었다.

삼색 빛살은 대지로 향하던 집멸대탄강을 하늘로 밀어 올렸다. 동방척은 당혹의 심정 속에서 안력을 집중해 삼색 빛살 너머를 살펴봤다. 누군가가 보였다. 흑포의 검사. 흑검사가 삼색 광채로 휩싸인 검을 수직으로 들고 하늘로 날아오르고 있었다.

후후후후후후후후후!

마소가 들려온다. 가슴이 울렁댄다. 머리가 어지럽다.

동방척은 비로소 흑검사의 정체를 알아냈다.

"천마검주!"

후후후후후후후!

천마검주가 어느새 그의 눈앞까지 치솟아올라 왔다. 천마검주의 모습은 곧 사라지고 거대한 불칼을 들고 있는 마신상이 하늘에 나타났다. 동방척은 극한의 내력을 끌어올려 마신과 맞섰다. 생사를 다투는 순간이다. 승리하지 않으면 자신이 죽고 말리라.

"아아아아아아아아!"

동방척은 혈도를 천마검주의 가슴에 맞추고 집멸대탄강을 다시금 발출했다. 이 공격에 자신의 내력과 의지를 모두 담았다. 적어도 혼자는 죽지 않겠다는 각오였다.

그의 각오는 무산됐다. 아니, 허무하게 끝나 버렸다.

펏!

마신상의 모습이 돌연 사라져 버렸다. 집멸대탄강은 그 때문에 아무런 격돌 없이 하늘 저 끝으로 날아가 버렸다. 동방척은 집멸도를 다시 날릴 힘이 없었다.

—애송이.

등 뒤에서 누군가의 음성이 들려왔다. 동방척은 고개를 뒤로 돌렸다. 천마검주가 그의 뒤에 있었다. 이상하다면 천마검주의 모습이었다. 전혀 마인 같지가 않았다. 눈을 아프게 하던 마기는 흔적도 없었다. 마치 일평생 정공만을 수련한 검사 같은 모습이었다.

음성이 또 들려왔다.

—애송이, 고맙다. 너로 인해 천마의 저주가 좀 더 빨리 풀려가고 있다. 후후, 죽이진 않겠다. 보답이다.

천마검주가 검을 조용히 들었다. 무색 무음의 빛이 동방척의 몸을 지나갔다. 동방척은 비명을 지르며 대지로 추락했다.

"총사!"

“총사를 보호하라!”

동방척이 추락한 곳으로 초국의 무장들이 와르르 뛰어갔
다.

크르르르릉.

금빛마차도 동방척이 있는 곳으로 움직였다. 마차 상단엔
목 잘린 소환제의 몸통이 원래 그대로 앉아 있었다. 소환제의
잘린 목은 현재 마차 위의 허공에 둥둥 떠 있었다.

소환제의 얼굴이 씩 웃으며 담대성에게 말했다.

“가서 잘라와. 같이 잘려야 공평하겠지. 안 그래?”

담대성은 소환제의 모습을 힐끗 돌아보곤 가늘게 떨었다.
모가지가 잘리고도 생생히 살아 있다. 아무리 상관이지만, 안
징그러울 수가 없다.

담대성이 동방척의 앞으로 걸어갈 때였다.

“멈— 추— 어— 라!”

아령산 아래에서 사자후가 들려왔다.

그냥 넘겨 버릴 소리가 아니었다.

제천본단의 군사들이 이 음성을 듣고는 바닥으로 쓰러져
피를 줄줄 토했다. 가공할 내력이 음성에 실려 있는 것이다.

사자후의 주인공이 감망루 현장으로 달려왔다.

우람한 근육을 자랑하는 노인.

장노였다.

장노는 제천본단의 군사들을 거침없이 헤치고 나가 동방

척의 축 늘어진 몸을 자신의 어깨에 올렸다. 그리곤 시큰둥한 얼굴로 금빛마차의 상단을 쳐다보며 말했다.

"왜? 불만있냐?"

동곽사는 싸늘한 눈으로 장노를 노려보고 있었다.

장노가 다시 말했다.

"그만하면 됐다. 이쯤에서 끝내자."

"당신은 되었을지 몰라도 나는 아냐. 난 그 아이의 목을 들고 사천으로 돌아가야겠어."

"뭐야, 지금 해보자는 거야? 자신은 있냐?"

"안 될 것도 없겠지. 애들하고는 쪽팔려서 싸우긴 싫지만 당신이라면 많이 다르지."

동곽사의 몸통이 벌떡 일어났다. 장노와 결전을 하겠다는 표현이었다.

장노가 피식 웃으며 말했다.

"하! 난 귀신하고는 안 싸워. 내 말은 우리 애들 전부와 맞싸울 자신이 있냐는 거야. 난 조금 일찍 달려왔을 뿐이야."

장노의 말이 끝나자마자 감망루 아래에서 큰 함성이 들려왔다. 초국 군사들이 아령산을 새까맣게 뒤덮으며 몰려오고 있었다.

초국의 일선 전열이 현장에 도착했다. 마뇌가 가장 선두에 있었다.

"중경 서북 지역을 소명부에 내어줄 테니 제천본단은 그만

회군하십시오. 만약 이 협상을 거부하면 그땐 중경은 물론이
요, 사천까지 불바다가 될 것입니다.”
　마뇌의 협상안.
　동곽사가 받고 안 받고를 따져 볼 상황이 아니다. 전세가
바뀌었다. 거부하면 생사를 걸고 탈출로를 열어야 한다.

＊　　　＊　　　＊

　호남 동정호.
　동방척은 동정호 초국지부로 긴급 후송됐다. 원래는 장천
궁으로 후송될 예정이었으나 동방척이 동정호로 가길 원했기
에 그렇게 조치됐다. 동정지부로 후송된 후로 동방척은 처소
에서 일절 나오지 않았다. 측근들의 면담조차 거절했다. 신체
를 회복하기 위한 과정이 아니었다. 천마검주에게 당한 육체
적 상처는 그다지 심각하지 않았다. 게다가 그의 신체 회복력
은 일반인과 사뭇 달랐다. 그는 예전에 지금보다 더 악조건인
중상을 당하고도 삼 일 만에 거뜬히 일어나 활동했다.
　그가 처소에서 두문불출하는 까닭은 정신적인 상처 때문
이었다. 그는 감망루에서 집멸도를 완벽하게 발휘했다. 상황
을 되돌려 본다고 한들 그때처럼 집멸도를 그렇게 발휘할 자
신이 없었다. 하지만 천마검주는 자신의 그런 집멸도를 어렵
지 않게 막아냈다. 아니, 막아낸 정도가 아닌 그를 완벽하게

격퇴시켜 버렸다.

무색, 무광, 무음의 검공.

그건 대체 어떤 검공인가?

천마검의 완성인가?

집멸도를 지금보다 더 완성시킨다고 한들 그는 천마검주의 검공을 막아낼 자신이 없었다. 그건 그에게 패배보다 백배는 더 쓰라린 좌절로 다가왔다. 좌절은 재기의 의지마저도 상실된 무기력한 삶으로 연결됐다. 그는 이제 초국 대장군도 아니며 일검 전진하는 검사도 아니었다. 그는 하루 종일 술을 마셨고, 밤이 되면 남들 몰래 호변으로 나가 달빛에 어린 수면을 보며 좌절의 심정을 눈물로 달랬다.

동정호의 수면이 유난히 달빛에 반짝이던 어느 날 밤, 그는 문득 자신의 모습이 사부와 많이 흡사하다는 사실을 깨달았다.

강호는 북도제를 일러 철혈의 표상 같은 무인이라고 말하지만 그건 외관의 모습일 뿐이었다. 그는 알고 있었다. 그의 사부는 홀로 된 밤이면 산정으로 올라가 독한 화주를 마시며 가슴에 맺힌 쓰린 상처를 울분으로 달랬다.

언제인가 사부가 말했다.

"척아, 강호는 강자에게 더욱 비정한 곳이란다. 약자의 패배에는 재기의 관심을 줄 정도로 관대하지만 강자의 패배에는 패자의 꼬리표를 강자에게 달아주며 좌절의 삶을 살도록 강요한단다. 이 사부는 생애에서 세 번의 패배를 맛보았다. 재기를 할 당시 가장 견디기 힘들었던 것은 패배를 안겨준 상대자가 아닌, 패배를 바라보는 강호인의 시선이었단다. 강호인들의 시선은……."

그땐 사부의 말뜻을 잘 이해하지 못했다. 그는 그 말의 의미를 이제 알 수 있을 것 같았다. 천마검주에게 패하고 동정지부로 후송될 당시 초국의 군사들은 그를 안타까운 시선으로 바라보았다. 그는 이전엔 그런 시선을 어디에서도 받아본 적이 없었다. 강호는 늘 그에게 신뢰의 시선을 주었고 그는 그것을 당연하게 받아들였다.

"신뢰가 아니었던 거야. 그건 한시적인 선망이었던 거야."

아닐 수도 있었다. 그를 아끼는 사람들의 진정 어린 눈길일 수도 있었다. 그러나 남의 시선은 실제적 문제가 아니었다. 남의 시선을 받는 자신의 감정이 그러했다. 그는 이 좌절감을 극복하지 않고는 다시는 혈도를 들 수 없을 것만 같았다.

칩거 보름이 지났을 때였다.

일흔 정도 먹었음직한 노인이 동정지부를 방문해 그와의 면담을 요청했다. 노인은 무인도 거상도 관인도 아닌 평인이었는데 그가 면담 요청을 받아주지 않자, 세월의 때가 고스란히 묻어 있는 옥패, '파(破)' 자가 양각된 옥패를 그에게 전달했다.

옥패를 전달받은 그는 그간의 칩거를 깨고 처소를 나왔다. 안 나올 수가 없었다. 그도 그런 옥패를 하나 소유하고 있었다. 정확히는 그의 사부가 죽기 전날 그에게 남긴 유물인데 거기엔 '멸(滅)' 자가 양각되어 있었다. 사부는 그때 이렇게 말하며 눈을 감았다.

"지난 시절, 이 사부처럼 한평생 패자의 삶을 살아간 검사가 있다. 나와 그 검사는 청춘시절엔 사문의 형제였으며 중년시절엔 일검의 적수였다. 삶을 정리하는 지금, 무엇보다 아쉽고 또 후회되는 일이라면 그 검사와 검론을 논해보지 않고 너에게 집멸도를 물려주었다는 것이다. 그 검사가 그렇게 먼저 가지 않았다면, 그리하여 서로의 검을 논해보는 시간을 가졌다면, 집멸도는 어쩌면 패자의 검이 아닌 승자의 검으로 남을 수도 있었을 것이다."

사부가 말한 검사는 아직도 강호에서 종종 회자되는 위인이었다. 그 검사는 집단 무력이 번창했던 지난 전란 시대에 조직을 일절 멀리하고 일평생 일검 승부에만 매진했다. 비록 패자의 검사로 삶을 마쳤지만 그 일검 정신은 후대 무림인의 귀감이 되고 있었다. 그래서 그 역시 만나본 적이 없었음에도 불구하고 이야기만으로 그 검사를 존경했다.

노인과의 접견 자리에서도 과연 그 검사가 거론됐다.

"그분께선 동방 대협을 수십 년 동안 기다려 왔습니다."

"기다리다니요? 그분은 일검쟁위장에서 삶을 마쳤지 않습니까?"

“육체와 혼은 이승을 떠났지만 그분의 의지는 아직 남아 있습니다.”

“의지? 무슨 말씀이신지 저는 모르겠습니다.”

“가보시면 압니다. 여기서 멀지 않은 곳에 계시니 저를 따라오시지요.”

그는 수행원 없이 홀로 노인을 따라나섰다. 노인이 그를 데리고 간 곳은 호남의 명산 악록산이었다. 악록산 깊숙이 들어가자 잣나무숲 속 안에 사람이 만든 것으로 추정되는 암동이 하나 있었다.

“저는 그분의 종복이지 후인이 아닙니다. 여긴 오직 동방대협만 들어갈 수 있습니다.”

노인이 잣나무숲 속 밖으로 나가자 동방척은 암동으로 다가섰다. 발걸음이 왜인지 모르게 떨렸다. 자신의 인생에서 중요한 무엇인가가 벌어지고 있다는 것을 그는 직감할 수 있었다.

암동의 입구 상단에는 이런 글이 적혀 있었다.

집멸의 후인만이 파멸동부로 들어갈 수 있다!

그는 흥분되는 가슴을 진정시키며 암동으로 들어갔다. 암동은 넓지 않았다. 사방 삼 장에 불과했는데 그 안에는 아무런 집기도 없었다. 그는 약간은 실망하는 심정으로 암동의 벽면을 돌아봤다. 그 순간 그는 머리끝까지 전율로 휩싸였다. 벽면에 한 사람의 모습이 그려져 있었다. 한 자루 칼을 들고 푸른 하늘을 날아오르는 검사. 금방이라도 살아 나올 것 같은 일검 검사의 모습이었다. 그림 옆에는 이런 글이 적혀 있었다.

하늘을 깨뜨리는 칼! 파천도(破天刀)!

"아아!"

그는 덜덜 떨었다. 몸도 마음도 전부 다 떨렸다. 그의 무기력한 삶을 깨뜨려 버릴 희망이 바로 여기에 있었다. 동굴 벽면은 온통 칼자국이었다. 이 칼자국이 무엇을 의미하는지 그는 모르지 않았다. 이건 가르침의 흔적과도 같았다. 작은 칼자국 하나하나에도 검사의 혼이 박혀 있었다.

하늘을 깨뜨리는 칼! 파천도(破天刀)!

그 아래엔 칼날로 일일이 벽면에 새긴 글이 적혀 있었다.

남도제 막계광이 집멸의 후인에게 남긴다.

내 사부는 위대한 분이셨다. 일신에 하늘을 놀라게 할 검공이 있었음에도 사부는 언제나 평민처럼 사셨다. 그분께서 검을 들 때는 가지 치는 일을 할 때이지 결코 한 생명의 생사를 결할 때가 아니었다. 그분께선 유독 아이들을 좋아하셨다. 아이들을 모아 직접 글을 가르치고 후일 바른 성향을 가지도록 한없는 사랑을 베푸셨다. 그런데 그분이 어느 날 검을 드셨다. 그분의 의지가 아니었다. 천하가 그분께 위대한 검을 들도록 강요했다.

사부가 독고휴의 대독검에 죽던 날, 아이들은 붓 대신 검을 들었다. 사부는 죽는 그 순간까지 자신의 복수를 언급하지 않았지만 그때 아이들에게는 그분의 명예를 되살리는 것이 지상명제였다.

아이들은 검을 들었지만 사부의 위대한 검공을 재현할 수 없었다. 세월이 흘렀고 아이들 중에 두 명이 각고의 수련 끝에 강호로 나갔다. 강호로 나간 그들은 참담한 절망을 맛보았다. 지난날 사부의 가슴을 도려냈던 독고휴가 없었음에도 불구하고 구검제와 신검제란 두 명의 검사에게 연속으로 무릎을 꿇어야 했던 것이다. 그때의 좌절과 절망을 어이 다 말로 표현할까. 그들은 그 길로 검을 버리고 칼을 들었다.

칼을 들 당시 두 사람은 사문으로 돌아와 사부의 서고를 뒤졌다. 사부는 청춘시절 한때 칼을 들었다. 사부의 위대한 검은 그 칼을 버린 다음에 성취한 검공이었다. 두 사람은 노력 끝에 사부가 수련을 중단했던 칼을 찾았다. 파멸검보(破滅劍譜)였다.

파멸검보의 내용은 난해하기 그지없었다. 같이 공부하고 같이 해석하고 같이 수련했지만 두 사람이 강호로 들고 나간 칼은 서로 달랐다. 파천도와 집멸도로 나뉜 것이다. 성취는 물론 있었다. 신검과 구검을 제외하고는 어느 누구도 그들의 칼날을 막지 못했다. 강호는 그들을 남도제와 북도제라 부르며 일승검도의 새 경지를 구현했다고 칭송했다.

그러나 완성되지 않은 일승검도였다. 불완전한 일승검도로는 신검과 구검을 상대로 승리할 수 없다는 사실을 그들은 뒤늦게 깨달았다. 검공의 경지가 높아질수록 그건 점점 더 확신으로 다가왔다.

일검쟁위에 오르기 전 나는 초심으로 돌아가 파멸검보를 다시 돌아봤다. 뼈를 깎는 초인 수련 끝에 마침내 깨달음을 얻었다. 하지만 그 깨달음은 나를 더욱 허탈하게 만들어 버렸다. 어이없게도 파천도의 끝에서 집멸도를 보고 만 것이다. 알았을 땐 이미 늦어 있었다. 내겐 집멸도를 익힐 시간도 의지도 남아 있지 않았다.

집멸의 후인에게 나, 막계광이 남긴다.

집멸도로 좌절을 맛보았다면, 이제 파천도를 익혀라. 그리고 파천도를 성취하면 그땐 두 개의 일승검도를 하나로 합쳐 파멸도를 완성하라.

파멸도는 무적이다. 단언하건대 그보다 더 강한 검공은 천하에 없다. 파멸도로 패한다면 그건 검사의 자질이 부족하여 패한 것이지 파멸도가 상대 검공보다 약한 것이 결코 아니다.

집멸의 후인이여, 파천의 전인이여,

파멸도로 무당을 잡고 화산을 무릎 꿇려라. 독고의 검을 꺾고 모용의 검을 깨부숴라. 그리하여 유한의 분쇄도를 격파하고 이 땅에 파멸도만이 진정한 일검임을 세세토록 알려라.

―남도제 막계광.

"아아아아!"

그는 글을 읽고 난 후 남도제의 그림 앞에 무릎을 꿇었다. 북도제의 한. 남도제의 한. 그리고 자신의 삶. 이곳에 그 모두를 하나로 합칠 새 운명이 있었다. 파멸도의 완성. 그때 그의 삶은 다시 시작된다. 그 삶은 두 번 다시 패자의 삶이 되지 않을 것이다.

第八十三章　연금지의(軟禁之意)

강호는 나를 일러 청조의 유아라고 놀려댔지. 틀리지는 않아. 이제껏 청조가 나를 길렀으니까. 청조 궐기 당시 나는 아무것도 모른 채 용상에 올랐지. 그때 난 정사는커녕 조정대신들의 눈길이 두려워 용상 밑에 몸을 숨기곤 했지. 지금의 조정대신들은 나의 그 모습을 전부 기억하고 있지. 그래서 그들은 오늘의 나를 보고도 군왕 이전에 청조의 유아를 먼저 떠올리지.

—청조소왕 장소아

연금지의(軟禁之意)

천무 십이년 구월 삼십일 장안.

임주원은 청조 사령부로 압송되자마자 사령부 심처인 청원각에 연금됐다. 일반 연금이 아닌 청조 무장들의 집중 감시를 받는 특급 연금이었다. 면회도 안 되고 서신 전달도 안 되었다. 사령부의 승인 없는 외부와의 접선은 이유 여하를 막론하고 금지됐다. 신뢰를 믿지 않았고, 또한 각오를 하고 왔었지만 이건 경우가 지나쳤다. 이렇게 식물 생활을 하게 되리라고는 그도 미처 예상 못했다.

한 가지 더 그가 예상 못한 것이 있었다. 연금을 당하는 기간이었다. 십 일이 지나더니 보름을 건너 이십육 일이 순식간에 지나가 버렸다. 그동안 그는 아무런 대처도 아무런 일도 하지 못했다. 청조 사령부는 그의 해명에 관한 어떤 일도 그와 논하지 않았다. 철저한 감시 아래 그의 존재를 완전히 묵살하는 정책으로 일관했다.

화가 난다. 열이 받는다. 사람을 잡아다 놓고 이렇게 달나라에 처박아 둔 것처럼 무시해도 되는 것인가. 차라리 죄를 벌하는 형문을 열어라.

그가 아닌 다른 사람이 그런 형편에 처했다면 그렇게 주장하고도 남았을 것이다.

하지만 그는 청조 사령부의 작태를 보고서도 아무런 항의를 표출하지 않았다. 억울한 심정이 왜 없을까. 분노의 감정이 왜 없을까. 그는 극한의 인내로써 청원각의 식객 생활에 임하고 있었다.

자고로 그때그때 감정을 드러내는 사람보다 자기감정을 가슴속에 꽁꽁 숨겨두는 사람이 훨씬 더 무서운 법이다. 그의 이런 무서운 자기 인내는 모종의 일을 추진하는 청조 사령부의 핵심 인사들에게 충분한 위협이 되고 있었다.

한편, 청조 사령부의 일반 대원들은 그의 연금 생활을 조금은 다른 시각으로 바라봤다. 들꽃의 영웅으로 부상했던 그가 청조 사령부로 압송되어 왔을 때 청조의 일반 대원들은 당장 큰 사단이 날 것이라고 예상했다. 그들의 생각으로는 연금은 큰 문제가 되지 않았다. 특급 연금의 명분이 약했다. 그가 마

음을 옹골차게 먹고 연금 장소를 박차고 나오면 청조 사령부
는 마땅히 그를 제지할 수 없는 입장이었다. 한데 그는 한 달
이 되도록 항의는커녕 청원각에서 줄곧 죽은 듯 조용하게 지
냈다. 예상 밖이었고, 한편으로 들꽃 입장에서 몹시 실망스러
운 일이었다. 그래서 언제부터인가 사령부 내에선 이런 말들
이 떠돌았다.

　―흑마호는 용자가 아니다! 그는 겁을 먹고 있다! 그는 자
기 한목숨을 보존하고자 청조 사령부에 기꺼이 순종하고 있
다.

　청랑대주 연금 삼십이 일.
　인내의 생활은 어디까지나 임주원의 경우였다. 임주원과
함께 청조 사령부로 입성한 청랑대의 무장들은 청조의 작태
에 대해 연일 분노를 표출했다. 단순히 감정 표현으로 끝나지
않았다. 그들은 낮엔 청조 사령부 본관으로 달려가 드센 항의
를 하였고 밤엔 청원각 앞에서 연금을 속히 해제하라며 철야
시위를 하였다.
　그러나 그들의 그런 분노 표출은 임주원의 연금 해제에 별
다른 도움이 되지 않았다. 청조 사령부는 그들의 어떤 항의도
받아주지 않았으며 때론 청원각 앞에서 시위를 하는 그들을
강제 해산하기도 하였다.

　연금이 한 달 정도 될 무렵부터 마욱이 본격적으로 움직이기 시작했다. 마욱은 그간의 연금 상황을 지켜본 끝에 나름의 진단을 내렸다. 청조 사령부가 청랑대주를 엄히 문책하려 한다는 것이다. 즉, 청랑대주의 해명 기회는 공식적인 역모 처단의 구실에 불과하다는 것이었다.

　"앉아서 당할 수는 없지요. 위험을 감수하더라도 이젠 직접 움직여야 할 때예요."

　마욱의 주장에 청랑대의 무장들은 전폭 동조했다. 그리고 이때부터 마욱을 비롯한 청랑대의 무장들은 청랑대주를 청원각에서 탈출시킬 작전을 추진해 나갔다. 탈출 작전은 순조롭게 진행됐다. 마욱이 보기에 청조 사령부의 경비는 의외로 빈틈이 많았다. 청원각을 탈출해 장안만 벗어나면 청랑대주의 활로에는 그다지 어려움이 없어 보였다. 만에 하나 있을지 모를 청조 사령부와의 충돌을 염려하여 북방의 바타르에게 전령을 급파해 놓았다. 풍사기단을 섬북으로 이동시켜 달라는 내용이었다.

　거사는 연금 삼십이 일이 되던 새벽에 전격적으로 감행됐다. 청원각 앞에서 밤샘 시위를 하던 청랑대의 무장들은 동이 트기 무섭게 일시에 '와!' 소리를 지르며 청원각으로 쳐들어 갔다. 청원각을 지키던 경비무인들의 포진은 순식간에 뚫려 버렸다. 싸움이고 뭐고 할 것도 없었다. 막무출이 선두로 달려가 그곳의 책임자 청원부장이란 놈의 턱을 한 방에 깨버리자 그 장면을 본 주변의 경비무인들은 지레 놀라 도망가 버렸다.

순조롭던 탈출 작전이 저지된 곳은 청원각 내전 앞에서였다. 작전 감행을 어떻게 알았는지 문인주가 그곳에 나와 있었다. 문인주는 임주원과 청랑대 무장들의 만남을 불허했다. 임주원의 탈출에 동의하지 않는다는 말이었다.

"전부 돌아가라. 이런 방식으로는 아무것도 해결하지 못한다."

"그럴 수 없습니다. 우리는 대주님과 함께 이곳을 나갈 것입니다."

마욱은 강하게 반발했다. 보통 경우라면 문인주의 주장을 우선적으로 따랐을 것이지만 이건 임주원의 생사가 걸린 문제이므로 그냥 물러나 줄 수가 없었다.

"다시 말하지만 이런 방식은 안 된다. 이건 오히려 청랑대주에게 해를 끼치는 일이 된다."

문인주도 평소와 다르게 자신의 주장을 끝까지 관철시키고자 하였다.

생각없이 이렇게 무조건 반대할 위인이 아니다. 마욱이 진의를 물었다.

"대체 우리를 막는 이유가 뭡니까? 납득할 수 있는 이유를 말하십시오."

"청조 사령부는 허술한 곳이 아니다. 네가 알고 있는 것보다 열 배는 더 용담호혈이다. 또한 평생토록 전술만 굴려댄 인간들이 득실대는 곳이다. 너희의 계획은 이미 사전에 예측 되어 있다. 이대로 나가면 모두 죽게 될 것이다."

"예측이라니요? 구체적으로 말씀하십시오."

"내가 지금 너희 앞에 있다. 더 이상 뭘 더 어떻게 증명하 느냐?"

'너희 앞에 있다'. 문인주의 이 말에 마욱은 말문을 닫았 다. 혹시 하는 차원에서 불효조에겐 오늘의 계획을 일절 알리 지 않았다. 한데도 문인주가 자신들의 앞을 막아섰다. 이는 곧 탈출 작전이 사령부에 탐지되었다는 것을 뜻함이다.

문인주의 이어지는 말은 마욱에게 상황 인식을 확실히 시 켜주고 있었다.

"마욱, 생각해 봐라. 신뇌가 왜 일천 명이나 되는 청랑대원 들을 청랑대주와 함께 동행시켰겠느냐? 뒤탈없고 간단하게 일을 처리하고자 했다면 애초에 청랑대주만 청조 사령부로 압송했을 것이다. 신뇌는 지금 그물을 펼쳐 놓고 있다. 너희 가 움직이기를. 그리고 그것을 빌미 삼아 청랑대주에게 반역 모의를 더욱 덮어씌울 것이다."

"으음."

문인주의 주장이 옳다. 마욱은 얼굴을 붉혔다. 사실은 마 욱 역시 은근히 신경 쓰이던 부분이었다. 청원각의 허술한 경 비도 그 점과 연관된 일이라고 할 수 있었다.

"마욱, 책사는 모름지기 아무리 상황이 위급해도 냉철한 지성을 소유하고 있어야 한다. 나는 청랑대 밖에 있고 너는 청랑대 안에 있다. 하니 현재 청랑대의 머리는 바로 너다. 네가 흔들리면 청랑대 전체가 흔들린다. 부디 책사답게 냉철한 지성으로 이 난국을 타개해 나가기를 바란다."

"제 생각이 짧았습니다. 일을 어렵게 만든 것 이렇게 사과 드립니다."

사과는 그렇게 했지만 마욱은 청랑대주의 행로에 대해선 여전히 문인주와 생각을 달리했다. 그는 청랑대주가 청조에 미련을 버리고 청조 밖으로 나가서 독단적인 행보를 해야 한다고 여기고 있었다.

생각이 서로 다른 두 책략가.

지금은 무엇보다 임주원의 안위가 우선인 터라 둘 사이에 의견 충돌은 일어나지 않았다. 서로가 한발씩 물러났다고 할 수 있었다.

문인주와 헤어지기 전 마욱이 물었다.

"문 대주께선 어떤 복안을 가지고 계신지 물어봐도 되겠습니까?"

문인주는 구체적인 설명 없이 원론적인 말로 답했다.

"너도 그렇고 나도 그렇고 청랑대주의 일에 관해선 우린 올바른 복안을 내어놓을 수가 없다. 모든 건 청랑대주의 의지에 따라 결정될 것이다. 그가 칼을 들면 우리도 기꺼이 칼을 들 것이고 그가 청조 사령부와 타협하자고 하면 우리 역시도 청조 사령부와 공생의 길을 모색해야 할 것이다.”

문인주가 청랑대 모르게 비밀스런 행보를 한다는 것을 알고 있지만 마욱은 그 사안에 대해 더는 물어보지 못했다.

결정은 청랑대주가 한다.

원론적인 그 말에 전폭 동의하는 것이다.

과연 그 사람은 어떤 결정을 할까?

마욱은 청원각 이층 창문을 한동안 바라본 후, 무거운 심정으로 등을 돌려 걸었다.

그 사람은 오늘도 아무런 의사 표현을 하지 않았다.

청랑대주 연금 삼십삼 일.

임주원은 자신의 숙소 이층 창가에서 청원각 밖을 내다보고 있었다. 청원각 입구에는 전날처럼 청랑대의 형제들이 한 곳에 모여 앉아 연금을 해제하라는 시위를 하고 있었다. 사실 그는 청랑대의 형제들이 청원각으로 난입할 뻔했던 어제의 일을 이곳에서 모두 지켜보았다. 거리가 멀었지만 형제들이 그때 어떤 심정이었는지 그는 충분히 알 수 있었다. 그의 심정도 형제들과 별반 차이가 없었다. 기분 내키는 대로 해도 되는 인생이라면 그는 당장 청원각을 박차고 나갔을 것이다. 그리고 누구에게도 구속받지 않는 길을 가겠다고 선언했을 것이다. 텃밭 내릴 땅은 크게 걱정하지 않아도 되었다. 태원에서 쫓겨나게 된다면 그땐 북방으로 올라가서 모든 것을 새로 시작하면 그만이었다. 모든 것을 뺏기고 다시 일어선 전적이 이미 한 차례 있었다. 두 번이라고 못할 것도 없었다.

"마음대로 할 수 없는 인생이란 게 문제지."

그는 창밖을 보던 시선을 거두고 침상으로 돌아가 몸을 눕혔다. 침상 머리맡에는 화주 한 병이 놓여 있었다. 그는 술병을 잡고 누운 채로 입에 들이부었다. 가슴이 타고 있었다. 술 때문이 아니었다. 가슴속에 박힌 응어리가 그의 현 심정을 자극하고 있었다. 응어리는 그의 인생 출발과 더불어 자란 것이었다.

"그래, 시작부터 그랬어. 내 삶에서 내 건 아무것도 없어. 이름마저도……."

그는 눈을 감고 억지로 잠을 청했다. 밤은 길었고 잠은 오랫동안 오지 않았다. 어머니 임하정의 모습이 그의 잠을 방해하고 있었다. 결국 그는 뜬눈으로 동을 맞이했다.

청랑대주 연금 사십 일.

정오 무렵, 의외의 여인이 청원각으로 들어섰다. 여인은 눈부신 백색 장의를 입고 있었는데 맨얼굴로 다니던 평소와 다르게 화사한 화장을 하고 있었다. 여인이 어떻게 청원각으로 들어올 수 있었는지에 대해선 의문을 품지 않았다. 여인은 청명각주 장소란. 청조 내에서 그녀의 행보를 막을 대상은 존재하지 않았다.

"어때, 임 무장. 지내기에 불편한 점은 없어?"

숙소로 들어왔을 때 그녀는 겸연쩍은 미소를 보이며 인사의 말을 건넸다.

그는 이런 그녀가 무척 낯설었다. 사요능지, 지혜의 요괴라고 불릴 정도로 그녀는 매사에 빈틈이 없었다. 무황성에선 그를 지옥에 냉정히 내버려 두고 갔을 정도로 독녀의 기질을 유감없이 보였다. 그런 그녀가 오늘은 마치 순정녀 같은 모습으로 그에게 다가오고 있었다.

"덕분에 편히 보내고 있습니다. 뭐 좀 지겹긴 하지만요."

그는 사무적인 모습으로 그녀를 맞이했다. 전날의 일을 잊었다고 해서 그때의 감정까지 깨끗이 지운 건 아니었다.

"다행이네. 임 무장이 문전박대할까 봐 많이 걱정했는데……."

그녀는 말한 다음 입을 살짝 가리며 미소를 지어 보였다. 이번에는 수줍어하는 여인네의 모습. 확실히 평소와 많이 달랐다.

그녀가 왜 이런 모습을 보이고 있을까?

그는 진의를 몰라 그녀를 가만히 주시했다.

"어휴, 덥네. 여긴 왜 이렇게 덥지? 창문이 닫혀서 그런가."

그의 시선을 받게 되자 그녀는 두서없이 말을 중얼대며 창가로 걸어갔다. 그녀는 그곳에서 창문을 열고 닫기를 반복했고 그러다가 문득 자신의 어색한 행동을 깨달았는지 그를 돌아보며 쓸쓸한 미소를 비쳤다.

미소 다음으로 침묵이 한동안 이어졌다. 침묵 속에서 그녀는 사요능지의 본모습을 서서히 찾아갔다.

그녀가 말했다.

"임 무장, 미안해. 그때의 일은 내가 정식으로 사과해."

"마음 두지 마십시오. 되돌아보면 장 각주님은 그때 최상의 수순을 찾은 겁니다."

"고맙군, 그렇게 말해주니."

대화가 다시 잠깐 중단됐다. 그녀는 무언가 할 말이 있는 눈치인데 선뜻 입을 열지 못하고 있었다.

그가 먼저 물었다.

"한데 저를 찾아오신 이유가 무엇입니까?"

"이유?"

그의 물음에 그녀는 콧등을 살짝 찡그려 그를 바라봤다.

"내가 임 무장을 만나러 오는데 꼭 이유가 있어야만 하나?"

"……"

그는 말없이 그녀를 쳐다봤다. 물음은 잘못되지 않았다. 당연히 이유가 있어야 했다. 그녀가 그 점을 뒤늦게 알고서는 말했다.

"하긴, 이유가 있어야겠지. 이유없이 움직이는 건 사요능지다운 모습이 아니니까.”

그녀는 말과는 다르게 이유를 말하지 않고 곧장 숙소 문으로 걸어갔다. 그리고 그곳에서 잠깐 동안 멈추어 선 채 낮은 음성으로 말을 이었다.

“하지만 말이야, 나도 가끔은 이유없이 살아가고 싶을 때가 있어.”

그녀는 말한 다음 인사 없이 청원각을 빠져나갔다. 홀로 남은 그는 찜찜한 심정으로 방 안을 한참 서성였다. 그녀가 왜 자신을 찾아왔을까? 아무리 생각해 봐도 그는 도무지 이유를 알 수 없었다.

청랑대주 연금 사십일 일.

아침 햇살이 유난히 친숙하게 느껴진다 싶더니 문인주가 그의 숙소를 찾아왔다. 그는 문인주와 이런저런 이야기를 한동안 주고받았다. 처음엔 청조와 관련된 사안을 의식적으로 피했는데 대화의 주제는 결국 이번 사태와 관련된 일이 되고 말았다. 대화 말미에서 그는 장소란이 어제 자신을 찾아온 이유가 무엇인지 알게 되었다.

“주원아, 내가 솔직하게 말할게. 감정 상하지 말고 다 듣고 나서 결정을 내려줘.”

“해봐.”

“앞으로 있을 너의 해명은 사태 해결에 아무런 영향을 끼치지 못해. 신뇌가 이미 너를 숙청하겠다고 마음을 먹은 이상 네가 얼마만큼의 중형을 받는가만 남아 있어.”

“나도 알아. 신뇌가 나를 숙청하고자 결심했다는 것을.”

“허나, 그렇다고 해서 네가 풀려날 길이 아주 없는 건 아냐. 길은 있어. 전부 세 가지의 길이. 그 길은 네가 선택을 해야 해. 선택에 따른 책임도 당연히 네게 있고.”

“세 가지 길?”

“첫 번째 길은 가장 쉬워. 넌 그냥 여기서 결정만 하면 돼. 청조와 맞서겠다고. 그러면 난 너를 청조 사령부에서 안전하게 탈출시켜 북방으로 올려 보낼 거야. 하지만 내가 너의 길에 확신을 해줄 수 있는 건 거기까지야. 그 이상은 난 아무런 장담을 못해. 솔직히 말하면 난 비관적이야. 너에게 전혀 권해주고 싶지 않은 길이야. 청조의 흑마호와 청조의 적인 흑마호는 위상이 한참 달라. 사국으로 확연히 갈린 현재의 천하에서 함부로 독자의 깃발을 꽂으려 했다가는 사국 공동의 적으로 남아 더 일찍 도태되고 말 거야. 전날의 청무련 같은 역전 승리는 오늘날엔 헛된 꿈일 뿐이야.”

그는 첫 번째 길에서 문인주의 비관적 주장에 공감했다. 애초에 그렇게 하리라 마음먹었다면 이렇게 청조 사령부로 자진해서 들어와 고초를 겪는 일도 없었을 것이다.

“두 번째 길은 청조소왕에게 무릎을 꿇는 길이야. 이 경우 임기응변식의 처세로는 안 통해. 몸도 마음도 모두 완전히 엎드려야 해. 그러면 청조소왕은 너를 사면해서 자신의 옆에 둘 거야. 먼 훗날 신뇌가 천수를 다하면 넌 어쩌면 그때 이인자가 될 수도 있어. 난 네가 그렇게 처세할 수 있다면 굳이 말리지 않겠어. 굴복의 삶도 어떻게 보느냐에 따라 최상의 길로 봐줄 수 있으니.”

두 번째 제시한 길에 대해 그는 아무런 입장 표명을 할 수 없었다. 아직 청조소왕도 만나보지 못한 상태였다. 청조소왕이 올곧은 이념의 소유자라면, 그래서 깊은 신뢰 관계가 형성된다면 아주 못 갈 길도 아니겠지만 청조소왕이 만약 편협하고 독선적인 권력을 지향하는 인물이라면 그땐 차라리 일찍 갈라지는 편이 서로에게 편한 일이 되는 경우였다.

“세 번째 길은 네 인생에서 남자의 자존심을 한 번만 꺾으면 돼.”

남자의 자존심. 모호한 말이었다.

“무슨 말이야?”

“청명각주 장소란에게 네 인생을 맡겨. 그녀는 독신이니 너와 부부 사이로 발전한들 문제될 것은 없어. 신뇌도 딱히 그녀와 너 사이를 갈라놓을 명분을 찾긴 힘들 거야. 사실, 내가 너에게 가장 권해주고 싶은 길이야.”

장소란과 부부의 길. 단 한 번도 생각해 보지 않은 삶.

그는 문득 어제의 그녀 모습을 떠올렸다. 그녀는 어제 사요능지 같은 모습을 보이지 못했다. 어쩌면 그녀도 그런 생각을 하였기에 그렇게 어색한 모습을 보였는지 모른다. 문인주가 그 점을 확인시켜 주는 말을 하였다.

"일전에 청명각주를 슬쩍 떠보았어. 그때 본 바로는 그녀도 널 아주 싫어하는 기색은 아니었어. 그녀를 잡아. 그녀만 잡으면 넌 이번의 위기를 벗어날 수 있을 뿐만 아니라 훗날을 기약할 수 있어. 현재의 그녀는 청조 통일과 소화파의 사상 완수에 인생을 걸었지만, 그건 다 한때야. 너와 수삼 년 살을 부대끼고 살아가면 부부의 정이 생길 것이고 또한 아이가 태어난다면 그땐 너와 아이의 미래를 생각해 청조소왕에게 맹목적인 충성을 바치려고 하지 않을 거야."

문인주의 주장엔 중요한 한 가지가 빠졌다. 바로 임주원 그 자신의 의지이다.

"장소란은 내게 청조의 상관 그 이상도 그 이하도 아냐. 안 들은 것으로 하겠어."

"감정만으로 결단하려 들지 마. 이건 네 문제만이 아냐. 청랑대 형제들의 운명도 너와 함께하고 있어."

"으음."

그는 말문을 닫고 문인주를 노려봤다. 청랑대의 형제들이 그와 운명을 같이한다는 것을 잘 알고 있다. 최선을 다할 것이고 불가피하다면 때론 모두를 위해 자존심을 굽힐 각오도 되어 있다. 하지만 그렇다고 문인주가 청랑대원들을 앞세워 그의 인생을 재단하려는 건 또 옳지 않았다. 그도 인생에서 한 번쯤은 자기 의지대로 살 권리가 있었다.

"뭐, 꼭 그 세 가지 길 중에서 결정하라는 건 아냐. 어디까지나 그런 길이 있다는 거야. 난 널 믿어. 넌 우리를 실망시키지 않을 거야. 그럼 난 그만 갈게."

분위기가 서먹해지자 문인주가 헤어짐의 인사를 건네고 청원각을 나갔다. 그는 문인주를 청원각 입구까지 배웅해 준 다음 숙소로 곧장 돌아와 탁자에 놓인 화주를 들이켰다. 가슴이 또 타 들어가고 있었다.

청랑대주 연금 사십사 일.

청조소왕이 장안의 청조 사령부로 입성했다. 청랑대주의 일을 처리코자 한시적으로 장안에 온 것은 아니었다. 청조소왕은 이번에 청조산장의 어전을 장안의 청조 사령부로 몽땅 옮겨왔다. 오늘 이후로 청조 사령부가 곧 청조의 왕궁이 된다는 말과 같았다. 청조소왕은 장안에 입성한 그날 청조 사령부는 이제 '맑은 하늘을 여는 궁' 청천궁이 될 것이라고 강호에 공식 천명했다.

청조소왕의 입궁은 임주원의 연금에도 적잖은 영향을 끼쳤다. 당장 청원각의 경비부터 삼엄해졌다. 풍쾌백이 왕명을 받아 직접 청원각 경비를 총괄하였는데, 청랑대원들이 시위를 할라 치면 그 즉시 무력을 동원해 강제 나포 격리했다. 이런 날이 거듭되자 청원각은 어느 순간부터 누구도 찾아올 수 없는, 아무도 찾지 않는 고립된 섬이 되어버렸다.

임주원이 외딴 섬에 갇혀 고독과 싸워 나갈 때 청조소왕은 대신들이 전부 모인 연회장에서 청조 번영의 축배를 들며 그의 운명을 결정하는 왕명을 내렸다.

"앞으로 엿새 후, 청랑대주를 어전으로 불러 해명의 기회를 주겠노라."

엿새 후.

임주원의 연금 오십 일이 되는 날이었다.

청랑대주 연금 사십오 일.

늦은 밤이었다. 임주원은 창가에 기대서서 청천궁의 야경을 보며 사색에 잠겨 있었다. 사색에 너무 취한 나머지 경계를 잠깐 풀어버린 시점이 있었는데, 그때 그의 등 뒤 내실의 문이 조용히 열렸다.

"누구? 아!"

그는 뒤돌아보다 말고 놀란 심정으로 급히 무릎을 꿇었다. 남녀 한 쌍이 내실로 들어왔는데 그중의 남자가 청룡포를 입고 있었다. 청천궁에서 저런 옷을 입을 수 있는 사람은 오직 하나였다.

"청랑대주 임주원이 소왕 전하를 알현합니다."

소왕이 말했다.

"청랑대주는 일어나 과인을 마주 대하라. 짐은 오늘 청조의 왕이 아닌 용무학관 동문으로서 너를 찾아왔다.”

그는 일어나 소왕을 바라봤다. 소왕은 잔잔한 미소를 머금고 있었다.

“저를 기억하시겠습니까?”

“기억하고말고. 그날 네가 내 손을 꼭 잡아주지 않았더냐. 나는 이제껏 살아오며 그때만큼 따스한 손길을 받아본 적이 없었다.”

“아!”

그는 가늘게 탄성했다. 따스한 손길. 용무학관이 공격받던 날, 그는 소왕의 손을 그렇게 잡아준 일이 있었다. 소왕이 그것을 기억하고 있다는 게 감격으로 다가오고 있었다.

“자, 저리로 앉자. 너와는 할 말이 참으로 많구나.”

소왕이 내실 중앙의 탁자로 걸어가 앉았다. 그는 소왕을 마주 보고 앉았다. 신하의 예가 아님에도 소왕은 아무런 꺼림을 보이지 않았다.

“술을 마시느냐?”

“네, 전하.”

그는 대답한 후 내실을 돌아보며 난감한 기색을 비쳤다. 술이 준비되어 있긴 하지만 싸구려 독한 화주뿐이었다. 소왕에게 권할 술이 되지 못했다.

소왕이 그의 난감한 표정을 보며 말했다.

“후후, 염려 마라. 내 그럴 줄 알고 어주를 준비해 왔다.”

청의여인이 어주를 받쳐 들고 탁자로 걸어왔다. 청의여인은 어주를 탁자에 내려놓고 조용히 한 발 물러섰다. 그는 이때 여인과 잠깐 눈을 마주쳤다.

"……!"

안면이 있는 여인이었다. 아니, 보는 순간 누구인지 알 정도로 그의 눈에 익숙한 여인이었다. 여인은 무당검후 해화였다.

소왕이 해화를 정감있게 바라보며 말했다.

"임 대주에겐 초면이지? 무당검후 해화라고, 청천궁 안에서 내가 가장 신뢰하고 있는 사람이야. 이 기회에 서로 인사하도록 해."

인연이 이미 있었던 여인이라고 말할 분위기가 아니다.

그는 일어서서 해화에게 포권했다.

"임주원이라고 합니다."

그녀도 마주 포권했다.

"해화라고 합니다."

다시 한 번 서로의 눈이 마주쳤다. 그를 바라보는 그녀의 눈빛이 가늘게 떨렸다. 그는 그녀에게 다시금 가벼운 눈인사를 전하고는 탁자로 되돌아 앉았다.

"고정주(古井酒)야. 역대로 황제에게 공물로 바치던 술이지. 마실 만할 거야."

소왕이 잔에 직접 술을 따라 그에게 권했다. 그는 술잔을 받아 한입에 들이켰다. 의도적인지 모르지만 술잔은 하나만 준비되어 있었다. 소왕이 미소 지으며 그가 마셨던 빈 술잔을 들었다. 그는 공손히 술을 따랐다.

"조정은 삭막한 곳이야. 사람은 많지만, 그 안엔 내가 신뢰할 사람이 얼마 없지."

소왕이 술잔에 입만 살짝 축이고 잔을 내려놓았다.

"그래, 임 대주는 과인을 어떻게 보고 있지?"

"무슨 말씀이신지?"

"임 대주의 눈에도 내가 청조산장의 유아같이 보이는가?"

"전하, 유아라니요. 어찌!"

그는 소왕의 눈길을 피해 고개를 얼른 숙였다. 그의 머리 위로 자기 비하 같은 소왕의 말이 쏟아졌다.

"강호는 나를 일러 청조의 유아라고 놀려댔지. 틀리지는 않아. 이제껏 청조가 나를 길렀으니까. 청조 궐기 당시 나는 아무것도 모른 채 용상에 올랐지. 그때 난 정사는커녕 조정대신들의 눈길이 두려워 용상 밑에 몸을 숨기곤 했지. 지금의 조정대신들은 나의 그 모습을 전부 기억하고 있지. 그래서 그들은 오늘의 나를 보고도 군왕 이전에 청조의 유아를 먼저 떠올리지."

소왕이 말을 중단하고 스스로 술을 따라 연거푸 술잔을 비웠다. 평소에도 술을 많이 마신 듯 자작의 모습이 아주 자연스러웠다.

소왕은 술 한 병을 전부 비우고 나서 중단했던 말을 이었
다.

"이젠 달라져야 해. 세월이 흘렀고 사람이 바뀌었어. 그것
을 그놈들만 모르고 있어. 난, 임 대주가 내 대신 그것을 깨우
쳐 주는 일을 해주었으면 해. 어때, 잘할 수 있겠지?"

무엇을 대신한단 말인가?

청조의 원로들을 숙청하는 칼날을 날려달란 말인가?

"이대로는 정말 싫어. 난 조정에 있노라면 숨이 막혀 죽어
버릴 것 같아. 청조의 이상이니 뭐니 하는 말은 내게 다 헛소
리로 들릴 뿐이야."

그는 말없이 소왕을 바라봤다. 소왕은 너무 앞서 가고 있었
다. 들어주는 사람의 입장은 생각지도 않고 그저 자기주장만
늘어놓고 있었다.

"내 사람이 필요해. 조정을 제압하고 군부를 다스릴 충신
이 필요해. 난 그런 사람으로 임 대주가 적격이라고 생각해.
임 대주는 나의 동문이자 남무제의 제자이며 또한 나처럼 원
로들의 눈 밖에 난 외로운 사람이 아닌가."

소왕은 그를 바라보며 말을 마쳤다. 그는 대답없이 고개를
숙였다. 소왕의 눈빛이 그의 머리 위로 날카롭게 내려앉고 있
었다.

소왕의 말은 이후로도 한참 더 계속됐다. 이전과 다른 내용
은 거의 없었다. 전체적으로 보면 소왕의 충신이 되어달란 주

제로 일맥상통되고 있었다.

소왕은 이날 고정주 세 병을 비우고 취한 걸음으로 청원각을 나섰다. 해화가 청원각 입구까지 부축했고, 입구에서부터는 어가에 올라 청화전 내실로 향했다. 임주원은 해화의 안타까운 시선을 뒤로하고 청원각 숙소로 돌아왔다.

그는 숙소로 돌아온 후 화주를 꺼내 마셨다. 술맛은 전날보다 훨씬 더 쓰게 느껴졌다. 술이 변한 것이 아닌 그의 심정이 바로 그랬다.

—나는 용무학관의 동문으로 너를 찾아왔다.

소왕이 그렇게 말했을 때 그는 진정으로 감격했다. 하지만 소왕은 그때뿐이었다. 소왕은 용무학관 시절은 입도 벙긋하지 않고 오직 조정과 자기 입장만 이야기했다. 만약 소왕이 술자리에서 용무학관 시절로 이야기의 꽃을 피웠다면 그는 어쩌면 지금쯤 소왕보다 더 거나하게 취했을지도 모른다. 오늘 만난 소왕은 그가 기억하고 있던 용무학관의 그 장소아가 아니었다.

소왕에게 실망한 것은 그 외에도 더 있었다.

그는 소왕이 청량대 사건을 사전에 알아보고자 자신을 찾아왔다고 생각했다. 이 경우 그는 솔직하게 해명하고 소왕의 처분을 받을 각오가 되어 있었다. 하지만 소왕은 그의 해명에 관해 전혀 관심을 보이지 않았다. 물음 자체가 없었다. 그는 해명을 하기 위해 목을 걸고 청조 사령부로 들어왔다. 청랑대의 형제들은 지금 이 순간에도 그를 살리고자 백방으로 노력하고 있다. 그 모든 사안들이 소왕에겐 논제거리도 되지 않는 모양이었다. 섭섭함이 지나쳐 허탈해지는 경우였다.

그리고 소왕은 남무제의 안부를 묻지 않았다. 아무리 군왕이라도 이건 자식 된 도리가 아니었다. 남무제는 현재 말년 인생을 너무도 힘들게 보내고 있었다. 워낙에 강한 분이라 내색을 하지 않지만 그는 남무제와 둘이 있을 때면 문득문득 심해 같은 고독을 느꼈다. 그가 남무제를 위로해 줄 수는 없었다. 남무제의 고독은 청조 왕실에 근본적인 원인이 있었다. 청조 왕실의 사람들이 풀어내야 하는 경우였다.

"청조의 이상이니 뭐니 하는 말은 내게 다 헛소리로 들릴 뿐이야."

소왕의 이 말 또한 그를 많이 실망시켰다. 청조의 이상을 위해 노장과 신진이 지금 이 순간에도 전장에서 피를 흘리고 있었다. 그들의 진정을 안다면 청조의 군왕으로서 그런 말을 해서는 안 되었다. 소왕은 이기주의에 빠져 있었다. 그런 사고방식으로는 청조가 사국쟁패에서 승리한들 또 다른 명나라가 탄생할 뿐이었다.

"차라리 만나지 않았다면……. 소왕을 모르는 상태에서 어전으로 나가 해명을 했더라면……."

그는 착잡한 심정을 술로 달랬다. 술병도 늘고 취기도 조금씩 올라오지만 착잡한 심정은 한밤 내내 가시지 않았다.

청랑대주 연금 사십육 일.

청천궁이 오전부터 꽤나 소란스러웠다. 지역 전장의 전령들이 반 시진 간격으로 궁궐로 뛰어들어 왔고 거기에 맞춰 궁궐 내의 무장들이 중무장을 한 채 직속 수하들을 이끌고 궁궐 밖으로 긴급히 나갔다.

산북에서 올라온 충격적 보고 때문이었다.

현 시각 태원성으로 적도들이 몰려오고 있다! 하남제천단 십만, 산서제천단 십만, 하북제천단 십만, 적군들은 총 삼십만 군사에 이르며 이들의 총책은 근자에 북명뢰장으로 재기한 엄사문이다!

삼십만 군사는 사국쟁패가 발발한 이래 가장 많은 군사였다. 청조는 전략회의를 긴급으로 열었고 여기에서 태원을 빼앗길 수 없다는 결정하에 섬북의 예비 병력들을 모조리 산서로 출격시켰다. 양국의 군사가 태원성에 도달할 시기는 어림잡아 한 달. 한 달 후 소명부와 청조가 태원성에서 최강의 전력으로 서로 맞붙는 전면전이 예고되고 있었다.

산서 상황은 청랑대에도 직접적인 영향을 끼쳤다. 태원성
으로 전원 복귀하라는 군령이 떨어진 것이다. 임주원은 이 군
령에서 예외인데 이 때문에 청랑대원들은 어느 때보다 심각
한 갈등의 시간을 보냈다. 태원성은 그들이 피로써 얻어낸
곳. 기분으로는 당장 달려가고 싶지만 임주원을 저렇게 홀로
내버려 두고 갈 수가 없는 것이다.

"일단 해명의 날까지 버텨요. 우리에겐 대주님의 안위가
최우선이에요. 산서 이동은 대주님을 어떻게 처리하느냐를
보고 결정하기로 해요."

마욱이 심사숙고 끝에 결정을 내렸다. 청랑대 무장들은 그
판단에 행동 일치의 뜻을 모았다. 예외가 있다면 공손지였다.
적기군단장은 공손지에게 별도로 군령을 내렸다. 태원성 사
정에 밝은 공손지로 하여금 섬북의 병력을 인솔해 먼저 태원
성으로 가란 명을 내린 것이다.

공손지는 적기군단장의 군령을 거부할 수 없었다. 그녀는
청랑대 무장들과 입장이 달랐다. 군령 거부는 그녀에게 곧 청
조오협의 신분 박탈은 물론이요, 적기군단장과의 연도 끊어
진다는 의미와 같았다.

이 군령은 받은 그 즉시로 시행되어야 한다. 공손지는 청천
궁을 떠나기 전 청원각을 찾아갔다. 혹시나 하고 면담을 신청
했지만 풍쾌백은 냉정히 거절했다. 그녀가 할 수 있는 일이라

곤 청원각 앞에서 임주원의 이층 숙소를 멍히 바라보며 한숨
을 쉬는 것밖에 없었다.

"왜 거기서 한숨을 쉬고 있느냐? 보고 싶으면 들어가서 만
나보면 되지 않느냐?"

그녀의 등 뒤로 향노가 걸어왔다. 그녀는 향노를 뒤돌아보
며 고개를 쓸쓸히 저었다. 마음대로 안 된다는 뜻인데 향노가
그 모습을 보고는 부드럽게 미소 지으며 말했다.

"임 대주를 많이 연모하는구나. 그래, 임 대주에게 그런 네
마음을 고백해 보았느냐?"

"고백할 처지가 아니에요. 난 그 사람에게 여러모로 비교
가 안 돼요. 어릴 땐 우리의 거리가 한 발자국밖에 되지 않았
지만 지금은 그 사람의 모습이 보이지 않을 정도로 우리의 거
리가 멀어졌어요."

그녀는 착잡히 말하며 시선을 이층 숙소로 돌렸다. 향노가
그녀 옆으로 바짝 걸어와 같은 방향을 보며 말했다.

"연모의 감정에 거리란 무의미하다. 거지와 공주도 얼마든
지 연모할 수 있지 않더냐. 그래, 내가 임 대주를 만나게 해주
면 연모한다고 고백할 자신은 있느냐?"

"말씀은 고맙지만……."

그녀는 향노를 돌아보며 고개를 힘없이 저었다. 경비무사
들이 길을 열어줄 리가 없는 것이다.

"싫냐? 그럼 말고."

향노가 다시 물었다. 그녀는 자신도 모르게 얼른 답했다.

"그런 건 아닌데……."

그녀는 답한 이후로 심정이 들킨 것 같아 볼을 붉게 물들였다.

향노가 그 모습을 보곤 껄껄 웃었다.

"켈! 그럼 됐다. 나를 따라오너라."

그녀는 청원각으로 휘적휘적 걸어가는 향노의 뒤를 따랐다. 곧 경비무사들이 향노의 앞을 막아섰다. 향노의 일갈이 터져 나왔다.

"갈! 이놈들이 감히 누구 앞을 막느냐! 냉큼 비켜나거라!"

향노는 경비무사들을 단박에 뚫고 청원각으로 들어갔다. 경비무사들은 혼이 나간 얼굴로 향노를 멍히 바라봤다. 그들이 향노의 걸음을 막아선다는 자체가 희극일 터다.

"멈추시오! 왕명 없이는 어느 누구도 청원각에 들어갈 수 없소이다."

풍쾌백이 이 모습을 보고 멀리서 뛰어왔다.

"흥! 잡소리로다!"

향노는 아랑곳하지 않고 계속 안으로 들어갔다.

풍쾌백이 앞을 막고 다시 소리쳤다.

"선배, 계속 이러시면 무력을 사용하겠소이다. 당장 돌아가십시오."

향노가 걸음을 우뚝 멈추고 풍쾌백을 쳐다봤다.

“무력? 하! 이놈 봐라? 이놈이 이제 보니 두 다리 멀쩡히 살아가기가 싫은 게로구나.”

이놈 저놈 막말이다. 상대가 천리검화 구양무휘가 아니었다면 그 즉시 사지가 잘려 나갔을 것이다. 풍쾌백은 향노가 완강하게 나오자 한발 물러섰다.

“선배께선 진정 들어가실 생각이십니까?”

“물론이다. 신뇌에게는 내가 후에 말을 잘 해놓을 테니 쓸데없는 걱정일랑 말고 속히 길을 비켜라.”

풍쾌백이 잠깐 상황을 생각해 보곤 길을 비켰다.

비킨 그 길로 향노가 걸어가다 말고 다시 멈춰 노한 음성을 터뜨렸다.

“뭐 하는 짓이냐! 내 말을 잡소리로 듣는 것이냐?”

풍쾌백이 공손지의 앞을 가로막고 있었다. 향노만 들어갈 수 있다는 뜻이었다.

“청조오협은 청원각에 들어갈 신분도 안 되고 이유도 없습니다. 선배와도 아무런 연관이 없습니다.”

“갈! 연관이 없다니!”

향노가 되돌아와 공손지의 손을 잡고 말을 이었다.

“이 아이는 내 제자다. 사부가 제자를 데리고 가겠다는데 거기에 무슨 놈의 이유가 필요하냐.”

“제자라니요? 청조오협이 적기군단장과 사제지연이라는 건 궁 안에서 알 만한 사람은 다 알고 있는 일입니다. 괜한 억지를 부리지 마십시오. 참는 것도 한계가 있습니다."

"흥! 삼류초식 하나 가르쳐 주고서 천년만년 공동의 제자로 부려먹을 셈이냐? 이놈들아, 솔직하게 말해라. 니들이 이 아이를 우학의 진짜 제자로 인정한 적이 있었더냐? 이 아인 이제부터 내 제자다. 하니 잔말 말고 비켜라!'

향노는 사납게 소리친 다음 공손지를 손에 잡은 채 청원각 안으로 들어갔다. 풍쾌백은 더는 향노를 저지하지 못했다. 향노의 다른 한 손이 이 순간 요대에 걸린 검을 잡고 있었다. 길을 막으면 일전불사를 하겠다는 뜻이었다.

청원각 내전 입구 앞에 도착했다.

"저 때문에……."

공손지는 내전 앞에서 향노에게 정중히 머리 숙였다.

향노는 껄껄 웃었다.

"신경 쓰지 마라. 안 그래도 내 저놈을 한 번쯤 혼낼 생각을 하고 있었다. 자, 들어가렴. 연인 놀이에 난 불청객이 될 테니 그냥 여기서 기다리고 있겠다."

"그럼……."

그녀는 내전으로 걸어갔다. 표정엔 긴장이 역력했고, 걸음은 몹시 떨렸다. 내전 안으로 서너 걸음 들어간 그녀는 한순간 걸음을 멈추었다. 그리고 그곳에서 무언가를 한참 생각하다가 그만 눈물을 뚝뚝 흘리며 뒤돌아 나왔다.

"왜 돌아왔느냐? 눈물은 또 왜 흘리고?"

"흑흑흑."

그녀는 향노의 물음에 울면서 청원각 밖으로 뛰어갔다. 그렇게 달려간 그녀는 청원각을 한참 벗어나서 땅에 주저앉고 서럽게 울어댔다. 향노는 그녀 옆에서 난감한 얼굴로 자리를 지켰다.

그녀의 울음이 진정되고 향노가 물었다.

"왜 들어가지 않았느냐?"

그녀가 울먹대며 말했다.

"그 사람이 저렇게 힘들어하고 있는데 난 아무런 도움도 못 주고 있어요. 나 같은 건 그 사람 옆에 있으면 방해만 될 뿐이에요. 그럴 바엔… 그럴 바엔 차라리 그냥 멀리서 지켜보기만 할래요."

"도움을 못 주다니? 그렇지 않다. 내가 본 바로는 너는 충분히 임 대주에게 힘이 되어주었다. 앞으로도 그럴 것이야."

"위로하지 마세요. 좀 전에 향노도 말씀하셨잖아요. 난 공동파의 제자도 안 되는 청조의 소모품이라고."

"허!"

향노가 실소했다. 그러더니 좀 있어 빙그레 미소 지었다.

"네 생각이 굳이 그렇다면 우리가 이렇게 하면 되지 않겠느냐?"

"어, 어떻게요?"

"뭐, 어렵지 않다. 울음을 멈추고 일어나서 내게 아홉 번

절만 하면 된다."

"네? 그건?"

구배지례. 그녀가 그 뜻을 모를 리 없다.

"안 그래도 내 죽기 전에 내 대신 검화를 피울 제자를 구하려고 했다. 한데 이렇게 예쁘고 심성이 착한 여제자를 구했으니 내가 말년에 복이 참 많은 것 같다."

"아아!"

그녀는 울먹대는 얼굴 그대로 벌떡 일어났다.

향노를 사부로 둔다?

이건 그녀에게 다시 찾아올 수 없는 기연이다.

"뭐, 사부 되는 사람의 검공은 의심 안 해도 된다. 네가 검화를 피우게 된다면 공동파 검사들은 네 앞에서 숨도 제대로 쉬지 못하게 될 것이다. 그리고 네가 노력 여하에 따라 일검도 노려볼 수 있겠고. 험험."

그녀는 멋쩍게 웃는 향노에게 큰절을 올렸다.

"제자 공손지가 사부님께 인사 올립니다."

임주원 연금 사십육 일.

향노와 공손지가 사제지연을 맺었다.

임주원의 주변에서 얽히고설키는 연의 고리는 비단 이들만이 아니다. 해명의 날이 임박하자 그의 삶을 두고 누구는 훗날을 설계하고, 누구는 독보를 지향하고, 누구는 여심으로

접근하고, 누구는 군신으로 종속을 강요하고 있다. 선택은 그
의 몫이지만 어디에도 정답은 없다. 그리고 정답이 아닌 또
하나의 행로. 또 다른 불운의 씨앗을 남길 행로가 이 시각 그
에게 밀려들고 있다. 출발지는 무창 진천궁이다.

第八十四章 몽일정사(夢一情事)

백주에 열락산을 섞었어. 교합을 하지 않을 수 없어. 내공으로
막을 생각은 하지 마. 가능은 해. 하지만 넌 그렇게 해도 난 내공
을 사용하지 않을 거야. 네 눈앞에서 내가 죽는 모습을
보고 싶다면 원하는 대로 해.

—파요낭애 사마검혜

무창 진천궁.

유리 거울 속에 한 남자가 있다. 눈매는 짙고 콧날은 오뚝하다. 턱 선은 갸름하며 치아는 박속처럼 균열하고 희다. 머리카락을 길게 내리고 화장을 한다면 여자라고 말해도 하등 이상하지 않다.

"변한 건 없어. 난 그대로야."

남자는 흐뭇한 미소를 지으며 거울로 바짝 다가간다. 거리가 좁혀진 만큼 거울 속의 얼굴은 더욱 선명하다. 남자는 얼굴을 이리저리 돌려보며 손으로 만져 본다. 눈매를 거쳐 콧날을 지나가던 남자의 손이 문득 입술 부근에서 멈춘다. 손가락을 스치는 따가운 감촉. 남자는 이게 무엇인지 곧 알게 된다. 이건 털이 자라는 흔적이다.

"제길!"

남자는 짜증난 음성을 토하며 거울을 주먹으로 내려친다.

와장창!

유리거울이 깨지는 소리가 들려오자 사마검의 지밀 궁녀 미설이 다급히 내전으로 뛰어왔다. 사마검은 산산조각난 거울 앞에 우두커니 서 있었다.

"옥체가 상하십니다. 제가 치울 테니 잠시만 물러나 계십시오."

바닥에 떨어진 거울 파편을 미설이 서둘러 치워 나갔다. 사마검은 그동안 다른 말 없이 묵묵히 내전을 거닐었다. 미설이 깨진 거울을 전부 정리하고 물었다.

"조미경을 다시 준비할까요?"

유리 거울은 근자에 법국 상인들이 진천궁을 방문하며 가져왔다. 기존의 동경에 비해 선명도가 서너 배 이상 높다.

"아니, 너무 선명해서 싫다. 동경을 다시 갖다 놓도록 해라."

"네."

미설이 공손히 읍소했다. 사마검은 용상으로 돌아가서 앉왔다. 미설은 내전을 곧바로 나가지 않고 미적거렸다. 아뢸 말이 있는 눈치다.

"다른 일이 있는 거냐?"

미설이 말했다.

"구 단주께서 아침부터 국상을 알현하기를 청했습니다."

사마검은 오늘 내전으로 아무도 들이지 말란 명을 내렸다. 평소라면 구기에겐 해당되지 않는 명이겠으나, 최근 사마검은 신경이 극도로 날카로워져 있었다. 아무리 구기라도 사마검의 심기를 어지럽힐 수는 없었다.

"들라 하시라. 너는 그만 나가보고."

미설이 내전을 나갔고 잠시 후 구기가 안으로 들어왔다.

사마검이 먼저 인사했다.

"그냥 들어오시지 왜 밖에서 기다리고 계셨습니까."

구기는 사마검을 바라보며 겸연쩍게 웃었다.

"사마 국상의 시간을 뺏을 만큼 대단한 일이 아니네. 그건 그렇고……."

구기가 사마검의 표정을 살피며 말을 이었다.

"국상의 얼굴이 몹시 어둡네. 심기를 상한 일이 있는가?"

사마검은 대답하지 않았다. 안색이 더 어두워지고 있었다.

"혹시 호북 전투 때문인가? 사실 우리가 크게 피해를 보긴 했지."

사마검은 고개를 저었다.

"패전은 되갚아주고 빼앗긴 땅은 다시 찾으면 됩니다. 이참에 일선 전장에서 한발 뺄 수 있으니 어찌 보면 우리 입장에서도 속 편한 패전이었습니다."

"하면, 국자량 때문에 그러는가?"

구기의 이어진 물음에도 사마검은 고개를 저었다.

"국 공의 희생이 가슴 아프긴 하지만, 진국은 이번 패전으로 모용황의 충심을 얻었으니 앞으로 전력이 더 강해질 것입니다. 애초에 국 공께 원했던 것도 진국의 초석 역할이었습니다. 국 공께선 그 역할을 충실히 해주셨습니다."

초석이란 말에 구기가 씁쓸한 미소를 머금었다. 전날의 인물로 미래의 역사를 열 수는 없다. 구기 역시 진국에선 그런 역할인 것이다.

"하면 그 외에 또 다른 일이 있는가?"

물음은 원점으로 돌아갔다. 사마검은 말을 중단하고 무겁게 한숨을 내쉬었다. 속에 있는 말은 하지 않을 모양이었다.

잠깐의 시간이 흐른 다음 사마검이 물었다.

"참, 일이 있다고 하셨는데 무슨 일인지요?"

구기가 어렵게 입을 열었다.

"근자에 기력이 형편없어. 아무래도 늙어 죽을 때가 된 것 같아. 그래서 말인데, 내 자리는 일월랑에게 물려주고 난 그만 현역에서 물러날까 해. 그래도 되겠지?"

“제 보기엔 아직도 정정하십니다. 그러지 마시고 좀 더 저를 도와주시기 바랍니다.”

안 된다는 말이 아니다. 그냥 도와달라고만 말했다.

“심사숙고하고 내린 결정이네. 부디 이런 내 마음을 알아주게.”

사마검이 잠깐 생각하고 동의했다.

“알겠습니다. 구 숙부께서 원하신다면 그렇게 하십시오. 다만 제가 도움을 요청할 때는 언제든지 제게 달려와야 합니다.”

“허허, 이를 말인가. 청록이 꿈꾼 세상을 보고 눈 감는 것이 내 유일한 소원이네. 죽더라도 사마 국상 주변에서 죽을 것이네.”

의외로 일은 간단하게 해결됐다. 구기 입장에선 다소 섭섭하게 느껴질 일이기도 하다. 이후로 서로의 일상사를 묻는 대화가 그들 사이에 잠깐 동안 오갔다. 구기는 심정이 허하고 사마검은 심란한 다른 무엇을 생각하고 있는 터라 대화는 무미건조하게 진행됐다. 더 있어봐야 별 내용도 없는 경우다.

“나는 그만 가보겠네. 다음에 보세.”

구기가 눈인사를 건네고 내전을 나섰다.

사마검이 구기의 발걸음을 문득 잡았다.

“구 숙부, 잠깐만요.”

“뭐지?”

"그 일은 어떻게 진행되고 있죠?"

"일? 무슨 일?"

"장안……. 청천궁의 상황 말이에요."

"아!"

구기는 물음의 요지를 금세 알아차렸다. 청천궁의 동정, 흑마호의 해명에 관한 일. 거기에 관한 일들은 장안에서 활동 중인 진국 세작들의 주요 보고 상황이 되고 있다.

"아무래도 흑마호는 어렵겠어. 신뇌가 단단히 결심을 한 모양이야. 최소한 무공 폐지, 종신 구속형은 받을 것 같아. 뭐, 경우에 따라 즉결 처단을 받을 수도 있겠고."

"으으음."

사마검의 입에서 착잡한 숨결이 흘러나왔다. 구기가 그 모습을 이채롭게 보고는 조심스레 물었다.

"아직도 마음을 정리하지 못한 건가? 그래서 최근에 그렇게 심란했던 건가?"

사마검은 대답 없이 용상에서 일어나 내전을 이리저리 거닐었다. 무언가를 깊게 생각하는 모습이었다. 구기는 방해없이 사마검의 모습을 조용히 지켜봤다. 사마검의 생각은 반 시진도 더 넘게 진행됐다. 생각 중에 때론 한숨을 쉬고 때론 미약한 신음을 흘려냈다. 사마검은 생각 말미에 자신의 손가락을 헤아려 보고 있었다. 날짜를 따져 보는 모습이었다.

이윽고 사마검이 생각을 끝내고 구기를 돌아봤다.

“구 숙부, 마지막으로 한 번만 더 저를 도와주세요.”

“뭘 말인가?”

“장안으로 가야겠어요. 아무도 모르게 준비를 해주세요.”

“아무도 모르게?”

구기가 눈매를 찡그리며 반문했다. 아무도 모르게라는 건, 사마검이 아닌 사마검혜로 움직이겠다는 뜻인 거다.

“이유는 묻지 말아주세요. 이번에 그 사람을 안 보면 전 평생 후회 속에서 살아갈 것 같아요.”

구기는 사마검의 말에 묵묵히 고개를 끄덕였다. 반대를 할 분위기가 아니었다. 사마검은 말한 다음에 입술을 야무지게 깨물고 있었다. 비장한 결의를 보이는 모습. 구기는 사마검의 저런 모습을 이전에도 본 적이 있었다. 사마검이 단신으로 소명부로 침투해 현왕의 목을 잘라올 때도 바로 저런 모습이었다.

구기가 내전을 떠나자 사마검은 미설을 불러 명했다.

“조미경을 가져와! 당장!”

*　　　　*　　　　*

청랑대주 연금 사십구 일.

해명의 날을 하루 앞둔 밤이었다. 임주원은 오전부터 줄곧 창가에 서서 청천궁의 하늘을 바라봤다. 행로를 정할 시점이 얼마 남지 않았건만 그는 아직 어떤 결정도 내리지 못했다. 그에게 조언을 해줄 사람은 없었다. 그는 외딴 섬에 고립되었고, 몰아쳐 오는 운명의 파도 앞에 홀로 서 있었다. 문인주의 조언은 그의 결정에 도움이 되지 못했다. 문인주는 그가 고뇌하는 핵심을 잘못 짚고 있었다. 더 편한 길. 더 이득이 있는 길. 더 확실한 길. 그의 고뇌는 그런 길을 찾는 차원이 아니었다. 그런 방식으로 접근하고자 했다면 이렇게 그가 오랫동안 외딴 섬에 고립되어 있지 않았다. 그는 참된 길을 찾길 원했다. 편하지 않더라도, 이득이 없더라도, 불확실하더라도, 청조의 형제들 앞에서 내가 떳떳하고 우리가 당당한 길, 그리하여 궁극적으로 적대 세력까지도 전부 포용하고 나갈 수 있는 정도를 지향하고자 했다. 결과주의의 시각으로 보면 어리석다고 할 수도 있다. 남들이 약은 수를 부리고 있는데 혼자서 학처럼 살고자 한다며 욕할 수도 있다. 그러나 여긴 전장이 아닌 아군의 안방이었다. 칼을 들 때는 전장으로 나가서 적의 목을 베어와야지, 집 안에서 형제의 등을 찌르는 일을 모색할 수는 없었다. 설령 작당을 해서 자신의 세력을 공고히 구축한들 그런 사고방식으로는 사국쟁패에서 청조가 진정한 승리자로 남지 못할 터였다.

결정은 못한 상태지만 포기는 아직 이르다. 그에겐 하루가 남아 있었다. 그는 최후의 시점까지 갈등하고 또 생각하여 최선의 길을 찾아갈 것이다.

밤하늘에서 유성이 떨어지고 있었다. 그는 유성의 궤적을 눈으로 쫓으며 중얼댔다.

"많이 컸네, 임주원. 네가 그런 생각을 다 하고."

생각해 보면 연금이 그에게 해로움을 끼친 것만은 아니었다. 몸은 구속당했지만 그는 연금 기간 중에 자기 자신을 진지하게 돌아보는 시간을 가졌다. 그의 인생에서 이렇게 진로를 두고 오랫동안 고뇌한 적은 없었다. 백연곡에서 칠 년 생활을 할 때는 어린 나이였던 탓에 지금보다 한참 생각의 깊이가 짧았고, 또 그땐 무공 수련이 지상과제였기에 삶을 고뇌하고 말고 할 겨를이 없었다.

어릴 때 그는 남들이 네 꿈이 뭐냐고 물어오면 백이면 백, 장군이라고 말했다. 이제 그는 그렇게 단순히 답하지 않는다. 그는 이렇게 답할 것이다.

─정도를 걷는 장군, 불의와는 타협하지 않는 장군이 될 것이오.

할아버지 임자석 장군이 그러했다. 그의 사부 남무제 또한 그렇게 살았다. 조부의 삶이 증명하듯 권력의 칼날에 의인의 삶이 불운하게 끝날 수 있다. 그러나 의인은 죽어도 의인의 대의와 기개는 강호에 남는다. 그는 허무히 삶을 마칠지언정 의인으로 남길 진실로 원한다.

“그래, 어머니도 그렇게 말했어. 굴욕스럽게 살 바에는 차라리 죽으라고.”

이전엔 어머니의 유언을 잘 이해 못했다. 이젠 알 것도 같았다. 어머닌 오늘 같은 상황에서 어떤 삶을 지향해야 하는지 가르쳐 준 것이었다.

“어머니……”

그는 밤하늘을 올려다보며 어머니의 모습을 그려보았다. 어머닌 인자하게 웃고 있었다. 생전에 한 번도 보지 못한 미소지만 그의 눈엔 아주 익숙하게 보이고 있었다.

어머니의 모습이 선명해진다. 어머니와의 거리가 점점 가까워지고 있다. 손을 내밀면 만져 볼 수 있을 것만 같다. 어느 순간 어머니의 미소가 바뀌고 있다. 인자한 미소가 아닌 눈웃음을 살살 치는 유혹적인 미소이다.

“응?”

그는 현실로 돌아오자마자 당혹의 표정을 자아냈다. 눈앞에 어머니가 아닌 다른 여자가 있었다. 정확히는 청원각 이층 창가 앞의 허공에 한 여자가 유령처럼 둥둥 떠 있었다.

“그렇게 보고 있지 말고 빨리 비켜. 내공이 달려서 추락할 것 같단 말야.”

당혹의 감정은 더 부풀어 오른다.

“어? 넌?”

“씨, 빨리 비켜달라니깐!”

여자가 안으로 들어왔다. 내실로 들어온 그녀는 마치 불륜의 현장을 급습한 여인네처럼 침상으로 걸어가 요를 이리저리 뒤적이며 냄새를 킁킁 맡아댔다.

"사마검, 어떻게 된 일이야? 여기 왜 온 거야?"

여자는 사마검이었다. 그의 당혹이 당연한 경우였다.

"여자 냄새는 안 나는군. 운 좋은 줄 알아. 나 몰래 계집질하면 그땐 그년도 죽고 너도 죽고 나도 죽는 거야. 알겠어?"

그는 사마검의 말에 어이없는 얼굴로 다시 물었다.

"사마검, 이게 대체 어떻게 된 거냐니깐?"

그녀가 눈을 아래위로 흘겼다.

"사마검 아냐. 사마검혜야. 다시 불러봐, 검혜야, 라고."

그녀는 그의 물음을 제대로 듣지도 않고 막무가내로 자신의 말만 하였다.

"어서 불러보라니깐! 검혜야, 라고."

그는 그녀의 닦달에 그 이름을 우선 불러주었다.

"그래, 검혜. 검혜야. 됐지?"

그녀가 눈을 사르르 감았다.

"다시, 좀 더 부드럽게."

"검, 검혜야."

"헤헤."

그녀가 눈을 뜨며 배시시 웃었다.

저 웃음. 저 말투.

무황성에서 재회했던 사마검의 모습이 아닌, 균현에서 처음 만났을 때, 자신을 가지고 놀았던 여자, 그 당돌했던 여자의 모습이었다.

그녀가 그 점을 확인시켜 주는 말을 했다.

"미리 말해두는데, 난 오늘 진국 국상으로 오지 않았어. 그러니 신상에 관계된 골치 아픈 이야기를 하면 그땐 죽을 줄 알아. 알지, 내 깔깔한 성격?"

"으음."

그는 난감한 숨결을 흘려냈다. 세월이 흘렀고, 그때보다 육체도 정신도 더 강해졌건만 이상하게도 그녀의 이런 모습에 마땅히 대처를 못했다. 그리고 보면 이건 그의 문제가 아니었다. 천하를 사등분한 희대의 여자였다. 그가 아닌 누구라도 그녀가 이렇게 작심하고 나오면 그녀에게 끌려갈 수밖에 없을 것이다. 그는 그 점을 인정한 상태에서 물었다.

"머리 아픈 이야긴 나도 싫어. 하지만 이건 물어봐야겠어. 대체 왜 온 거야?"

"보고 싶어서. 여자가 자기 남자 보고 싶다는데 이유가 필요해?"

"하!"

그는 실소하고 말았다. 말로는 못 이긴다는 것을 균현에서 충분히 경험했다.

그녀가 침상에서 일어나 탁자 앞으로 걸어갔다. 탁자 위엔 그녀가 가지고 온 옥합이 놓여 있었다. 옥합 안엔 백주을 담은 술병이 두 개 들어 있었다. 그녀는 백주를 탁자에 올려놓고 자기 앞으로 그를 불렀다.

"이리 와. 술이나 한잔하자."

그녀 맞은편에 그가 앉았다. 그녀는 술병 앞에 턱을 괴고 그를 가만히 응시했다.

"뭘 그렇게 봐? 사람 무안하게."

"어제의 촌놈이 영웅이 되었는데, 변한 게 있을 거 아냐."

"그래, 보니까 어때? 좀 변했어?"

그녀는 고개를 가로저었다.

"아니, 여전히 촌놈이야."

"씨."

그는 눈을 흘겼다.

그녀가 그 모습을 보고는 하얗게 웃었다.

"그래도 내 눈엔 멋있어. 최고로."

이번엔 그가 심퉁난 얼굴로 물었다.

"근데, 왜 자꾸 반말이야. 니 남자라며? 존대할 줄도 몰라?"

그녀가 새치름한 눈으로 그를 노려봤다.

"존대? 흥! 나쁜 놈."

"뭐, 나쁜 놈? 내가 왜?"

"동갑이라고 나이 속였잖아. 알아보니 나보다 세 살이나 더 아래던데.”

“그, 그거 잘못된 거야. 청조에 입대하며 내가 잘못 신고한 거라고.”

“흥! 이 자리에서 임씨 가문의 역사를 줄줄 읊어줘? 너네 가문 삼대 조상까지 조사했단 말야.”

“으음.”

그는 반박 못하고 애꿎은 술병을 잡아 입에 들이부었다.

“앞으로 누님이라고 불러.”

“싫어, 내가 미쳤어.”

“싫으면… 그게 싫으면, 헤헤. 다시 검혜라고 불러봐. 부드럽게. 그럼 없던 일로 해줄게.”

그녀는 눈을 사르르 감았다. 그는 그녀의 모습을 바라보며 원하는 대로 이름을 부드럽게 불러주었다. 그녀가 가늘게 떨었다. 이번의 떨림은 깊고 또 오래가고 있었다.

그는 다시 술병을 입에 물었다. 착잡한 심정이었다.

이 밤이 지나면 그녀는 원래의 신분으로 돌아간다. 전장에서 만날 경우 서로는 적이 되어 싸워야 할 것이다. 그 운명을 회피할 수는 없다. 그녀도 그렇고 그도 그렇고 서로는 각자의 운명을 향해 너무나 많이 달려가 있는 상태다. 이젠 되돌아갈 수도 멈출 수도 없다.

“좋은 밤이야. 연인도 좋고, 분위기도 좋고.”

그녀가 눈을 뜨고는 술병을 입에 물었다. 술을 마실 때 그녀는 그를 애잔하게 바라봤다. 천천히 아주 천천히 마셨건만 그녀는 한 병을 모두 비울 때까지 그에게서 한 번도 눈길을 거두지 않았다.

그녀가 빈 술병을 내려놓고 떨린 음성으로 말했다.

"자기야, 여기에 있지 말고 나랑 떠나자. 자기가 원하는 건 뭐든지 다 들어줄게. 자기가 싫다면 진국에 몸담으란 말도 하지 않을게."

"안 된다는 거 너도 잘 알잖아."

"내일이면 자긴 죽어. 안 죽더라도 무공을 잃으면 죽는 것과 다름없어."

"그만 해. 머리 아픈 말은 서로 하지 않기로 했잖아."

"제발 그러지 말고 한번만 내 말을 들어줘. 부탁이야."

"자꾸 그런 말 하면 널 쫓아낼 거야."

그는 정색한 얼굴로 말했다. 청조에 등 돌리는 일은 없다는 뜻이었다.

"정인 한 사람도 내 마음대로 얻지 못하는데 천하를 가진들 거기에 무슨 기쁨이 있을까."

그녀는 처량히 읊조리며 그에게 시선을 맞추었다. 그녀의 이슬 맺힌 눈동자가 심하게 일렁대고 있었다.

"아까 왜 찾아왔냐고 물었지? 이제 그 물음에 답할게."

그녀는 말한 다음 조용히 일어나 침상으로 걸어갔다. 그리고 그곳에서 옷을 훌훌 벗어 내리곤 알몸 그대로 그에게 돌아섰다.

그녀보다 그가 먼저 반응했다. 그는 급히 그녀의 알몸을 피한 시선으로 소리쳤다.

"검, 검혜야, 왜 이래? 왜 이러는 거야?"

"날 봐. 고개를 돌리지 마. 난 오늘 너랑 자기 위해 왔어."

"말도 안 돼. 이건 옳지 않아."

그가 시선을 피하자 그녀가 직접 그의 눈앞으로 걸어와 말을 이었다.

"너를 내 곁에 두고 살 수 없다는 것을 알고 있어. 하지만 이대로 너와 영영 헤어질 수는 없어. 난 너를 가질 거야. 그래서 이 밤을 영원히 내 가슴에 심어둘 거야."

"으으으."

그는 그녀의 알몸을 바라보며 뜨거운 숨결을 흘렸다. 감정과 상관없이 하체에서 반응이 오고 있었다. 술에 무언가를 탔다는 말이었다.

"백주에 열락산을 섞었어. 교합을 하지 않을 수 없어."

열락산은 최음제 중에서 효력이 가장 강하다. 교접을 하지 않거나 빠른 시간에 진정제를 복용치 않으면 거의 죽음에 이르게 된다.

그는 급히 내공을 일으켜 열락산이 전신으로 전이되는 것을 막았다.

그녀가 그 모습을 보고는 고개를 저었다.

"내공으로 막을 생각은 하지 마. 가능은 해. 하지만 넌 그
렇게 해도 난 내공을 사용하지 않을 거야. 네 눈앞에서 내가
죽는 모습을 보고 싶다면 원하는 대로 해."

그녀는 침상으로 돌아가 누웠다. 열락산이 이미 전신으로
전이되었는지 백옥 같은 몸이 연붉게 물들어가고 있었다.

저대로 두면 정말로 몸에 이상이 온다.

그는 내공을 거두고 그녀 앞으로 다가섰다. 그녀가 야릇한
시선으로 그를 올려다봤다. 그는 그녀의 얼굴을 애처롭게 쓰
다듬었다. 갈등의 불은 일찍 꺼졌다. 그녀가 한순간 그의 목
을 확 감아 잡으며 그의 입술에 뜨거운 숨결을 불어넣었다.
그의 몸도 이제 불탔다. 그는 열락산의 기운에 취해 그녀를
야수처럼 공격했다.

두 사람의 몸이 한밤 내내 불탔다. 시작은 그녀가 벌였지만
어느 순간부터는 그가 더 그녀의 몸을 갈구했다. 행위 중에
그녀는 눈물을 줄줄 흘리며 소리쳤다.

"당신을 잊지 않겠어요. 당신을 영원히 내 가슴에 담아두
겠어요. 당신을 잊지 않도록 내게 당신의 흔적을 남겨주세요.
아아……!"

청랑대주 연금 오십 일.

열락의 밤이 끝나고 동이 텄다. 그녀는 옷을 갖추어 입고
침상에 앉아 있었다. 침상엔 임주원이 곤하게 잠들어 있었다.

가야 할 시간을 이미 한참 넘긴 그녀였다. 좀 있으면 그가 깨어난다. 더는 머뭇거릴 시간이 남아 있지 않다. 그녀는 그의 얼굴을 뇌리에 각인시키듯 진하게 내려다봤다. 그리고는 그의 입술에 깊게 입맞춤을 하고 일어섰다. 창가로 나갈 때 그녀는 자신의 배를 만졌다. 진천궁에서 월경 주기를 꼽아보았었다. 임신을 하였다면 아마도 이번이 그녀 인생에서 마지막 기회가 되었을 것이다.

"……"

그녀가 떠나자 그는 조용히 눈을 떴다. 사실 그는 깨어난 지 한참 되었다. 그녀와 마주할 자신이 없고, 또 그녀도 그것을 원하지 않는 것 같아 일부러 자는 척을 했다. 그녀와의 교합에 후회는 없었다. 차라리 속이 후련했다. 그녀와 자신은 어떤 식으로든 결말을 봐야 했다. 비록 그게 더 꼬여 버리는 연이 될지라도.

그는 창가로 걸어갔다. 혹시 하고 둘러봤지만 그녀의 모습은 어디에서도 보이지 않았다. 하늘을 쳐다봤다. 맑은 날씨였다. 그는 그녀와의 연을 뇌리에서 잠시 비우리라 다짐했다. 현재는 해명장에서 그의 행로를 결정하는 일이 무엇보다 중요했다.

행로 결정은 물론 아직 못했다. 하지만 행로 결정에 앞서 무엇을 해봐야 되는지는 이제 확연히 알았다. 그녀가 가르쳐

준 것이라고 할 수 있었다. 그녀는 그와 하룻밤 연을 맺는다
는 목적 한 가지로 무창에서 장안까지 달려왔고, 결국 그녀
자신의 문제를 직접 해결했다.

　그도 그렇게 해야 했다. 문제가 있다면, 확신이 안 선다면
직접 부딪쳐 알아봐야 했다. 따지고 보면 그의 결단에 발목을
잡는 직접적인 문제는 청조의 장수로서 청조 권력을 어떻게
받드느냐에 있었다.

　백연곡에서 사부가 이런 말을 했다.

　"청조의 권력에 의심이 들거나, 소왕이 미덥지 않게 생각된다
면 대와탑으로 가서 풍검령주를 직접 만나보아라."

　사부는 그때 자세한 설명 없이 말을 마쳤다. 그 당시엔 크
게 비중을 두지 않았는데 이제 와 생각해 보니 그 말은 청조
의 권력에 문제를 제기하는 말인 것 같았다. 사부는 청조소왕
에 대해 한마디도 하지 않았다. 소왕 역시 자신과의 대면에서
남무제를 거론하지 않았다. 정상적인 부자 사이라면, 그래서
정통성을 이어받은 권력이라면 그런 이질적 관계가 형성될
수 없었다.

　결심은 섰다. 대와탑으로 간다. 문제가 무엇이든 그곳에서
직접 확인하고 결단을 내릴 것이다.

　어전의 해명은 사시(巳時)에 진행될 예정이라고 했다. 지금

빨리 움직인다면 사시까지는 늦지 않게 어전에 도착할 수 있
다.

그는 창틀을 박차고 하늘로 날아올랐다.

시선 아래의 경비무사들은 청원각을 벗어나는 그의 움직
임을 전혀 모르고 있었다.

第八十五章 ─ 북로지행(北路之行)

너희는 나를 다시 부르게 될 것이다. 나는 또한 너희의 원함을 들어 이 땅으로 돌아올 것이다. 그때 너희는 나를 오늘처럼 외인으로 두려고 하지 말라. 나는 한 자루 칼을 들고 너희의 가슴 안으로 들어갈 것이다. 그 칼은 자비를 모른다. 나는 거짓된 권력엔 가차 없이 칼을 들 것이고 위정자들의 목은 냉혹히 잘라 버릴 것이다!

─흑마호 임주원

대와탑(大臥塔)은 청조 사령부 적기군단 본청 건물 후원에 위치하고 있다. 명칭으로 보면 누워 있는 탑이란 말인데, 실제는 탑의 용도가 아닌 청조의 일급 사범들을 수감하는 감옥으로 운용된다. 팔관(八關)으로 연결된 감옥의 모양이 뒤로 갈수록 좁아지는 탓에 하늘에서 보면 탑처럼 보인다고 하여 그런 명칭이 붙은 것이다.

대와탑은 청조 사령부가 정권 안보 차원에서 집중 관리 감독하고 있다. 그래서 청조 사령부는 대와탑을 늘 사령부 안에 둔다. 청조 사령부가 청해성에 있을 당시 그곳에도 대와탑이 있었다. 청조 사령부가 훗날 하남이나 산서로 진출하면 그땐 새로운 대와탑이 해당 지역에 건축될 것이다.

일급 사범들만 구속하고 있는 터라 대와탑에 수감된 죄수는 전부 합쳐도 오십 명이 되지 않을 정도로 숫자가 적다. 대와탑 안에서 가장 중하게 관리하는 팔관 용옥관(龍獄關) 같은 경우엔 지난 이십오 년 동안 오직 한 사람만 수감되고 있는 실정이다.

한편으로 대와탑은 가끔 감옥 이외의 용도로 활용되기도 한다. 대와옥이라는 초기의 명칭이 대와탑으로 바뀌게 된 이유 중의 하나이기도 하다.

업무가 중한 만큼 대와탑 팔관의 관리는 청조에서 내로라하는 일급 무장들이 맡고 있다. 대부분 현역에서 물러난 전대 고수들인데 전장으로 투입되지 않을 뿐 이들의 전투력은 현 시기에도 생생히 살아 있다. 청조 사령부는 이들의 무력을 그대로 썩히기 아깝다고 판단하여, 일 년에 한 차례씩 청조 후진들의 무력을 평가하는 판정단으로 이들을 활용한다. 즉, 후진들에게 대와탑을 통관하는 과정을 거치게 한다는 것이다. 감옥 외로 활용되는 경우이다.

현재까지 수많은 후진들이 대와탑 통관을 거쳤다. 팔관 전부를 통관한 후진은 아직까지 없다. 칠통을 한 후진도 겨우 세 명밖에 되지 않는다. 팔통을 할 수 있는 후진이 나온다면 아마도 청조가 그 후진의 이름으로 꽤나 시끄러워질 것이다.

임주원이 현 시각 그 대와탑 앞에 도착했다. 그의 목적은 팔관에 장기 수감되어 있는 죄수를 만나는 것. 목적을 이루자면 당연히 팔통을 해야 한다.

＊　　　　＊　　　　＊

대와탑에 도착한 임주원은 근처의 대나무 숲으로 들어가서 옷을 길게 찢어 눈 아래를 가렸다. 은밀하게 알아봐야 할 사안이며 또 자신은 현재 무단으로 연금 장소를 벗어나 있었다. 정체를 드러내고 통관할 상황이 아니었다.

대와탑 입구엔 일반 무인들이 상당수 포진하고 있었다. 대와탑 외곽 경비인데 팔통을 하기에 앞서 저들을 먼저 뚫고 나가야 할 터다. 그는 경비 무인들의 머리 위 하늘을 슬쩍 올려다봤다. 진시가 이미 지난 것 같다. 여유 부릴 처지가 아니다. 그는 상황불문하고 무조건 뚫고 나간다는 각오로 대와탑을 향해 걸어갔다.

대나무 숲을 거의 벗어날 때였다.

"야! 방해 말고 꺼져! 여긴 네놈 따위가 설칠 곳이 아냐!"

등 뒤에서 짜증과 협박성이 뒤섞인 남자의 음성이 들려왔다.

그는 걸음을 멈추고 말했다.

"누구인지 모르겠지만, 지옥 구경을 한 셈치고 조용히 돌아가라. 내가 많이 급하다. 네 목을 곱게 잘라줄 정도의 시간이 내게 없다.”

대답은 바로 들려왔다.

“어라? 이놈 봐라? 내가 할 말을 지가 다 하네? 좋아, 돌아서 봐. 뭐 하는 놈인지 낯짝 한번 보자.”

아량을 베풀었건만 자청해서 지옥의 맛을 보고파 한다.

그는 눈살을 찌푸리며 천천히 돌아섰다.

“……!”

한 방에 보내준다는 생각은 돌아선 그 순간에 사라졌다.

눈앞에 칠 척의 거한이 서 있었다. 공교롭게도 거한 역시 복면을 하고 있었다. 일격초살의 생각이 사라진 이유는 이 거한이 만만치 않다는 것이다. 아니, 만만한 정도가 아니다.

‘일급! 아니, 그 이상!’

척 보면 견적이 나온다. 거한은 십삼비 수준에 육박한 무인으로 감지되고 있었다.

“으으음.”

마주하게 되자 거한이 어깨를 움츠리며 한 발 물러났다. 그가 감지했듯 거한 역시 그에게서 무언가를 느꼈음이다.

“씨!”

물러서던 거한이 문득 눈빛을 번쩍이더니 와락 달려들었다. 첫 대면에서 한 수 접고 들어간 게 몹시 수치스러웠던 모양이다.

툭!

그는 허리를 비틀었고, 비튼 다음엔 달려들고 있는 거한의 다리에 자신의 발을 살짝 걸었다. 거한이 달리던 탄력 그대로 앞을 굴렀다.

"이런 개 같은!"

거한이 벌떡 일어나 소리쳤다 그리고는 이번엔 몸을 날리며 그의 안면으로 주먹을 휘둘렀다.

그는 긴박한 상황임에도 불구하고 짧게 실소했다.

여의박을 수련한 자신에게 대박으로 승부를 해온다?

이건 거의 자살 행위이다. 그는 거한의 손목을 재빨리 낚아챘고, 그다음엔 곧장 허리 위로 메쳤다. 단절곤에 이은 제포견이다.

쿵!

거한의 허리가 땅에 처박혔다. 척추가 흔들리고 있을 것이다.

거한이 다시 벌떡 일어나 소리쳤다.

"이 쳐 죽일 놈이 지금 내게 무슨 짓을 한 거야! 우아아아아!"

초식이고 뭐고 없다. 거한은 우람한 몸통을 앞으로 내밀고 곰처럼 달려왔다.

"하!"

그는 또 실소했다. 단순무식 공격. 이제 보니 이 인간은 또 다른 막무출이다. 이런 인간은 호되게 응징해야 한다. 그는 달려들고 있는 거한의 몸통으로 와락 뛰어들어 갔다. 그런 다음 거한의 목을 드세게 감아 잡고 자신의 무릎을 연이어 쳐올렸다. 한 번, 두 번, 세 번, 요슬격 일곱 방이 거한의 복부를 정확히 강타했다.

"끄으으으."

거한은 눈을 까뒤집고 바닥에 꼬꾸라졌다.

"십삼비 수준이 아냐. 내가 너무 높게 봐주었던 거야."

그는 뒤돌아 대와탑 방면으로 걸어갔다. 최소한 한 달은 반신불수. 거한과의 승부가 끝났다고 판단한 것이다.

그의 판단은 서너 걸음도 걷기 전에 빗나간다.

"가긴 어딜 가! 개소릴 해댄 네놈의 혓바닥을 뽑아서 씹어 먹어주마!"

거한이 살기가 철철 넘치는 음성을 또 토해내고 있었다.

"으응?"

그는 돌아서서 고개를 외로 기울여 거한을 쳐다봤다.

거한은 도신이 한 자에 이르는 거대한 칼을 손에 들고 있었다.

칼을 손에 든 거한.

무력 수준은 다시 수직으로 치솟고 있다.

하지만 그가 거한을 다르게 본 것은 무력 수준이 아닌 방금 전에 들려온 말 때문이다.

혓바닥을 뽑아 씹어 먹는다!

그도 가끔 써먹을 정도로 친숙한 욕설이다.

‘혹시?’

그는 이채로운 눈으로 거한을 관찰했다. 왜인지 거한의 체형이 그의 눈에 익숙하게 다가왔다.

“각오해! 이젠 정말 봐주지 않아!”

거한이 칼을 앞으로 내밀었다. 도신이 웅웅대고 있었다. 기력 발휘를 했음이다.

“안 봐주면? 니가 뭘 어쩔 건데?”

이번에 그가 먼저 달려들었다. 일보섬이 쭉 발휘됐고 그는 한순간에 거한의 머리를 타고 뒤편으로 넘어갔다. 넘어갈 당시 그는 거한의 복면을 벗겨냈다.

상대 거리 십 보를 두고 그가 뒤돌아섰다. 이때 그의 눈앞으로는 거한이 휘두른 칼날의 기운이 휘몰아쳐 오고 있었다.

파팟! 파팟! 파파파파팟!

도기의 여파에 주변의 대나무가 우수수 잘려 나갔다. 그는 그 자리에 없었다. 그는 어느새 거한의 좌측으로 돌아가 있었다. 거한이 그가 서 있는 방향으로 돌아서서 도기를 다시 날리고자 할 때였다. 그는 자신의 얼굴을 가린 천을 벗으며 빙긋 웃었다.

“하하, 왕필, 급한 성격은 여전하구나. 나이를 먹었으면 앞뒤를 좀 가리면서 살자.”

“응? 날 알아? 넌 누구야?”

거한이 공격을 중단하고 눈을 멀뚱댔다.

"누구긴, 나지. 용무학관의 만년 열등생."

"어?"

"하하! 필아, 정말 오랜만이다!"

그가 웃으며 거한의 앞으로 걸어갔다.

"주, 주원이?"

거한이 그를 알아보고는 입을 딱 벌렸다. 죽마지우와의 재회를 항상 기대했겠지만 여기서 이렇게 만나게 되리라고는 진정 생각 못했을 것이다.

*　　　*　　　*

아쉽지만, 임주원은 왕필과의 재회 감정을 서둘러 정리했다. 사시에 청천궁 대전 앞에서 해명의 장이 열린다. 그 시각 이전에 그는 대와탑 방문 목적을 마치고 그곳으로 가야 했다. 물론 왕필 역시도 이 점을 잘 알고 있었다. 둘은 일상사를 물어보는 대화 과정을 짧게 끝내고 본론으로 바로 들어갔다.

왕필이 물었다.

"그러니까 너도 청조소왕의 정통성을 의심해서 풍검령주를 만나러 온 거야?"

팔관 통관. 용옥관에 수감된 풍검령주와의 대면.

대와탑 방문 목적은 대동소이하다. 하지만 세부적인 사안에선 임주원이 왕필만큼 준비되어 있지 못했다.

"정통성을 의심? 무슨 말이야?"

"풍검령주 황보성이 누군지 알아?"

"조금은 알아. 아니, 사실은 잘 몰라."

왕필이 임주원을 아래위로 흘겨보며 핀잔 투로 말했다.

"뭐야? 그럼 무작정 대와탑으로 쳐들어온 거야? 나보고 앞뒤를 좀 가리면서 살아가라고 하더니 이제 보니 너야말로 생각을 좀 하면서 살아가야겠구나."

"미안, 그렇게 됐어. 그래, 황보성이 누군데?"

"황보성은 한때 무림오대세가로 명성을 날렸던 황보세가의 직손이야. 강호 출도 당시 검을 바람처럼 사용한다고 해서 풍검령주라고 불렸는데, 일차 신무쟁패에서 당염과 결승에서 만나 용호상박을 벌였을 정도로 무공이 고강했어."

거기까지는 임주원도 대충 알고 있는 내용이다.

"그런데 왜?"

"대와탑에 왜 수감되어 있냐고? 그 질문엔 나도 답을 못해. 청조에서 극비로 다루는 일인지라 해당 당사자가 아니고는 어느 누구도 답을 몰라. 황보성은 이십오 년 전 그야말로 어느 날 갑자기 대와탑에 수감됐어. 그 후로는 단 하루도 세상 밖으로 노출되지 않았어."

"정말로 답을 몰라? 그럼 넌 여기 왜 온 거야?"

"내 말은 정답을 모른다는 뜻이야. 답으로 의심되는 점은 있어. 그것을 확인하기 위해 내가 여기로 온 거고."

임주원은 잠깐 생각하고 물었다.

"그 의심이 청조소왕의 정통성과 관련된 거야?"

"응."

왕필이 무겁게 고개를 끄덕였다. 이어지는 말은 청조의 비사인데 워낙에 중한 내용인 터라 둘밖에 없음에도 왕필의 음성이 작아지고 있었다.

"실은 문인주가 나를 여기로 보냈어. 보낼 때 청조의 비사에 대해 말해주며 하나의 가정을 제기했어. 너무도 충격적인 주장인 터라 난 처음엔 절대로 믿지 않았지."

"본론만 말해. 시간 없어."

"알았어. 그러니까 문인주의 말에 의하면, 이십오 년 전, 청조산장을 발칵 뒤집어놓은 일이 있었어. 남무제의 장녀인 장화란이 일차 신무쟁패를 구경코자 강호로 나갔다가 그만 임신을 한 채 청조산장으로 돌아온 거야."

"임신? 그때 그녀의 나이가 몇 살이었는데?"

"열다섯. 골 때릴 노릇이지. 청조산장이 아닌 보통 가문이었다고 해도 난리가 났을 거야."

"흐음!"

임주원은 놀라기에 앞서 허탈한 숨결을 흘려냈다. 남무제의 장녀다. 위대한 무인의 가문이 그렇게 안팎으로 망가져 있었다.

"당시 신뇌는 장화란이 아이를 사산했다는 짧은 말만 남기고 거기에 연관된 사안들을 직접 모두 소각 처리했어. 그 때문에 청조 내에서 그 일을 알고 사람은 거의 없어. 흑기군단장과 청기군단장도 장화란이 사산했다는 것 이외에는 알고 있는 사실이 전무할 정도야."

신뇌라면 능히 그렇게 처리하고도 남는다. 임주원은 그 점에 충분히 동의하며 대화의 중점을 돌렸다.

"그 일이 청조소왕의 정통성과 직접적인 연관이 있어?"

"장화란의 아이가 사산된 이듬해, 지금의 청조소왕, 즉 남무제와 조연의 아들 장소아가 태어났어. 장화란이 임신한 시점에서 출생 시기를 따져 보면 십팔 개월이나 흘렀지만, 청조산장의 폐쇄성을 감안하면 팔 개월 정도의 기간은 얼마든지 속일 수 있어. 하물며 신뢰가 이 일을 직접 주도했다면 천하를 속이는 건 일도 아니지."

"뭐, 뭐야, 그러면?"

임주원은 설마하는 얼굴로 왕필을 쳐다봤다.

"그래, 청조소왕이 장화란의 아들이란 거야. 무불련주와 청무련주를 잇는 적통이 아니란 뜻이지."

"으으."

임주원의 입에서 신음이 흘러나왔다. 그게 사실이라면 청조는 천하를 기만했다. 용서받지 못할 일이다. 청조는 무불련과 청무련을 추종하는 이들의 피로써 건국됐다. 그들의 건국

신념이 아니었다면 역대의 무장 봉기단체가 그러했듯 사국쟁
패 초기에 명나라에 진압되었을 것이다.

임주원은 확인하는 차원에서 대와탑의 일에 관해 물었다.

"하면, 풍검령주가 수감된 것도 그 일 때문인 거야?"

왕필이 고개를 끄덕였다.

"장화란이 열다섯 나이에 강호로 나간 이유가 일차 신무쟁
패 구경이었어. 황보성은 그때 스물두 살의 청춘, 그들이 서
로 눈이 맞아 사고를 쳤을 개연성이 충분히 있어. 그리고 황
보성이 수감된 시점은 그 이듬해야. 청조소왕의 탄생 직전이
니, 그야말로 시기가 절묘하게 맞아떨어지고 있지."

의심할 사안이 더는 남아 있지 않았다. 아니, 이젠 더 의심
하고 말고 할 필요가 없었다. 확인하는 일을 거치면 간단히
정리되는 경우였다.

"가자. 가서 황보성을 만나보자!"

임주원은 대와탑으로 터벅터벅 걸어갔다. 그런데 왕필이
따라붙지 않고 미적거렸다. 임주원은 뒤돌아 물었다.

"왜 문제가 또 있어?"

"대안없이 그냥 쳐들어가서는 황보성을 만나지 못해. 난
지난 한 달 동안이나 못 들어갔단 말야."

"왜? 팔통 하기가 그렇게 벅차? 너도 그래? 하긴 뭐, 단순무
식 공격밖에 할 줄 모르는데……."

임주원이 좀 전의 충돌을 은근히 빗대어 말하자 왕필이 대

뜸 눈을 부라리며 소리쳤다.

"야, 이거 왜 이래! 아깐 탐색전이었어! 네가 먼저 정체를 밝히지 않았다면 지금쯤 난 죽마고우를 지옥으로 보냈다며 대성통곡하고 있을 거야!"

이제야 왕필답다.

임주원은 피식 웃으며 대와탑을 가리켰다.

"그러니까 저기로 가서 네 실력을 발휘해 보란 말야. 그럼 믿어줄게."

동기 부여가 충분히 되었음에도 왕필은 대와탑으로 선뜻 나서지 못했다.

"난 이전에 대와탑에서 칠통을 이루었어. 청조신협 중에선 내가 유일해. 하지만 그런 나도 지금은 들어갈 엄두를 내지 못해."

"칠통을 이루었다고? 하면 팔통이 문제되는 거야?"

"그것도 아냐. 이젠 팔통도 자신있어. 문제는 대와탑의 운영 정책이 근자에 완전히 바뀌었다는 거야."

농을 할 때가 아니란 것을 안다.

임주원은 진지하게 물었다.

"뭐가 바뀌었는데?"

"이전엔 적들의 전면적인 공격을 받지 않는 한 대와탑은 수감된 죄수들을 다른 곳으로 이송시키지 않았어. 한데 지금은 삼통이 되는 순간 상황불문하고 대와탑 팔관을 전부 폐쇄

하고 용옥관에 수감된 황보성을 청조 사령부의 모처로 이동시켜. 신뇌 군사가 네 해명의 날을 앞두고 그 어떤 조치를 취했나 봐."

"그러니까 통관 시간이 짧아야 된다고 주장하는 거야?"

"이를테면."

"얼마나?"

"황보성을 만나려면 일각 안에 팔통을 해야 해. 일각을 넘기면 두 번 다시는 황보성을 만날 기회를 잡지 못해. 하지만 중주육성이 아니고선 일각 안에 팔통을 하기란 불가능해. 예전에 난 칠통을 하기까지 두 시진이나 걸렸어. 그것도 뭐 기록이긴 하지만."

"일각이라……."

임주원은 낮게 중얼대며 대와탑을 쳐다봤다. 생각할 시간적 여유도 결단을 미적댈 여유도 없다. 해명장으로 가야 할 시간은 지금 이 순간에도 흐르고 있다. 그는 왕필을 돌아보며 시큰둥이 말했다.

"너도 보기와는 다르게 참 머리 아프게 살아가는구나."

"으응?"

왕필이 말뜻을 몰라 멀뚱한 얼굴로 그를 바라봤다.

임주원은 이때 씩 한번 웃어주고는 얼굴을 천으로 가리고 곧장 전방으로 달려갔다.

풍천행이 극성으로 발휘된 달리기.

숫자 셋을 헤아리기도 전에 그의 신형은 대와탑 경비무인들의 중심을 가르고 있었다.

"저저, 무식한 새끼!"

일은 이미 벌어졌다. 왕필도 뒤늦게 복면을 착용하고 전력을 다해 내달렸다.

쾅!

전방에서 거센 충돌음이 들려왔다.

임주원은 이미 대와탑 건물 안으로 들어가 버린 상태다.

대와탑 건물 외벽, 사람 형체 그대로의 구멍.

좀 전의 충돌음은 그가 대와탑에 새로운 입구를 만들면서 낸 소리다.

"우우우우우! 비켜라, 이놈들아!"

왕필은 전방의 경비무인들에게 칼을 휘두르며 그곳으로 달려갔다. 전력을 다해 달리면 임주원을 따라잡을 수 있으리라 생각했겠지만 그건 천만의 말씀이다.

늦어도 한참 늦다.

임주원은 이 순간 일통에 이어 이통을 하고 있었다.

대와이관 암형관.

일관은 임주원 자신도 어떻게 관통했는지 잘 모른다. 그냥 앞만 보고 무조건 달렸고 그렇게 서너 개의 벽을 깨버리자 그는 어느새 이관에 들어서고 있었다.

‘사방 칠 장! 삼관까지 직선 구조! 그곳까지 기둥은 모두 열다섯 개. 기둥이 있는 이유는?’

그는 이관에 뛰어들며 주변 환경부터 파악했다. 언제나 그렇듯 생각과 행동을 동시에 이루어진다. 그는 기둥들의 위치를 확인하자마자 자세를 바짝 낮추어 내달렸다.

카라라라락! 피피피피핑!

기둥 상단에서 주먹만 한 구멍들이 열리더니 쇠전이 총알처럼 쏟아졌다.

쇠전.

저게 무엇인지는 보는 순간 알았다.

‘소신기전!’

소신기전이 그의 머리 위로 획획 지나갔다. 협소한 공간이다. 보고 피하는 건 늦다. 미리 몸을 낮추지 않았다면 적어도 한두 발은 그의 몸에 꽂혔을 것이다.

‘바닥!’

바닥에도 작은 구멍들이 어지럽게 나열되어 있었다. 그는 구멍들을 피해 갈지자로 내달렸다. 곧 바닥에서도 소신기전이 일제히 발사됐다. 그의 상체와 하체 부근에서 소신기전이 온통 날아다녔다. 그는 한 발도 적중되지 않고 달려가고 있었다. 곡예나 다름없는 몸놀림이었다.

‘사람!’

삼관 입구를 앞두었을 때였다. 희끗한 무언가가 눈앞에 나타난다 싶더니 그의 전신으로 검광을 폭출시켰다.

　대응 방법은 많다. 좌우로 피해도 되고 멈추어서 막아도 된다. 하지만 그 경우 팔통의 시간을 많이 잡아먹는다.

　'그냥 승부한다!'

　그는 검광 속으로 몸을 내던졌다. 그의 몸이 허공에서 한 바퀴 굴렀다. 검기가 그의 등을 스치고 지나간다. 그는 이때 회전의 끝에서 발뒤꿈치를 강하게 내려쳤다.

　빡!

　"으윽!"

　해골 터지는 소리가 들렸다. 비명도 잇달았다.

　그는 타격된 대상을 확인하지 않고 곧장 삼관으로 뛰어들었다.

　쾅!

　역시 그냥 문을 뚫고 들어갔다.

　대와삼관 첩형관.

　삼관은 맨눈으로는 사물 구분이 안 될 정도로 어두웠다.

　그는 내공을 눈에 집중해 삼관을 돌아봤다.

　'없다! 아무것도!'

　그냥 사각의 빈 상자 같았다. 창도 없고 기둥도 없고 사람도 없었다.

　'정말로 아무것도 없는가? 바닥은?'

몹시 딱딱한 바닥이었다. 평평한 화강암에 올라선 것 같은 느낌이었다.

'왜 돌인가? 돌을 둔 이유는?'

그는 고개를 들어 천장을 쳐다봤다. 내공을 발휘한 터라 그의 눈이 고양이의 눈처럼 새파랗게 일렁댔다.

무언가 매달려 있다.

일 장 크기의 직사각 물체. 물체 평면엔 쇠침이 주렁주렁 붙어 있다. 숫자는 하나, 둘…… 이십 개는 족히 된다. 저게 한꺼번에 떨어질 경우 바닥의 평수를 전부 덮어버리게 될 것이다.

"하! 낭아박(狼牙拍)이로구나! 그 위에 숨은 새끼들! 유치한 장난은 이제 그만 해!"

그는 물체의 정체를 알아냈다. 천장에 매달린 건 공성전에서 성벽 아래로 떨어뜨리는 무쇠판, 낭아박이었다.

쿠쿠쿠쿠쿵!

그의 말이 끝나기 무섭게 낭아박이 바닥으로 와르르 떨어졌다. 피할 곳은 없다. 그는 주먹을 들어 올린 자세로 천장을 향해 치솟았다. 주먹엔 서기가 맴돌고 있었다. 여의수의 응용 발휘였다.

팡!

낭아박에 그의 주먹이 꽂혔다. 낭아박이 산산조각났다. 그는 박살난 낭아박 파편을 뚫고 더욱 위로 치솟았다. 천장엔

다섯의 무인들이 박쥐처럼 붙어 있었다. 그들은 자신들의 존재가 발각되자 당혹의 음성을 토하며 그를 향해 떨어져 내렸다.

"차앗!"

그들의 공격은 이미 예상한 상태다. 그는 치솟는 도중 양다리를 좌우로 활짝 벌려 풍차처럼 돌았다. 선풍퇴의 발휘다.

타타타타타!

"으으으윽!"

다섯의 무인들이 총알 맞은 새처럼 바닥으로 추락했다.

임주원은 타격 대상들을 확인하지 않고 사관으로 뛰어들었다.

사관은 일직선 통로였다.

그는 통로 입구에 서서 얼굴을 가린 천을 벗었다.

쿵! 쿵! 쿵! 쿵!

통로 끝 편에서부터 돌문들이 차례로 차단되고 있었다.

대와탑이 폐쇄되고 있다는 뜻이었다.

"주, 주원아 가, 같이 가자!"

그가 멈춘 사이에 왕필이 그의 뒤편에서 뛰어왔다.

"이제 가! 여기부터는 내가 후방을 책임질게."

왕필이 숨을 헐떡이며 말했다. 아직 전방 상황을 보지 못한 모양이었다.

임주원은 고개를 저었다.

"못 가. 일각이 아니었어. 반 각이었어."

왕필이 전방 상황을 뒤늦게 확인하고는 체념의 한숨을 흘렸다. 왕필도 곧 복면을 벗어냈다.

"젠장, 어쩐지 일각이 좀 길다고 생각이 들더라니. 어떡할까? 돌아갈까?"

"아니. 아직은 황보성을 빼돌리지 못했을 거야. 그럼 우리에게도 기회는 있어."

임주원은 반검을 뽑아 전방으로 겨누었다.

왕필이 그의 돌연한 행동을 보며 눈을 끔벅였다.

"뭐, 뭐 하는데?"

"비켜, 다쳐."

왕필은 임주원의 행동을 지켜보고도 처음엔 이해 못했다. 그러다가 반검의 검봉이 붉게 물드는 것을 보고는 그만 입을 딱 벌렸다.

"너너너, 설마!"

설마가 맞다. 임주원은 지금 왕필의 설마를 현실로 진행시키고 있다.

반검이 윙윙 울어댔다. 붉게 물든 검봉이 꿈틀댔고, 곧이어 태초의 폭발 같은 굉음을 터뜨리며 전방으로 붉은 광선이 발출됐다.

콰콰콰콰콰쾅!

전방이 차단벽이 일거에 몽땅 박살났다. 광선 발출의 여파는 거기에 그치지 않았다. 뻥 뚫린 통로에서 찬바람이 불어왔다. 대와탑 팔관의 외벽까지 관통된 게 틀림없었다.

"우아아아! 말, 말도 안 돼!"

왕필이 귀신을 본 듯한 눈으로 임주원을 쳐다봤다.

임주원은 다른 말 없이 전방으로 질주했다. 왕필이 급히 따라붙어 물었다.

"이, 이, 이거 분쇄도지? 그렇지, 내 말이 맞지?"

임주원은 고개를 저었다.

"아니, 분쇄도를 흉내 낸 거야. 분쇄도였다면 대와탑 전체가 몽땅 날아갔을 거야."

말하던 사이에 오관, 육관, 칠관, 팔관을 차례로 통과했다. 가는 동안 대와탑 무장들의 저지는 없었다. 좀 전의 일검 발출에 그들도 상당한 피해를 입은 모양이었다. 하기야 잠자고 있다가 번개를 맞아버린 형국이니, 제정신 차리는 데 어느 정도의 시간은 필요할 터다.

팔관 용옥관.

팔관의 지하에 용옥이 있었다. 용옥 안은 보통의 감옥과 다르게 일반 가정의 내실처럼 조용하고 아담했다. 용옥의 중앙엔 탁자 하나가 놓여 있었고 그곳 좌석에 중년의 사내, 문제의 인물 황보성이 앉아 있었다.

"이, 이런."

왕필과 임주원은 황보성을 대면하자 인상부터 구겼다.

눈은 뽑혔고 혀는 잘라졌다. 두 다리도 깨끗하게 잘렸다.

못 보게 하고, 말하지 못하게 하고, 도망가지 못하게 하고자 그렇게 만든 모양이었다.

—당신들은 누구시오?

황보성이 손으로 글을 썼다.

왕필이 말했다.

"우리는 당신을 구출하고자 왔소. 당신은 앞으로 자유의 몸이 될 것이오."

황보성의 답은 의외였다.

—괜한 수고를 하셨구려. 나는 아무 데도 가지 않소이다.

왕필이 다시 말했다.

"청조 사령부의 추적은 염려 마시오. 우리가 당신을 안전한 곳으로 피신시켜 줄 것이오."

황보성의 답은 같았다.

—돌아가시구려. 난 여기서 한 걸음도 나가지 않을 것이오.

임주원이 물었다.

"이유가 무엇입니까? 왜 가지 않겠다는 겁니까? 수십 년의 감옥 생활이 억울하지도 않습니까?"

—내가 자청해서 들어왔거늘, 억울할 일이 어디에 있겠소이까?

자청해서 수감생활을 한다?

이건 전혀 예상 못한 답이다.

왕필과 임주원은 곤혹한 눈길을 교환했다.

"강제로 데려갈까?"

왕필이 물었다.

"소용없어. 본인이 싫다는데 무슨 방법이 있겠어. 다른 문제도 있고……."

임주원은 말끝에서 용옥 밖을 눈짓했다.

두두두두두!

소란스런 음이 용옥 밖에서 들려오고 있었다. 대와탑의 무인들이 뒤늦게 이곳으로 몰려오는 모양이었다.

"일단 나가서 네가 막아봐. 난 그동안 황보성과 이야기를 좀 해봐야겠어."

"알았어. 다만 길지 않도록 해. 팔관 책임자 대와탑주 대라신적은 무림칠룡에 육박하는 전대 무인이야. 내게도 많이 벅찬 상대라고 할 수 있어."

왕필은 황보성을 보며 말을 이었다. 말투는 이전과 다르게 강압적이었다.

"황보성, 우리는 이미 그때의 일을 다 알고 왔다. 지금 네 앞에 서 계신 분은 남무제의 제자이시다. 진실을 속이려 들다가는 그분께 엄중한 문책을 받을 것이다."

왕필은 말한 다음 임주원에게 눈을 찡긋하고 용옥 밖으로 나갔다. 달래서 안 되면 윽박질러서라도 그때의 일을 알아내라는 표현이었다.

"으으으으으."

왕필이 나간 후로 황보성은 괴로운 신음을 줄줄 흘렸다. 왕필의 말에 큰 충격을 받은 모양이었다.

황보성이 글로 물었다.

—정말 귀공께서 남무제의 제자이십니까?

"그렇소. 사부님께서 나를 이곳으로 보내셨소."

임주원은 딱딱한 논조로 답했다. 강압이 효과가 있을 것 같았다.

—남무제께선 뭐라고 하십니까?

"일의 전모를 밝혀 강호에 통보하라고 하셨소이다."

황보성이 바닥을 기어와서 임주원의 무릎 자락을 애타게 잡았다.

—용서, 용서해 주시면 안 되겠소이까? 망극할 죄는 이 몸이 모두 안고 가겠소이다.

"천하를 기만한 짓거리요. 사부님도 그렇고 나도 그렇고, 절대로 용납할 수 없소."

"으으으으으!"

황보성이 그만 눈물을 줄줄 쏟아냈다.

—아비를 아비라 부르지 못하고, 어미를 어미라 부르지 못한 불쌍한 아이입니다. 공께서 부디 선처를 해주시기 바랍니다.

임주원은 이 순간 입술을 질끈 깨물었다. 황보성의 말은 문인주의 추정이 옳았음을 증명하는 것이라 할 수 있었다.

─눈을 뽑은 것도 나요, 혀를 자른 사람도 나입니다. 혹여 내 마음이 달라질까 염려되어 다리까지 잘라내어 수감 생활을 했습니다. 이런 저를 불쌍히 보아서 제발… 제발 그 아이를 용서해 주십시오.

임주원은 그 말에 그만 화가 치솟았다. 대체 권력이 무엇이기에 아비 스스로 이렇게 자해해서 아들을 지키려 한단 말인가.

"용서 못해! 전모를 밝혀서 내 직접 소왕에게 책임을 물을 것이야!"

치솟는 감정 탓에 격한 말을 그대로 토해냈다.

여파는 바로 나타났다.

황보성이 허무한 미소를 지으며 그를 올려다봤다.

─그럼, 할 수 없지요. 공께서 용서를 못하신다면, 내가 스스로 해결하지요.

퍽!

글을 남긴 것을 끝으로 황보성은 이마를 바닥에 박았다.

뇌수가 터지며 머리가 박살났다.

즉사였다.

내공을 아직까지 소유하고 있었던 모양이다.

"으으음."

임주원은 시체로 변해 버린 황보성을 내려다보며 분노와 허탈이 뒤섞인 감정에 빠져들었다. 증인도 없는데 이제 무엇을 어떻게 한단 말인가. 그때의 작당을 밝혀줄 주동자들이 아직 남아 있긴 하지만 남은 그들은 절대로 입을 열지 않을 부류다. 함부로 이 일을 말하다간 오히려 역공을 맞을 것이다.

"킥킥, 하긴 그 일을 밝힌들 뭐가 달라질까."

분노는 끝나고 허탈한 심정만 남았다. 그는 뇌수가 줄줄 흐르는 황보성의 사체 옆에 그냥 주저앉았다. 생각해 보면 분노할 것도 없었다. 어차피 그의 인생과는 상관없는 인간들이 벌인 권력 놀음이었다. 거기에 뛰어들면 그 자신만 추해질 뿐이었다.

"사부, 당신께선 왜 이 일에 침묵한 것이오?"

소왕이 자기 자식이 아니란 건 남무제도 잘 알고 있었을 터다. 하지만 남무제는 여태껏 청조의 정통성에 대해 한마디도 거론하지 않았다. 방관 역시 강호를 기만한 행위. 남무제의 책임이 아주 없다고는 말하지 못한다.

"남무제는 천생이 외강내유라 다른 누구도 아닌, 그 자신을 극복 못해 청조 건국의 의지를 꺾었다."

언제인가 중마불이 그렇게 사부를 평가했다. 그 평가가 틀리지 않았다. 사부는 이번의 일 처리에서도 정을 정리하지 못하고 책임을 스스로 떠안았다. 사부가 중원으로 돌아온 후 청조의 이방인으로 계속 남아 있는 것도 거기에 상당 부분 연유되어 있다.

"바보 같은 사람. 왜 그렇게 자기희생만 하시는 겁니까. 칼을 들고 내 사람을 정리하는 것이 당신에게 그렇게 힘든 일입니까."

말은 그렇게 했지만 그는 사부를 이해했다. 사부가 지향한 삶이 바로 그러했다. 그러했기에 전날 천하를 통일하고도 자신 스스로 권력을 강호에 반납할 수 있었다.

"하지만 나는 다릅니다. 나는 그렇게 살아가지 않습니다. 아니, 그렇게 살아가지 않을 겁니다. 책임질 일이 있으면 질 것이고 책임을 물을 일이 있다면 회피하지 않고 직접 물을 것입니다."

그는 일어났다. 밖에서 왕필의 음성이 들려오고 있었다. 더는 막을 수 없다는 말이었다. 그는 용옥관으로 올라갔다. 입구 앞에서 왕필이 대와탑 무인들의 진입을 필사적으로 막고 있었다. 왕필은 피로 흥건했고 지쳐 있는 모습이 역력했다. 그는 반검을 왕필의 등에 견주고 말했다.

"왕필, 비켜서라."

왕필이 빠르게 물러섰다. 그는 왕필의 앞으로 걸어나가 무인들을 막아섰다. 눈앞에 보이는 무인들만 백 명이 넘었다. 뒤로는 아예 새까맣다. 대와탑 통관 소식에 적기군단의 무인들까지 몽땅 몰려온 모양이었다. 그는 반검을 무인들에게 쭉 내밀었다. 반검이 이전보다 배는 더 붉게 물든 채 윙윙댔다.
무인들은 상황 파악을 못한 채 그에게 집단으로 몰려오고 있
었다.

이게 발출되면 몰살이다.

그는 발출 직전의 반검을 대지로 방향을 바꿔 내리찍었다.

쾅! 우르르르르!

폭음과 함께 지축이 휘청 흔들렸다. 그러더니 대와탑이 통
째로 내려앉았다. 아니, 사방으로 몽땅 날아가 버렸다.

"우우우우!"

무인들이 공격을 중단하고 경악의 음성을 토했다.

머리 위엔 태양.

대와탑 건물은 산산조각.

반검이 만약 땅이 아닌 그들을 목표로 했다면?

그땐 상상하기도 싫은 지옥의 광경이 펼쳐졌을 것이다.

"나는 청랑대주 흑마호다. 너희의 목을 베기 싫으니 길을
비켜라."

임주원은 땅에 박힌 반검을 뽑아내고 앞을 걸었다.

무인들이 길을 쭉 비켰다.

어느 누구도 그의 길을 막으려 하지 않았다.

그는 뚫린 그 길을 지나서 청천궁 대전으로 묵묵히 걸어갔
다. 그의 좌우사방으로는 수많은 무인들이 같이 행보했다. 그
들은 행보 중에 말은커녕 숨도 제대로 못 쉬었다. 임주원의

무거운 행보에 그들 모두가 위압되어 있었다. 왕필 역시 말없는 행보를 하기는 마찬가지였다. 이 순간 임주원은 흑마호 명성 이상의 기세, 일대 종사의 기도를 보이고 있었다.

청천궁 대전이 전방에 보이기 시작했다. 그곳에도 수많은 군사들이 포진해 있었다. 그들 중의 일부가 그에게 마주 달려왔다. 풍쾌백이 선두에 있었다.

"청랑대주는 순순히 포박을 받아라! 연금 장소를 무단으로 벗어난 죄를 묻겠다! 만약 반항하면… 반항하면…….."

풍쾌백이 말을 중단했다. 임주원이 걸어오며 풍쾌백을 가만히 건너다보고 있었다. 풍쾌백의 얼굴은 바위처럼 굳어버렸다. 임주원이 풍쾌백을 지나서 청천궁 대전으로 들어갔다. 풍쾌백은 그때까지도 얼굴이 굳어 있었다.

청천궁 대전 앞엔 일백 대신들과 청조의 무장들이 오와 열을 갖추어 집결해 있었다. 대신들의 앞, 삼층 단상에는 청조소왕이 면류관을 쓴 채 용상에 앉아 있었다. 신뇌를 비롯한 청조의 봉공들은 이층 단상의 태사의에 각각 앉아 있었다.

일층 단상엔 임주원이 해명을 할 원형 목상이 마련되어 있었다. 임주원은 그곳으로 올라가 청조소왕을 마주해 섰다.

신뇌가 말했다.

"청랑대주는 소왕 전하께 군신의 예를 다하라."

임주원은 무릎을 꿇지 않았다. 그냥 그대로 서서 청조소왕을 쳐다봤다.

무장들이 발끈했다.

"무엄하다! 당장 오체투지하라!"

임주원은 방금 소리친 무장을 향해 고개를 돌렸다. 무장은 하얗게 질린 안색으로 그의 시선을 피했다.

청조소왕이 손을 가볍게 저었다.

"군신의 예는 해명을 들어본 다음에 받도록 하겠다."

신뇌가 말을 이었다.

"청랑대주는 청조의 승인 없이 독단으로 조직을 재건하였으며 또한 청조의 동의 없이 무단으로 북방의 민족과 결맹을 하였다. 청랑대주는 여기에 대해 해명을 하라!"

임주원은 청조소왕을 바라보던 시선을 신뇌에게 돌렸다.

"해명은 없다. 난 해명을 하지 않겠다."

신뇌가 굳은 얼굴로 물었다.

"무슨 뜻인가? 하면 죄를 인정하겠다는 것인가?"

"죄가 없다. 그러니 인정할 것도 없다."

"청랑대는 산북대전을 치렀다. 어찌 그 일을 부정하고 있는 것인가."

"조직을 재건한 일이 있다. 결맹을 한 적도 있다. 그러나 그 일을 하며 청조의 승인을 받지 않은 적은 없다. 난 승인을 분명 받았다."

"누구에게 말인가?"

임주원은 대답을 중단하고 청조소왕을 바라봤다. 소왕의 얼굴은 차갑게 변해 있었다. 그는 소왕을 보던 시선을 되돌려 대전에 포진한 군사들을 둘러봤다. 문인주, 능빈, 팽마충, 임호, 마욱, 척호충, 동연발, 서운, 정약, 초막 등 청랑대의 형제들이 차례로 보이고 있었다. 그의 눈은 거기에서 끝나지 않고 소속 구분 없이 청조의 모든 군사들을 돌아봤다.

그가 신뇌에게 시선을 돌려 말했다.

"저들이 승인했다. 저들이 내게 명했기에 나는 조직을 재건했고, 결맹을 할 수 있었다."

그의 말에 대신들과 무장들이 웅성댔다.

웅성대는 분위기 속에서 신뇌가 얼굴을 붉게 물들여 소리쳤다.

"소왕 전하와 청조 사령부를 능멸하는 말이로다! 당장 되담지 않는다면 죽음을 면치 못할 것이다!"

임주원은 신뇌의 경고를 무시하고 자기 할 말을 이어나갔다.

"참되지 않은 권력으로 나를 구속하려 들지 말라. 청조의 참된 권력은 위에서가 아닌 아래에서 나온다."

그는 이어서 장소란, 문인주, 마욱, 청조소왕을 차례로 돌아보며 말했다.

"누구는 거짓된 연으로 내게 접근해 권력을 유혹했고, 누구는 훗날을 도모하자고 하였고, 누구는 청조와 갈라지자고 하였다. 그리고 누구는 또 내게 권력의 씨를 받아먹으며 살아가라고 하였다. 나는 그 모두를 거부한다. 그건 참된 권력을 주는 이들에게 등을 돌리는 행위이다."

신뇌가 말했다.

"하면, 청랑대주는 우리가 어떻게 처리해 주길 원하는가?"

그는 잠시간 무겁게 침묵하고 말했다.

"굴욕스럽게 살 바에는 차라리 죽는다!"

"굴욕? 무슨 뜻인가?"

그는 이 반문에 포진 군사들을 다시금 천천히 돌아봤다.

"외산이 설련화로 물결치던 그날 밤, 어머닌 내게 그렇게 말했다. 그때 난 그 말을 이해하지 못했다. 오늘의 허무한 죽음보다는 내일을 위한 굴욕의 삶이 낫지 않겠느냐는 생각 때문이었다. 하지만 이제 아니다. 어머니의 유지가 옳았다. 나는 임씨 가문의 후예! 폭압에 맞서 싸운 대륙 민중 선위자의 전인! 굴욕의 삶은 싫다. 굴욕을 강요할 바엔 차라리 내 목을 베어가라!"

그는 말 다음으로 반검을 바닥에 내려놓고 신발을 벗었다. 그리고 머리카락을 길게 풀어헤쳤다. 무장해제였다.

돌연한 그의 모습에 대전이 크게 웅성댔다. 얼마 지나지 않아 웅성댐 속에서 청랑대원들이 일층 단상 아래로 뛰어나와 무장해제를 하며 한목소리로 소리쳤다

"우리도 같이 죽겠습니다!"

웅성댐이 극에 이르렀다. 급기야는 일반 군병들 중에서도 청랑대주와 같이 죽겠다며 무장해제를 하는 이들이 나왔다.

죽여달라고 모두 죽일 수는 없는 노릇이다. 그랬다간 지금 분위기로 보아 더 큰일이 발생한다. 신뇌는 일이 뜻하지 않게 흘러가자 이마를 짚은 채 깊은 고심에 들어갔다. 청조소왕 역시도 무엇을 어떻게 해야 할지 몰라 한숨만 흘려냈다.

시간이 흘러갔다. 이젠 대전의 군사 절반이 청랑대주와 뜻을 함께했다. 상황이 거기까지 이르자 신뇌의 얼굴에 날이 서기 시작했다. 단호한 결정을 내릴 모양이었다.

신뇌의 그런 표정 변화는 누구보다 먼저 문인주가 알아차렸다. 문인주는 임호에게 눈짓을 보냈다. 임호가 봉서를 손에 들고 소왕의 용상 앞으로 뛰어갔다. 문인주가 준비한 네 번째의 길. 최후의 사태를 대비한 길이 임호의 입에서 제시되고 있었다.

"신뇌 군사께선 결단을 잠시 유보하시오! 청조산장의 대모께서 이 시각 청조에 명을 내리셨소!"

"대모께서?"

신뇌가 일어섰다. 다른 봉공들도 자리에서 일어났다. 대모는 청조산장의 안주인, 남무제의 일부인 종리연을 말함이다. 청조 궐기 당시 청조소왕의 왕위를 대모가 승인해 주었다. 실질적 권력은 없지만 상징적 권력은 충분히 있는 존재다.

신뇌가 말했다.

“전령은 대모의 명을 직접 읽어라.”

임호가 카랑한 음성으로 봉서에 적힌 글을 읽었다.

“청해성의 변방이 심상치 않도다. 여진의 성난 기세가 서북까지 다다르니, 몽골과 위구르, 회족들이 저마다 파벌을 형성해 지역에 큰 해를 끼치고 있음이다. 하니, 청랑대주를 청해성 이북으로 보내어 불민한 무리들을 평정하게 하라. 청랑대주는 청조의 왕명이 없는 한 중원으로 돌아가지 못하게 될 것이다.”

대모의 명을 들은 신뇌는 안색이 조금 밝아졌다. 현 상황에서 최선의 해결책이 될 수도 있는 것이다. 소왕도 왕권을 세운다는 측면에서 그렇게 처리하는 것이 옳다고 판단된 듯 동의의 시선을 신뇌에게 건넸다.

신뇌가 임주원을 돌아보며 말했다.

“청해 이북으로 가겠는가? 단, 가면 혼자 가야 한다.”

“가지 않는다면?”

“오늘 이 자리에서 청랑대주에게 동참한 이들을 모두 죽일 것이다. 청조가 두 동강이 날지언정.”

“간다면?”

“청조의 형제들은 다시 하나가 되어 사국쟁패에 임할 것이다.”

임주원은 반검을 들고 단상에서 내려왔다. 그리고 곧장 북방 방면으로 맨발 걸음을 시작했다. 신뇌의 음성이 그의 등 뒤에서 들려왔다.

"청랑대주는 명심하라. 청조의 왕명이 없고서는 중원으로 한 걸음도 들어올 수 없다는 것을."

그는 답하지 않고 걸었다. 그의 좌우에선 청랑대의 형제들이 울먹대며 행보하고 있었다. 그는 그들을 돌아보며 진한 눈인사를 해 보였다. 이게 끝이 아니라는 표현일 터다. 그는 마욱에게 음성으로 그 뜻을 전했다.

"마욱, 청랑대를 지켜내야 한다. 알겠느냐?"

"네, 지키지요. 제가 지키고말고요."

그는 마욱의 목례를 뒤로하고 앞으로 걸어갔다. 그가 걸어갈 때 소속과 계급 구분 없이 전 군사들이 그에게 고개를 숙였다. 그는 군사들 중 깃발을 들고 있는 한 어린 병사에게 다가갔다.

"네 이름이 무엇이냐?"

병사가 부동자세로 소리쳤다.

"적기군단 적초대 거기병 양정입니다!"

"넌 꿈이 무엇이냐?"

"훌륭한 장수가 되는 것입니다."

그는 양정이 들고 있는 깃발을 올려다보며 말했다.

"포기하지 말고 꿈을 향해 부단히 전진해라. 나도 처음엔 너처럼 시작했다."

양정이 고개를 갸웃했다.

　그는 그런 양정의 어깨를 두어 번 두들겨 주고 천천히 뒤돌아섰다. 소왕, 신뇌, 청조의 무장들과 대신들, 그리고 수많은 군사들. 그들 모두가 그를 바라보고 있었다.
　그는 그들의 모습을 한눈에 담고 말했다.

　―너희는 나를 다시 부르게 될 것이다. 나는 또한 너희의 원함을 들어 이 땅으로 돌아올 것이다. 그때 너희는 나를 오늘처럼 외인으로 두려고 하지 말라. 나는 한 자루 칼을 들고 너희의 가슴 안으로 들어갈 것이다. 그 칼은 자비를 모른다. 나는 거짓된 권력엔 가차없이 칼을 들 것이며 위정자들의 목은 냉혹히 잘라 버릴 것이다!

『청조만리성』 1부 완결

《작가 후기》

1. 일단 1부로 맺음을 했습니다. 조기종결은 아닙니다. 처음 구상할 때부터 이 시점에서 숨고르기 할 예정이었습니다. 2부로 넘어가면 청조만리성은 실제 역사와 많이 부딪치게 됩니다. 가상의 세계관이지만 그렇다고 마음대로 쓰거나 허술하게 쓰진 않을 것입니다. 자료 조사를 충실히 한 다음에 2부를 시작할 것입니다.

2. 2부는 삼 년 후, 위기에 처한 청조가 임주원을 중원으로 불러들이면서 시작됩니다. 남무제가 선언한 일검쟁위와 시기적으로 맞물리지요. 인물 배치는 1부에서 거의 끝났습니다. 2부는 각 권마다 인물들의 충돌로 요란할 겁니다. 사국쟁패의 인물들에 비교해 상대적으로 출연 횟수가 적었던 누르하치도 2부 중반부부터 임주원의 숙적이 되어 본격적으로 등장하게 될 겁니다. 그 과정에서 여진족의 청조 건국, 대청과 소청에 얽힌 비사도 밝힐 예정입니다.

3. 본문에서 주요 인물들의 대사를 통해 무림의 종말을 잠깐 비쳤습니다. 청나라는 건국 후에 무기를 소지하거나 무술을 연마하는 자는 참형에 처하는 금무령(禁武令)을 선포합니다. 소림사가 불타는 것도 이 시기이며, 유수의 무림문파들이 멸문되는 것도 이 시기입니다. 수담은 우리 무협의 무림도 이 격변의 시기에서 권력에 눌리고 또 첨단화기에 밀려 종말로 향했다고 생각합니다. 그러고 보면 청조만리성의 전장은 무림 시대의 종말을 알리는 아마겟돈일 수도 있겠습니다.

4. 2부를 쓰기 전에, 군협지가 아닌 무협 소설을 하나 낼 생각입니다. 이전부터 질주강호(疾走江湖)라고 남모르게 쓰고 있던 물건이 하나 있습니다. 6, 7권 예정인데 완결까지 오래 걸리진 않을 겁니다. 심기일전하는 글이니 조만간 질주강호가 나오면 부디 잊지 말아주십시오.

수담 · 옥 배상.

Golden Key

박이수 소설

황금열쇠

「달의 아이」, 「붉은 소금성」의 작가 박이수.
그가 또 하나의 기대작 「황금열쇠」로 나타났다.

우연한 만남이란 단어는 그들에겐 존재하지 않았다.
얽혀 있는 사람들… 그리고 피할 수 없는 운명의 굴레!

뒤틀려 버린 운명의 주인공 셰이엔 가이스카 리베 폰 라시에…
한순간 인생이 뒤바뀐 불운의 주인공 듀이 델코!
그리고… 유일하게 그녀를 기억하는 단 한사람 이샤무딘!

이제 운명의 주사위는 던져졌다.
엇갈린 운명 속에 모든 사건은 하나로 연결된다!
황금열쇠를 차지하기 위한 그들의 위험한 모험이 지금 시작된다.

유행이 아닌 자유추구 -
WWW. chungeoram.com

Book Publishing CHUNGEORAM

武士 廓優　참마도 新무협 판타지 소설

무사 곽우

『무정지로』, 『십삼월무』, 『화산진도』의
작가 참마도, 그가 돌아왔다!!

새롭게 시작되는 그의 네 번째 강호 이야기!!

"힘이 있는 자가 없는 자를 돕는 것입니다.
또한 힘이 없다면 돕기 위해 노력이라도 하는 것입니다.
그것이 진정한 협 아니겠습니까?"
"호오……."
송완은 다시 봤다는 듯 곽우를 바라보았고 담고위는
무슨 케케묵은 보물단지 보는 듯한 얼굴을 만들었다.
송완은 살짝 킥킥거리며 웃다가 이내 곽우에게 말했다.
"틀렸다. 협이란 무공이 높은 자의 중얼거림일 뿐이야.
무공이 낮은 자는 그저 그 협을 바라만 보고 있어야 하는 것이지.
그래서 세상은 협사가 널렸고 그 협사의 주변엔 구더기들이 들끓고 있는 거야."

강호라는 세상 속에서 지금 한 사람이 그 눈을 뜨려 한다.
한 자루의 부러진 검과 함께 곽우라는 이름을 가지고……

유행이 아닌 자유추구 -
WWW.chungeoram.com
Book Publishing CHUNGEORAM

운룡쟁전

조돈형 新무협 판타지 소설

팔룡전설을 아는가?

북녘 하늘을 밝히는 별의 정기를 받고 태어난 여덟 명의 기재가
한 시대에 나타나리니, 그들의 눈은 삼라만상(森羅萬象)을 살피고
지혜는 하늘에 닿고 웅심은 천하를 덮을 것이다.
그들이 화합을 한다면 더없이 평온한 세상을 이룰 것이나,
만약 그렇지 않다면 피의 광풍이 온 천하를 휩쓸 것이다.

혼란의 시대!! 모략과 음모가 극에 다다른 혼돈의 강호무림!!

이때 하늘이 안배해 놓은 이가 있었으니, 그의 이름 도극성이라……!!
도극성!! 그가 무림에 다시 모습을 드러내는 날,
팔룡전설은 그로 인해 깨질 것이고 새로운 전설이 탄생할 것이다!!

Book Publishing CHUNGEORAM

임희정 소설

자유하늘꼐

그러던 어느 날, 그에게 그 '능력'이 찾아왔다.
조금은, 아름답지 않은 모습으로.

신의 뜻, 그것 외엔 없었다.
신의 영역, 시대의 금기를 깨는 그들의 불꽃같은 삶!

막연히 의사가 되기 위한 삶을 살아왔던 세요 폰 어뷔니트.
인간을 살리기 위해 의사가 되어야만 했던 웨인 파에트.

잔혹한 과거, 어긋난 현재.
그리고 우연히 찾아온 신비로운 능력!
보통 사람들과 다른 존재가 아니라는 것에 대한 증명.

유행이 아닌 자유추구 -
WWW.chungeoram.com

Book Publishing CHUNGEORAM